KB149897

광해경

이훈영 신무협 장편 소설

광해경

3

| 목차 |

떠나는 자, 남는 자

천지가 모두 눈 속에 함몰되어 있는 것만 같았다.

너무나 고요하여 세상이 모두 정지된 것만 같은 느낌, 며칠간 지독히도 내린 눈발이 만들어 낸 세상이었다. 그렇게 퍼붓던 눈이 그치니 적막감은 더욱 커져만 갔다.

유가장을 빠져나온 일행들 역시 그 침묵 속에 있었다.

그들은 북경으로 이어지는 길목에 자리한 낡은 관제묘에 머물고 있었다. 사람은 모여 있으되 정작 관제묘 안에서 들려오는 것은 마른 장작이 타들어 가며 내는 타탁거리는 소리뿐이었다.

꽤나 오래도록 이어진 침묵을 깬 것은 뜻밖에도 남만 출신의 청년 사다인의 음성이었다.

"너무 늦는군."

누가 늦는다는 것인지 모를 혼잣말에 바로 옆에 자리한 단목강이 나직한 음성을 내뱉었다.

"암천 대주께서 함께 가셨으니 너무 걱정 마십시오. 그 분, 꽤나 능력 있습니다."

"무린이 찾아야만 한다는 사람, 일전에 그 노인이겠지?"

"아마도……."

단목강은 말끝을 흐렸고 두 사람의 대화는 잠시 중단되었다.

무린과 암천이 일행에서 떨어져 나간 것이 벌써 몇 시진이 흘렀다. 더구나 그들이 향한 곳이 유가장 쪽이었으니 걱정이 되지 않을 수 없었다.

"그 녀석! 정말 세더구나. 그런 녀석이 한둘이 아니라지. 그 중살이라 불리는 놈들……."

사다인은 입술을 씹어 삼켰다.

분함이 밀려왔다.

암천이란 이가 말하길 지난밤 자신을 죽음 직전까지 몰아갔던 복면 괴인의 정체가 중살이라 불리는 이들 중 하나일 것이라고 했다.

그 이름 분명 들어 본 적이 있었다.

강호 칠패로 꼽히는 이들, 그 칠패 중에서도 가장 지독한 흉명을 날리는 이들이 바로 중살이었다.

그만큼이나 강하다는 뜻이기도 했으나 분한 것은 분한 것이다.

이제껏 숨겨 왔던 뇌전의 힘까지 모두 사용했으나 놈을 어찌할 수가 없었다. 그나마 남의 도움이 없었다면 목숨마저 지켜 내지 못했을 상황, 오늘 분명 자신은 너무 무기력했다.

비단 오늘뿐만이 아니었다.

이제껏 눈 아래로 여겼던 중원 무학, 그 힘이 예상을 훨씬 뛰어넘는다는 것을 깨닫게 되었으니 무력감과 더불어 왠지 모를 분노가 동시에 치밀었다.

'오늘 본 사슬 괴인도, 또 도왕이라는 연후의 백부도, 강이 녀석의 부친도 모두 터무니없이 강해. 젠장! 나는 뭐냐! 고작 제 목숨 하나 지키지 못할 실력이었던 것이냐. 겨우 이 정도로 그동안……. 칫!'

사다인이 자괴감은 격한 눈빛이 되어 모닥불을 향했다.

그때 마침 단목강의 나직한 음성이 이어졌다.

"오늘의 치욕은 언제고 반드시 갚아 줄 것입니다. 이건 세가의 이름을 걸고 하는 맹세입니다."

단목강 역시 분함을 애써 감추는 모습이었다.

사다인의 눈길이 지그시 단목강을 향했다. 그 역시 자신과 비슷한 생각을 하고 있음이 느껴졌다.

아니 모르긴 몰라도 속이 뒤집어지고도 남았을 것이다. 오늘 그는 거의 죽기 직전의 내상을 입었다가 간신히 살아났으니 말이다.

연후의 부친이라는 이의 의술이 없었다면 지금처럼 멀쩡히 앉아 있을 수도 없었을 것이다.

그런 상황치고 단목강의 얼굴은 꽤나 침착해 보였다. 과연 명문의 후계자다운 태도긴 했으나 그것이 왠지 더욱 안쓰럽게만 느껴졌다.

'빌어먹을! 기다려라 중살이란 놈들! 머잖아 뇌룡의 마지막 힘을 흡수할 수 있는 때가 온다. 그때가 되면 오늘의 빚은 몇 배로 갚아 줄 것이다. 아니, 세상 끝까지라도 쫓아가서 네놈들의 목줄을 따 줄 것이다.'

사다인은 마음속으로 들끓는 분노를 눈앞의 모닥불을 바라보며 억지로 참아 내고 있었다.

그 후로 단목강이나 사다인은 다시 입을 열지 않았다.

이따금 모닥불이 타닥거리는 소리가 날 뿐, 나란히 앉은 두 사람의 눈빛은 예의 그 모닥불에 고정된 채 움직이질 않았다.

그 두 청년의 맞은편에는 유가장의 장주 유한승과 연후가 있었다.

한데 유한승은 창백한 낯빛으로 짚단을 깐 바닥에 몸을

누인 상태였다. 그 곁을 지키는 연후는 말없이 그런 조부를 바라보고 있었고, 그 뒤편에는 다시 연후의 부친이라 했던 문사풍의 중년 사내가 있었다.

그때 갑작스레 유한승의 기침 소리가 터졌다.

"쿨럭, 쿨럭!"

"조부님!"

연후가 다급히 유한승을 부축했지만 유한승의 기침은 쉬 그치지 않았다.

"쿨럭! 되었다. 괜찮구나. 괜찮아."

"말씀을 삼가세요. 이제 곧 약재가 온다 하니 조금만 기다리시면……."

연후가 말끝을 흐리자 뒤편의 중년 문사가 두 사람 사이로 다가왔다. 그는 조용히 자리를 잡고 앉아 말없이 유한승의 팔목을 움켜쥐었다.

눈을 지그시 감고 진맥을 하는 문사의 표정은 너무나 신중했는데, 그 모습을 보는 연후의 눈빛은 여간 떨리는 것이 아니었다.

잠시 뒤 문사가 눈을 떴고 그는 연후를 슬쩍 바라본 뒤 원망 섞인 음성을 유한승에게 내뱉었다.

"어쩌시려고 이렇듯 무리를 하셨단 말입니까? 진력이 이렇게나 고갈될 정도라니……."

중년 문사의 나직한 음성에 연후의 눈빛이 크게 흔들렸

다.

"왜 그러십니까? 탈진하여 그러한 것이라 하지 않으셨습니까? 심신을 보하면 될 것이라고……."

연후가 다그치듯 물어오자 중년 문사의 눈빛이 무심하게 연후를 향했다. 순간 연후는 그 눈빛이 참으로 깊다는 기이하다는 느낌을 받았다.

"이 날씨에 이 연로한 몸으로 칠십 리 눈발을 헤치며 걸으셨다. 너희들에게 폐가 되지 않으시려고 한계 이상의 힘을 쓰신 게다."

"하면…… 하면 조부님께 무슨 변고라도 생긴다는……."

연후의 연이어진 물음에 중년 문사는 말이 없었다.

단지 복잡한 표정으로 유한승을 바라볼 뿐이었다.

때마침 관제묘 입구로부터 시꺼먼 그림자가 바람처럼 날아들었다.

그 신형이 어찌나 빠른지 번쩍이는 순간 그림자가 모닥불 앞으로 멈춰 선 것 같았다.

문사와 함께 연후 일행의 목숨을 구한 사슬 괴인이었다.

귀마 노사라는 이름을 지닌 인물, 그의 손에는 약재로 보이는 꾸러미와 탕기가 들려 있었다. 어딘가의 의방에 들려 구해 온 것으로 보이는 그 물건들을 괴인은 말없이 중년 문사에게 내밀었다.

한데 중년의 문사의 태도가 이상했다.

"수고하셨는데 죄송스럽습니다. 시기를 놓친 듯합니다."

문사의 음성은 무척이나 나직했고 그러자 사슬 괴인의 몸이 움찔 흔들렸다.

"그러실 필요 없습니다. 그 짧은 시간에 구하기엔 너무나 무리한 것들이었으니까요. 노사께서 늦으셨다면 누구라도 제 시간에 당도하긴 힘들었을 것입니다."

연이어진 문사의 말에 사슬 괴인은 손에 든 탕기와 약재를 모닥불 앞에 조심스레 내려놓은 뒤 가볍게 몸을 돌렸다. 표정은 무심하였으나 그 몸짓에 미안함이 깃들어 있음이 느껴졌다.

사슬 괴인은 그렇게 조용히 신형을 돌린 뒤 관제묘 밖으로 천천히 걸어 나갔다. 그런 뒤 마치 모두를 호위라도 하듯 관제묘 입구에 석상처럼 자리를 잡았다.

그 광경을 지켜보던 연후의 음성이 이어졌다.

"늦다니요? 그게 대체 무슨 말씀이십니까? 어서 탕약을 달여 주십시오."

연후의 음성이 조금 높아졌다.

마치 조부의 상세가 눈앞에 있는 문사 탓인 양 원망까지 담긴 목소리였다.

"그만하거라. 연후야. 이 할애비는 괜찮으니라."

비스듬히 몸을 일으킨 유한승의 음성과 눈빛은 너무나도 깊어 연후와 중년 문사를 향한 애틋함이 절로 느껴졌다. 하나 유한승의 행색은 그 초췌함을 감추기 어려운 지경이었다.

연후도 중년 문사도 잠시 말이 없이 유한승을 바라보았다.

"기문아!"

다시 한 번 나직하게 흘러나온 유한승의 음성에 중년 문사가 답했다.

"네. 아버님."

"허허허허! 아버님이라……. 참으로 오랜만에 들어 보는 말이로구나. 그래, 얼마나 내게 시간이 있겠느냐?"

"……."

"그렇게나 위중하더냐? 하면 장원으로 돌아가고 싶구나. 평생을 살아온 곳을 두고 길바닥에 눕고 싶진 않으니."

"조부님! 안 됩니다. 유가장은 위험합니다. 그리고 왜 자꾸 약한 소릴 하십니까? 어서 쾌차하셔야 합니다. 곧 있을 제 성혼도 보셔야지요."

연후가 유한승 곁에 앉아 전에 없이 고조된 음성으로 입을 열자 유한승의 노안이 나직하게 떨렸다.

그리고 이내 그 눈빛이 한없이 따스하게 변했다.

"불쌍한 녀석! 이 고지식한 할아비 밑에서 크느라 맘고생이 많았을 것이다. 이제라도 네 아비를 만나는 것을 보았으니 큰 짐을 내려놓은 것 같구나."

유한승의 음성이 더없이 나직하게 가라앉았고 그 눈빛도 아주 서서히 빛을 잃어 갔다. 그러한 모습을 유기문이라는 문사는 그저 말없이 바라보기만 했다. 예의 그 깊은 눈길을 하고.

"연후를 부탁한다. 그리고 네게는 참 미안하구나."

근 이십여 년 동안 보지 못한 자식에게 이어지는 늙은 아비의 음성이었다. 그 안에 지난 세월의 회한이 묻어남을 마주한 이라고 모를 리 없었다.

유기문은 유한승 곁에 조용히 앉아 그 손을 꼭 쥐었다.

"죄송합니다. 아버님."

"네가 죄송할 것이 무엇이겠느냐…… 이것이 다 선조로부터 내려온 업보이거늘, 네가 출사를 했다면 많은 것이 달라졌을 것인데……. 정말로 조정이나 황궁도 많이 달라졌을 것이야. 내 고집이 너를 망치고…… 또 연후마저……."

"그 일을 원망한 적 없음을 아시지 않습니까?"

"알다마다…… 그래서 더욱 네게 미안한 것을……."

"꼭 조정이 아니더라도 세상에 할 일은 많이 있습니

다."

"그럴 테지. 암 그랬으니, 그리 바빴으니 이 애비나 연후 생각은 할 틈도 없었겠지……. 아니다. 너를 원망코자 함이 아니다. 다만 이렇게라도 볼 수 있으니 참으로 다행이구나."

"늘 죄스러웠습니다."

"그렇게나 미안해할 것이라면 기별이라도 한 번 넣어 주지 그랬더냐. 그나저나 연후를 두고 떠나려니 맘이 편치 않구나. 감당하기 너무 무거운 짐을 내맡긴 듯하여……."

"소자의 자식이옵니다. 돌볼 터이니 심려 마십시오."

"그래, 네가 그렇다면 마음이 한결 놓이는구나."

유한승과 유기문, 꼭 연후의 나이만큼이나 오랜 세월만의 해우였지만 어딘지 삭막하게만 느껴지는 대화였다.

그렇게 두 사람의 대화가 이어지는 것을 지켜보던 연후가 갑작스레 일어섰다.

그러고는 무언가 결심을 한 듯 유한승을 부축하려 했다.

"업히세요. 이렇게 손 놓고 있을 수는 없어요. 황궁에 가면 태의가 있잖아요. 공주께 부탁하면 틀림없이 조부님의 상세를 돌보아……."

연후의 말에 유한승의 얼굴이 삽시간에 굳어졌다.

"연후야! 아니 된다."

"조부님!"

"어허! 황성이야말로 호굴이나 다름없는 곳, 오늘의 일이 어디서 비롯되었는지 정녕 모르겠더냐? 이 모두가 너를 입궁하지 못하게 하고자 하는 환관 녀석들의 소행이거늘."

연후의 얼굴은 유한승보다 더욱 굳어졌다.

어느 정도 짐작은 하고 있었던 일이었다. 하나 막상 조부의 입에서 그런 말이 나오자 애써 눌러 왔던 분노가 치밀었다. 하지만 그 내막을 자세히 알고 있는 것은 아니었다.

"이제부터 이 할애비의 말을 잘 들어야 하느니라."

"……."

"놈들이 이 같은 일을 벌였다는 것은 그만큼 두려워한다는 뜻이니라. 바로 유가장을 말이다. 또한 그동안 숨죽이며 지켜보고 있는 많은 문무백관들이 있으니 그들이 구심점을 찾아 힘을 모으게 될까 두려워 떨고 있는 것이다."

입을 열기가 힘이 드는지 유한승의 음성은 이따금 멈칫거렸다.

"당분간은 몸을 숨겨야 하느니라. 차라리 놈들에게 죽은 것으로 알려지면 더욱 좋을 것이다. 그리고 은밀히 한림원의 조병탁이란 이를 찾아야만 하느니라. 그는 믿을 만한 이로 앞으로 너에게 힘이 되어 줄 인물이니라. 그를 통해 봉명궁에 연통을 넣어 공주마마와 혼례를 차질 없이 진행해야만…… 너와…….”

“싫습니다.”

입을 뗄 기력마저 없어져 가는 와중에도 심중의 이야기를 꺼내놓던 유한승은 잠시 당황한 얼굴이었다.

연후의 음성이 너무나 단호했기 때문이었다.

“조부님께서 아니 계신다면 제가 부마가 될 이유가 없습니다. 속히 쾌차하시겠다는 약조를 아니하시면 전 결코 조부님의 뜻을 따르지 않을 것입니다.”

연후의 너무나 완강한 표정, 결코 뜻을 바꾸지 않겠다는 결연함이 느껴져 유한승은 완전히 맥이 빠진 얼굴이 되고 말았다.

누구보다 그 고집을 아는 터라 거짓으로라도 그 뜻을 따르겠다고 말해야 할 상황이었다.

때마침 모닥불 건너편에서 조용히 상황을 지켜보던 단목강이 나섰다.

“송구하오나 형님! 스승님을 제가 모셨으면 합니다. 북경에 본가의 지부가 있습니다. 그곳은 안전하기도 하고 또한 뛰어난 의원을 모실 수도 있습니다.”

단목강의 음성은 무척이나 조심스러웠다.

북경에는 천하상단의 지단이 있고 그곳의 이숙 두여량이라면 필히 인근에서 가장 뛰어난 의원을 최대한 빨리

부를 수 있을 것이다.

그뿐 아니라 무엇보다도 안전한 곳이다.

아무리 중살이라고 하나 감히 단목세가를 건드릴 수는 없을 것이란 생각이었다.

더구나 이 뜻하지 않은 혈사를 속히 부친에게 알려야만 했으니 조금이라도 빨리 천하상단으로 가는 것이 가장 최선의 선택이란 판단이었다.

그렇게 단목강이 나서자 연후의 표정이 한결 밝아졌다.

"들으셨죠? 강 아우의 집안은 대단해서 틀림없이 무탈하실 수 있을 겁니다. 이럴 게 아니라 한시바삐 움직여야겠습니다."

연후가 조부 유한승을 억지로 일으켰고, 유한승은 마지못해 연후의 등에 업힐 수밖에 없었다.

남의 등에 업히는 일도, 또한 제자에게 폐를 끼치는 일도 평소라면 절대 허락지 않을 일이었으나 이런 상황에 그같이 말하는 것이 참으로 고지식하고 우매한 일임을 모를 유한승이 아니었다.

조부를 업은 연후와 단목강이 밖으로 나설 채비를 했다. 하지만 문사 유기문은 그 과정을 말없이 지켜보기만 했다.

억지로 무심한 듯 보이는 표정, 하나 그 눈빛이 깊어 그 안에 슬픔의 빛이 드러남을 연후 역시 충분히 느낄 수 있었다.

그 눈빛을 외면하며 연후가 걸음을 옮기려 했다.

조부가 그만큼이나 위중하다면 더 이상 머뭇거릴 이유가 없다는 생각이었다.

그때 예기치 않게 사다인이 일어서 연후의 앞을 막았다.

"왜?"

"스승님께 인사를 올리려고!"

"인사라니? 함께 가지 않을 것이냐?"

"난 떠나겠다."

너무나 갑작스런 사다인의 말에 연후나 단목강은 꽤나 당황한 얼굴이었다.

그러거나 말거나 사다인은 연후의 등에 업힌 유한승을 향해 크게 허리를 숙였다.

"그간 감사했습니다. 스승님!"

"미안하구나. 네게 아직 가르쳐야 할 것이 많은데……."

유한승의 음성이 힘없이 흘러나왔다. 이러한 상황이 미안한 듯 유한승의 노안에는 안쓰러움이 가득했다.

하나 사다인은 딱히 다른 말을 더 하지 않았다. 이런 처지에 이별의 정을 나눈다는 것도 우습고, 그간 남달리 쌓인 스승에 대한 정을 회자하는 것도 우습다는 생각이었다.

이족임에도 각별히 자신을 돌보아 준 스승의 마음을 잘 알았다. 그가 없었다면 이렇듯 다른 청년들에게 마음을 열기도 어려웠을 것이며 중원인에 대한 분노도 여전했을 것이다.

하나 그동안 유한승의 가르침을 통해 사다인이 느낀 것은 지난 역사에 대한 분노가 아닌 앞으로 자신이 해야 할 일들이었다.

중원의 지식과 학문을 남만에 전하여 흩어진 부족들의 의지를 규합하고, 나라를 만들 반석으로 삼아야 한다는 것이 자신에게 주어진 사명이라 깨달은 것이다.

그 같은 깨우침은 오롯이 유한승의 배움을 통해 얻은 것으로 그만큼이나 노스승에 대한 마음이 각별했던 사다인이었다.

하나 심중의 말을 밖으로 내뱉을 성정의 사다인이 아니었다.

'끝까지 모시지 못해 죄송합니다. 스승님! 두고 봐 주십시오. 또한 스승님의 복수는 제 손으로 해 드리겠습니다.'

연후와 달리 사다인은 스승의 죽음을 예감하고 있었다.

어린 시절부터 부족 간의 전쟁으로 숱한 죽음을 경험해 온 사다인이기에 죽음이란 것에 대단한 의미를 두지 않고 있었다.

떠날 사람은 떠나게 되는 것이고 남은 사람은 남은 자

의 몫이 있다는 생각, 그리고 이제 자신에게 남겨진 몫을 해결하기 위해서라도 지체하지 않고 남만으로 가야만 한다고 결정한 것이다.

"형님! 정녕 떠나시렵니까?"

때마침 들려온 단목강의 음성, 하나 사다인은 말없이 고개만 끄덕였다.

단목강 역시 안타까운 눈빛이었으나 상황이 여의치 않았다.

평소라면 어떻게든 만류하였겠으나 지금은 한시가 급했다. 꼭 그것이 아니라 해도 사다인 역시 한 번 마음먹으면 그 고집을 쉬 꺾지 않는 이라는 것을 잘 알고 있었다.

그가 결정했다면 결코 번복되지 않을 것이다.

"어디로?"

"고향!"

"그렇군요. 하면 다시 뵈올 때까지 강녕하십시오."

단목강이 사다인을 향해 포권을 취했다.

"너도! 그리고 강해져라! 네 부친만큼, 아니 그 이상으로……."

그 대화를 끝으로 연후와 단목강이 관제묘 밖으로 나섰다. 그 뒤를 문사 유기문이 따랐고 모닥불 곁에 남은 것은 사다인뿐이었다.

"무린, 그 녀석을 보고 가지 못하는 게 아쉽군. 뭐…….

그 녀석이라면…… 별일 없을 테지. 보기보다 훨씬 강한 녀석이니…….”

연후와 단목강이 관제묘 밖으로 나서자 그 입구에 석상처럼 자리하던 사슬 괴인의 음성이 나직하게 흘러나왔다.

“어리석구나. 참으로 어리석어.”

혼잣말이지만 또렷하게 들려온 음성, 연후의 눈빛이 제법 매섭게 사슬 괴인을 향했다.

“무엇이 어리석다는 것이오?”

아무리 그에게 구명의 은혜를 입었다 하나 연후의 음성이 곱지 못한 것은 어쩔 없는 일이었다.

연후에게 조부 유한승은 삶의 전부나 다름없는 존재였다.

그런 조부가 생사의 기로에 섰으니 할 수 있는 최선을 다하고자 함인데, 괴인이 그런 자신을 비웃는 것만 같았다.

연후의 눈빛이 곱지 못한 것은 당연한 일이었다.

하지만 사슬 괴인은 언제 입을 열었냐는 듯 무표정한 얼굴로 한마디를 더할 뿐이었다.

“내 장담하지. 네 아비가 어쩌지 못한 병자는 그 어떤 의원도 감당하지 못함을…….”

감정이 전혀 실려 있지 않아서 더욱더 사실처럼 여겨지

는 음성, 그 말은 눈앞의 부친이란 이가 천하제일의 명의라도 된다는 말과 다름없었다.

하나 그것이 사실이어서는 안 될 일, 믿고 싶지도 않고 믿어서도 아니 될 말이었다.

그 말은 곧 조부를 살릴 수 없다는 뜻이기에.

연후가 꿈틀하며 괴인에게 한마디 쏘아붙이려 했다.

한데 때마침 문사 유기문의 음성이 두 사람의 대화를 막았다.

"노사님. 제 자식 놈은 할 수 있는 최선을 다하는 것뿐입니다. 그걸 어리석다 탓할 수는 없는 일이지요."

문사의 음성은 나직했으며 그 음성은 다시 연후를 향해 이어졌다.

"너는 서둘러야 할 것이다. 아버님의 임종을 네 등에서 보지 않으려면……."

순간 발끈하려던 연후가 이를 악물며 고개를 돌렸다.

그러곤 이내 속내를 씹어 삼키는 음성을 내뱉으며 눈밭을 헤치기 시작했다.

"두고 보십시오. 어떻게든, 어떻게든 살릴 것입니다. 이렇게 보내 드릴 수는 없습니다. 절대로!"

연후의 굳은 각오가 지독하게 쌓인 눈발 속에서 흘러나왔다.

하지만 연후의 바람은 그 뜻을 이루지 못했다.

연후와 단목강이 북경에 도착했을 때 이미 유한승의 숨은 멈춰 있었다. 잠들 듯 영면한 그 표정은 참으로 편안해 보였으나 연후의 울분이 거대한 외침이 되어 퍼져 나갔음은 당연한 일이었다.

"조! 부! 님! 으아아아아아아!"

* * *

"정말 죽은 거야?"

오 척 단구의 자그마한 체구의 노인을 품에 안은 무린의 음성은 나직했다.

"초노! 정말로 죽은 거냐구?"

무린의 음성이 조금 격앙되었다.

이미 싸늘하게 식은 초노의 주검을 매만지면서도 도무지 사실처럼 여겨지지 않는다는 표정이었다.

그 광경을 말없이 지켜보는 흑의인 암천의 표정도 침중하기 이를 데 없었다.

비록 일 년이 채 될까 말까 하는 시간 동안 함께한 사이였으나 암천에게도 초노는 너무나 특별한 존재였기 때문이었다.

구배지례를 올린 것은 아니었으나 그에게 초노인은 스승이나 진배없었다.

그 죽음에 가슴이 쓰라린 것은 어쩔 수가 없는 일이었다.

하나 그것을 티를 낼 수가 없었다.

초노의 주검을 안고 있는 청년 혁무린의 분위기가 너무나 기이했기 때문이었다.

무공 한 자락 익히지 않은 것은 틀림없었으나 지금 그에게선 감히 범접할 수 없는 무언가가 느껴졌다.

너무나도 생소하고 이질적인 느낌, 그 기이한 느낌이 감히 혁무린에게 다가서지 못하게 하고 있었다.

암천은 그저 무린의 넋두리처럼 이어지는 혼잣말을 듣고 있을 뿐이었다.

"이 땅에 초노를 어찌할 수 있는 사람은 아버지뿐이라며! 그렇게 장담하더니 이게 뭐야! 왜 이러고 있냐고? 눈 좀 떠 봐! 응!"

"앞으로 백 년은 더 살 수 있다고 해 놓고! 대체 뭐야!"

"약속했잖아! 나 강해지면 제일 처음 싸워 준다고!"

"이제 이 년도 안 남았는데……."

"나 정말 화날라고 해! 다 없애 버릴까?"

"젠장! 이게 다 아버지 때문이잖아! 그래, 결국 다 아버지 때문이야!"

"모두 알고 보낸 거야! 그래 그 인간이라면 다 알고 있었을 거야! 그러니까 하고많은 곳 중에 유가장으로 보낸 거야.”

“우연이라고 하기엔 말이 안 되잖아. 학문 익히라고 보낸 곳에 환우오천존의 후인들이 득실대는 것만 봐도 틀림없어. 그러니까……. 아버진 다 알고 보낸 거야!”

“그래, 초노가 이렇게 될 걸 알고 있었어. 젠장! 돌아가면 용서 안 해! 절대로!”

미친놈처럼 중얼거리다가 말고, 또다시 중얼거리기를 얼마나 했는지.

아무리 봐도 실성하기 일보 직전의 모습처럼 보였으나 암천은 왠지 모를 불안감에 휩싸였다.

일전에 초노인이 했던 말이 불현듯 머릿속을 울리는 것이었다.

“소공께서 무림을 어여삐 여기는 마음이 생겨야 지금처럼 강호무림에 무탈함이 계속될 수 있느니라.”

마치 세상 전체를 손바닥 위에 놓고 있다는 듯한 초노의 말, 물론 처음엔 말도 안 되는 소리라 생각했었다.

하지만 시일이 지날수록, 또 초노의 능력을 알게 되면 알수록 점점 더 그 말이 사실일지도 모른다는 느낌을 갖게 되었다.

‘대체 혁 공자나 초 어르신의 진정한 정체는 무엇이란 말이냐? 또……. 혁 공자의 부친은 어떤 존재이고…….’

암천의 머릿속은 더더욱 복잡해졌으나 그 의문을 해결

할 길은 없었다.

하나 지금은 그런 의문이나 붙잡고 있을 때가 아니었다.

초노인이 죽었다는 것은 적들이 생존해 있다는 뜻이었다.

그렇다는 것은 지금 적들이 나타나면 꼼짝없이 죽어야만 한다는 것이나 다름없는 말이었다.

서둘러 시신을 수습하고 자리를 떠나야 함이 분명했다.

하지만 암천은 쉽사리 그런 말을 꺼낼 수가 없었다.

차라리 목 놓아 울고 소리라도 치면 달래 보겠지만 이건 마치 산 사람 붙잡고 이야기하듯 계속해서 말을 건네고 있는데다가, 무린을 둘러싼 기이한 분위기에 쉽사리 입을 떼기가 힘든 지경이었다.

그렇다고 해도 마냥 기다릴 수는 없는 일이었다.

더구나 초노인의 마지막 당부 역시 무엇보다 혁무린의 안위를 우선시 하라는 것이었다.

세상이 무너져도 혁 공자만은 살리라는 말, 암천은 억지로 무린을 향해 다가섰다.

"저…… 혁…… 공자!"

초노의 주검을 안고 있던 무린이 고개를 살짝 돌려 암천을 바라보았다.

암천은 무척이나 죄스러운 표정을 짓고 있었는데 때마

침 무린의 입에서 나직한 탄성이 터져 나왔다.

"아 참! 잊고 있었네요. 절 데려와 주신 분인데……. 암천 대주라고 하셨죠?"

의외로 혁무린의 음성은 평소와 다름없었다.

아니, 너무나 멀쩡해 과연 초노인의 죽음을 슬퍼하긴 했나 하는 표정이었다.

"그…… 그렇소. 우선은…… 어르신의 유체를 수습하고…… 서둘러 자릴 뜨는 게……."

"아! 그래야죠. 네. 그렇게 해요. 그나저나 어쩌죠? 이렇게 아무 데나 묻고 싶진 않은데……."

"원하시는 데까지 제가 모시겠소이다."

암천은 서둘러 대답했다. 그것이 스승처럼 초노를 곁에 두었던 도리라 생각했다.

하나 연이어진 혁무린의 말에 암천은 뜨악한 얼굴이었다.

"좀 먼데요…… 신강까지 괜찮을까요?"

"네엣?"

"초노를…… 꼭 보여 줘야 할 사람이 있거든요."

"그래도…… 신강이면……."

"염려 마세요. 날이 추워서 시신에 탈이 나진 않을 테니까요. 할 수 없음, 혼자라도 갈 거니까 너무 염려 마세요."

"……."

"그래야, 누구 짓인지 알 수 있어요. 다른 건 몰라도 초노의 복수는 제가 해 줘야 하니까요."

너무나 밝아 자칫 명랑해 보이기까지 하는 음성이었다.

하나 암천은 그 순간 흠칫할 수밖에 없었다.

전신을 휘감는 무언가를 느낀 것이다. 온몸의 털이 곤두설 정도의 싸늘한 감촉, 암천은 저도 모르게 침을 꼴딱 삼켰다.

때마침 다시 무린의 음성이 이어졌다.

"너무 걱정 마세요. 죄 없는 사람이 상하거나 그러진 않을 테니까요."

암천은 다시 한 번 굳어졌다.

대체 눈앞의 이 청년, 자신이 무슨 소릴 하고 있는지 알고 있는 것일까 하는 생각.

초노를 죽인 이들의 복수를 너무나 쉽게 말하고 있었다.

하지만 왠지 그들을 단죄하는 일이 이 청년에게는 정말로 쉬운 일일지도 모른다는 느낌이 스멀스멀 기어들어 왔다.

"초노를 죽인 놈들하고 이번 일에 관계된 놈들을 싹 찾아서 죽일 거예요. 그 정도는 해 줘야 초노도 편하게 눈을 감을 테니까요."

혼자 힘으론 눈발도 제대로 헤치지 못하는 무린의 음성.

또한 상대는 중살임이 분명했다.

강호무림 최고의 고수라는 쌍성조차 그 꼬리를 잡지 못한 존재들이 바로 중살.

한데 이 청년은 그들의 목숨을 턱없이 쉽게 취하겠다 말하고 있었다.

그럼에도 점차 그 모든 말들이 틀림없이 사실이 될 것처럼 여겨졌다. 좀처럼 가라앉지 않는 소름, 온몸에 퍼진 그 소름이 그렇게 느끼게 하고 있는 것이다.

'대체 정체가 뭐야? 이거 궁금해서라도 가 봐야겠는걸. 그 신강에……!'

아버지와 아들

"닥치거라! 그것이 금의위의 수반으로 가당키나 한 말이더냐?"

아직 소녀의 태가 역력한 여인의 분노한 음성이었다.

복숭아 빛을 발하는 여인의 고운 얼굴은 아직 앳되기만 했는데 그 앞에 부복한 사내는 감히 고개를 들지 못하고 입을 열었다.

"공주마마! 신의 무능을 꾸짖어 주십시오."

대답하는 사내는 금의위의 총영반이자 황궁제일의 고수로 강호에까지 이름이 자자한 곽영이라는 사내였다.

"다른 곳도 아닌 유가장입니다. 황사의 가문이 하루아침에 몰락했거늘 어찌 단서 하나 찾지 못한단 말입니까?"

여인 자운 공주의 음성에는 여전히 노기가 가득했다.

그때 공주의 곁에 서 있던 중년의 문사가 입을 열었다.

"마마! 제형안찰사사가 이미 시신을 모두 수습하여 불태웠다 합니다. 하니 흉수의 단초를 찾기가 쉽지 않을 것입니다. 하북성의 안찰사가 태공의 심복임을 몰랐던 것이 어찌 비단 곽 영반의 잘못이겠습니까?"

입을 여는 중년 문사는 한림원의 수장이라 할 수 있는 사내로 그가 유한승이 임종 전에 언급한 조병탁이란 인물이었다.

조병탁의 말에 자운 공주의 얼굴은 더욱 어두워질 수밖에 없었다.

"흉수는 너무도 뻔한 것이거늘……. 누구도 그를 문책할 수 없다니……."

입술을 질끈 깨무는 자운 공주의 음성은 깊이 가라앉았다.

유가장에 참변이 있었던 것이 벌써 한 달 전이다.

하나 그녀가 할 수 있는 일이라곤 그저 금의위와 어림군의 무장들을 보내 사건을 재조사하는 것이 전부였다.

그마저도 이미 시기를 놓쳐 아무런 단서조차 찾고 있지 못하니 공주의 답답함은 더욱 커져만 갈 수밖에 없었다.

그런 자운 공주의 속내를 잘 알기라도 하듯 조병탁의 조심스러운 음성이 이어졌다.

"너무 심려 마시옵소서. 황사 어르신과 유 공자의 시신이 발견되지 않은 것으로 보아 틀림없이 화를 면했을 것입니다."

그 말이 조금 위안이라도 되었는지 자운 공주의 눈빛이 살짝 떨려 왔다.

"정말로 그렇다면……. 어찌 아직 소식이 없을까요?"

"창졸간에 흉험한 일을 당한 터라 아직 운신이 여의치 않을 것입니다. 하나 조만간 연락을 취해 오실 것입니다. 하니 그때까지 마마께서도 차분함을 유지하셔야만 합니다."

"알겠어요."

"그러셔야지요. 태공공, 그자가 바라는 것이 무엇이겠습니까? 마마와 저희들에게 혼란과 두려움을 심어 주려는 것입니다. 절대로 흔들리는 모습을 보이시면 아니 될 것입니다."

연이어진 조병탁의 당부에 자운 공주의 맑은 눈동자에도 결연한 빛이 어렸다.

그러면서도 안타까운 마음은 지울 길이 없었다.

이런 일이 생길까 봐 직접 어림군을 보내 유가장을 지키고자 했건만 유한승은 한사코 거부했다.

황군을 사사로이 쓸 수는 없는 일이라며…….

그것이 못내 아쉬움으로 남았다.

그때 금의위의 영반 곽영의 음성이 조심스레 흘러나왔다.

"마마! 아뢰옵기 황송하오나 소신이 짐작한 것이 있사옵니다."

"무엇이냐?"

"아마도 강호인들의 개입이 있었던 것으로 보입니다."

"강호인? 하면 과거에 대장군가에 화를 불러왔다는 그 패악한 무리들을 말하는 것이냐?"

"그러하옵니다. 이번 일도 그때와 다르지 않사옵니다. 아마 세간에 중살이라 알려진 그들의 소행인 듯합니다."

곽영의 음성이 흘러나오자 연이어 조병탁이 나섰다.

"시신이 없어 흉수를 유추할 수 없다 하지 않았는가? 하면서 어찌 그런 추측을 할 수 있단 말인가?"

"조 대인! 시신은 볼 수 없었으나 관청에는 죽은 이들의 신상기록이 있었습니다. 대부분 유가장의 하인들이었으나 또 다른 한 무리의 무인들이 있었습니다."

"무인들이라니?"

"천하상단에 적을 두고 있는 무인들이었습니다. 아마도 유가장을 보호하기 위해 황사께서 초빙한 이들인 듯싶습니다. 그런 이들 이십여 명이 도주조차 하지 못하고 몰살당했다는 것은 그만큼의 무서운 이들이 유가장을 노렸다는 것입니다. 과거 대장군가를 멸한 이들 정도의 능력을 지닌 이들은 많지 않습니다."

곽영의 답에 조병탁이나 자운 공주 모두 나직이 고개를 끄덕였다.

그의 말을 듣고 보니 더욱 답답함이 밀려드는 기분이었다.

"대체 태공공, 그자는 어찌 그런 이들까지 수족처럼 부릴 수 있단 말인지……."

자운 공주의 음성에 다시 은은한 노기가 맺혔으나 곽영은 여전히 침착한 목소리였다.

"그간의 정황을 미루어 보아 그 중살이란 무리가 태공공의 심복은 아닌 듯합니다. 그 정도로 가깝다면 내밀원 쪽과 밀접할 터인데 전혀 그런 징후를 찾을 수가 없사옵니다."

그때 다시 조병탁이 나섰다.

"하면 태공공이 성 밖에 따로 조직을 두어 운용한다는 뜻인가? 그 중살이란 무리가 속해 있는?"

"그것은 아닌 듯합니다. 과거부터 중살이 저지른 살행에는 태공공이나 조정과는 전혀 상관없는 강호의 일들이 꽤나 됩니다. 하북팽가라든지 귀주의 살방 같은 곳들은 단순한 강호의 세력, 하니 그놈들은 역시 강호무림에 적을 둔 이들이 틀림없을 것입니다."

"하면 어찌 그들이 태공공을 따른다는 것인가?"

"아마 필요할 때마다 모종의 대가를 주는 형태로 그들을 부리는 것인 듯합니다."

곽영의 연이어진 설명에 자운 공주의 표정은 더욱 어두워졌다.

그나마 심복이 아니라 하니 다행인 듯했으나 어차피 필요할 때 쓸 수 있다면 두려운 힘인 것은 매한가지였다.

더구나 이미 동창과 내밀원을 비롯한 군부의 세력을 완벽히 틀어쥔 태공공에게 그만한 힘이 더 있다는 말이니 싸워야 할 상대의 크기가 버겁게만 느껴졌다.

하나 절망만 하고 있을 수는 없었다.

곽영의 말에 따르면 유가장 역시 외부의 도움을 청하였단 뜻인데 그것을 단서로 혹 실종된 이들을 찾을 수도 있지 않을까 하는 생각이었다.

"하면 그 천하상단이란 곳에 연락을 넣어 보았느냐? 무사하시다면 혹 황사 어르신과 유 공자께서 그곳에 의탁하고 있을지도 모르지 않느냐?"

"수하들을 은밀히 움직였으나 그곳에서도 모르는 일이라고 합니다. 게다가 천하상단은 결코 쉽지 않은 곳이라 관부에서 정식으로 협조를 요청하지 않는 이상 더 깊이 조사하기 쉽지 않습니다."

"하면 무엇을 망설이느냐? 속히 관인들을 움직이면 될 것을! 아니다, 지금 당장 폐하께 청해 어지를 내리라 할 것이다."

자운 공주는 당장이라도 어전을 향해 나갈 듯한 태세였고 그러자 조병탁이 황급히 나섰다.

"그렇게 서두른다고 될 일은 아닐 것입니다. 잠시 이 상태로 상황을 주시하는 것이 좋을 것 같사옵니다."

"어째서요? 한시가 급한 것을……."

"황사 어르신께서 무사하다면 그만한 능력이 그 천하상단에 있는 것이니 더 이상 위협은 없을 터이고, 그것이 아니라면 괜히 움직여 저쪽에 정보만 제공하는 꼴이 될까 두렵사옵니다."

조병탁의 말은 충분히 근거가 있는 말이었으나 그것이 자운 공주의 답답함을 모두 해결할 수는 없는 일이었다.

"그러다 그 천하상단이란 곳도 참화를 당하면 어찌한단 말입니까?"

자운 공주가 걱정하는 것은 그것이었다.

팔십만 황군의 호령하던 대장군가도 하루아침에 멸문지화를 당했고, 황사의 가문이라 칭송받아 오던 유가장마저 참변을 면치 못했다.

또한 그간 의문의 멸문을 당한 충신들의 가문이 헤아릴 수 없으니 두렵지 않을 수 없었다.

그런 곳들마저 눈에 두지 않는 태공공이 일개 상단쯤 처리하는 것은 거리낄 것도 없는 일이라 여겨진 것이다.

그러자 부복하여 있던 곽영이 입을 열었다.

"천하상단 뒤에는 단목세가가 있습니다."

자운 공주의 눈빛이 의문으로 빛났다. 곽영이 하는 말을 전혀 이해하지 못했기 때문이었다.

"단목세가?"

마치 그 이름이 태공공을 막을 수 있기라도 하느냐는 표정으로 반문하는 것이다.

"그러하옵니다. 천하상단의 실소유주는 바로 단목세가입니다. 아무리 태공공이 움직인다 하여도 결코 그 뜻을 이루지 못할 것입니다."

곽영의 음성에는 확신이 차 있었으나 자운 공주의 눈에는 더욱 큰 의문이 깃들었다.

그녀 역시 들어 본 적은 있었다. 아니 그곳에 소가주란 청년을 직접 유가장에서 만난 적도 있으니 모를 수가 없는 곳이었다.

명문의 후계임이 틀림없어 보이던 청년, 말이 청년이지 고작 자신의 또래로 보이던 그의 이름이 단목강이라 했던 것도 기억했다.

아니 솔직히 무뚝뚝한 연후보다 자신을 보며 이따금씩 얼굴을 붉히던 그에게 호감이 인 것도 사실이었다. 그녀가 기억하는 단목세가란 이름은 그 청년으로 인해 알고 있는 것이었다.

한데 어찌 그 이름이 태공공을 막을 수 있는지 전혀 이해할 수가 없었다.

더구나 조금 전 곽영이 말하길 그곳 천하상단의 무인들이 중살이란 이들에게 속절없이 죽어 나갔다는 것까지 들은 차였기에 곽영이 무엇을 말하고자 하는지 더욱 이해할 수 없었다.

"단목세가는 오래도록 천하제일가로 칭송받아 온 무가입니다. 그곳에는 소신보다 뛰어난 고수들이 즐비하며 특히나 가주 단목중경은 모든 강호인들 중에서도 한 손가락에 꼽힐 정도로 강한 무인입니다. 중살이란 이들이 감히 어쩔 수 있는 곳이 아니옵니다."

연이어진 곽영의 말에도 불구하고 자운 공주의 표정은 쉬 밝아지지 않았다.

"하면 그곳의 무인들이 도망조차 치지 못하고 죽었다는 것은……?"

"죽은 천하상단의 무인들은 기껏해야 도적들을 상대할 수준의 무사들입니다. 아마 이런 일을 예상치 못한 것일 테지요. 설마하니 중살이 움직일 줄 누가 예상이나 하였겠습니까? 하나 단목세가의 진짜 무인들은 다릅니다. 그들은 능히 최고라 불릴 만한 이들이며 사태가 이만하면 그 진짜 세가의 고수들이 나설 것입니다."

자운 공주가 미약하게 고개를 끄덕였다.

나고 자라고 본 것이 황궁뿐인지라 곽영의 말이 어떤 의미인지 정확히 이해할 수 없었다.

다만 대내에서 가장 뛰어나다는 곽영과도 같은 고수가 많다고 하며 그들이 나선다고 하니 그나마 마음이 조금 놓이는 기분이었다.

그러자 문득 단목강을 포함에 유가장에서 동문수학하던 청년들의 모습이 떠올랐다.

또한 그들의 안위 역시 자연스럽게 걱정될 수밖에 없었다.

"곽 영반!"

"네, 마마!"

"시신의 명단 중에 확인코자 하는 이름들이 있다. 속히 포청에 가서 그 안에 단목강과 혁무린이란 이름이 있는지를 확인해 보아라."

단 이틀간 유가장에 머물렀지만 두 청년의 모습은 워낙 특이하여 쉬 잊히지 않는 것이었다.

그간 오직 황사 유한승에 대한 걱정 때문에 신경 쓸 여력이 없었으나 이제 단목세가의 이름을 듣게 되니 그들의 존재와 그 안위가 그녀를 근심 짓게 했다.

자운 공주의 명이 이어지자 곽영은 확인할 필요도 없이 곧바로 대답했다.

"명부에 그런 이름은 없사옵니다."

자운 공주의 눈빛에 일순간 안도의 빛이 감돌았다.

그러면서도 확실하냐는 듯한 의문도 깃들어 있었다. 죽은 이의 수가 수십에 달하니 혹여 실수할지도 모른다는 걱정이 인 것이다.

"그간 명부에 적인 이들 한 명 한 명의 내력을 조사했습니다. 신원이 파악되지 않은 이는 없었으며 명부에 분명 그런 이름은 없었사옵니다."

곽영의 망설임 없는 답에 자운 공주는 비로소 마음을 놓을 수가 있었다.

단목강이나 혁무린이 무사하다면 유 공자나 유한승도 무사할 가능성이 높다는 뜻이었다.

아니 틀림없이 무사할 것이란 생각에 얼굴에 화색이 도는 듯했다.

그때 다시 곽영의 조심스러운 음성이 이어졌다.

"마마! 여쭙겠습니다. 그 단목강이란 이름은 혹 단목세가와 연관이 있는 것인지요?"

"그렇다. 일전에 유가장을 방문했을 때 면식이 있었는데 그가 단목세가란 곳의 소가주라 하더구나."

자운 공주의 말에 곽영의 눈빛에 잠시 찬탄의 빛이 어렸다.

"왜 그러느냐?"

"아, 아니옵니다. 다만 천하상단의 반응이 예상외로 완강하다고 여겼는데 소가주가 관련되어 있어서 그러했던 것이란 생각을 했사옵니다."

곽영의 답은 곧바로 이어졌으나 자운 공주의 얼굴은 묘하게 일그러졌다.

아무리 곽영이 자신의 편에 선다고 하지만 이따금씩 그가 무슨 생각을 하는지 모를 때가 있다는 느낌이었다.

그럴 때면 왠지 모를 꺼림칙한 기분이 들었다.

하나 그를 천거한 이는 다름 아닌 옆에 있는 조병탁이었다.

더구나 자운 공주로선 곽영을 신뢰할 수밖에 없는 처지였다.

명실상부한 황궁제일의 고수에다 금의위를 통솔하는 대영반의 직함을 지닌 인물, 동창을 장악한 태공공과 환관 세력에게 맞서기 위해선 그가 반드시 필요한 상황인 것이다.

그렇게 자운 공주가 잠시 상념에 빠져 있을 때 한동안 잠자코 있던 조병탁의 입이 열렸다.

"일이 이렇게 된 것, 차라리 저희들도 그 강호의 힘을 빌리는 것이 어떨까 합니다."

조병탁의 말에 자운 공주의 커다란 눈동자가 더욱 커졌다.

"마침 마마께서 단목세가란 곳과 연이 있다 하니 생각

보다 일이 수월하게 풀릴지도 모르지 않겠습니까? 곽 영반 자네의 생각은 어떠한가?"

"오래전부터 관과 무림은 서로 경계를 긋고 서로의 영역을 넘지 않았습니다. 하니 그들 역시 선뜻 수락하여 황궁의 일에 개입하기는 어려울 것입니다."

"그 경계를 넘은 것은 저쪽이 아니던가? 그 중살이란 녀석들! 분명 강호무림이란 세계의 무뢰배들이지 않은가? 하면 명분도 충분할 듯한데……."

조병탁 역시나 자운 공주만큼이나 무림이란 세상에 대해선 아는 것이 없었다.

그 때문에 곽영의 이야기만 듣고 그러한 생각을 하게 된 것이다.

태공공에게도 숨겨진 강호의 힘이 있다 하니 이쪽에서도 준비해 두어서 나쁠 것이 없다는 생각이었다.

아무래도 어림천위군과 금의위의 활동 영역은 자금성 내에 국한되어 있을 뿐이 아니라 그들 안에는 태공의 간세가 파악할 수 없을 정도도 많았다.

그런 상황에 외부에 믿을 만한 조력자가 있다면 더할 나위 없는 힘이 될 것이란 생각이었다.

자운 공주 역시 그런 조병탁과 크게 다르지 않은 생각이었다.

"좋아요! 곽 영반은 그 천하상단이란 곳을 통해 단목세가와 연결될 수 있도록 해 주세요."

"최선을 다하겠습니다."

"이만 물러가 보세요."

"네! 마마."

곽영은 예를 취한 뒤 문밖으로 나섰고 그가 떠나고 난 뒤에도 두 사람은 한동안 말없이 자리를 지켰다.

그러다 자운 공주가 먼저 입을 열었다.

"과연 곽 영반을 완전히 신뢰해도 좋을지 모르겠어요. 전혀 속내를 알 수가 없으니 말이에요."

그를 천거한 이 앞에서 함부로 흠을 잡을 수는 없는 일인지라 자운 공주의 음성은 조심스러웠다.

하나 조병탁은 자신 있게 말했다.

"마마께서 염려하시는 것이 무언인지는 알겠사오나 그는 충분히 믿어도 될 사람입니다. 그 또한 강호무림 출신이니 결코 환관 따위에게 휘둘리진 않을 것입니다."

"네엣? 곽 영반이요?"

"그러하옵니다. 더구나 그 출신이 광명정대하기로 으뜸이라는 소림이니 충분히 믿을 수 있는 것이지요."

조병탁이나 자운 공주 모두 강호무림에 관해 문외한이나 다름없어도 소림의 이름만은 잘 알고 있었다.

천하의 모든 무공이 소림에 나왔다는 말이나 그곳에 활불과도 같은 고승들이 즐비하다는 이야기 정도야 귀동냥으로라도 들을 수 있었기 때문이었다.

"소림이라면…… 곽 영반이 승려 출신이란 말이에요?"

"아닙니다. 소림사에도 본산 제자와 속가 제자란 것이 있다 합니다. 본산 제자는 마마께서도 아시는 그 승려들을 이름이고 속가 제자란 승려는 아니면서 소림의 무학을 배우는 이들을 이르는 것이지요. 곽영은 바로 그 소림의 속가 제자 출신입니다."

"하지만 단지 그것만으로 어찌 그를 완전히 신뢰할 수 있단 말입니까"

"어찌 그 때문이겠습니까?"

"하면?"

"그는 금의위에 들기 전에 금군의 교두로 있었는데 작고하신 대장군께서 늘 곁에 두던 이였습니다. 훗날 크게 쓸 것이라고 하며……. 곽 영반이 태공의 무리와 결탁하였다면 이미 십여 년 전에 지금의 자리에 올랐을 것입니다. 그만큼 출중한 실력을 지닌 인물이지요. 하나 묵묵히 자신의 소임을 다해 온 터라 꾸준히 진급하여 얼마 전에야 금의위의 대영반이 된 것입니다. 그런 이가 어찌 태공의 심복이겠습니까? 그에 관해선 염려를 놓으셔도 될 것입니다."

"네……. 알겠어요. 조 대인만 믿겠어요."

나직하게 입을 여는 자운 공주, 하나 곽영을 대할 때마다 드는 막연한 불안감을 전부 떨쳐 낼 수가 없었다.

* * *

북경제일루라 불리는 자명루와 맞닿아 그 뒤편에 자리한 장원은 자명루의 화려한 외관에 비견되어 더욱 소담스럽게 보였다.

하나 실상은 그 장원이 자명루를 소유하고 있는 천하상단의 것임을 아는 사람은 의외로 많지 않았다.

엄밀히 말하면 천하상단의 하북지단이 자명루를 확장하기 위해 구입했다가 관에서 허가가 나지 않아 몇 년간 방치되어 온 곳이 바로 그 장원이었다.

멀지 않은 곳에 하북지단의 본단이 있는 터라 굳이 다른 용도로 사용할 필요도 없는 장원, 하여 특별히 돌보는 이 없이 버려지다시피 한 곳이었다.

그곳에 얼마 전부터 누군가 머물기 시작했다.

그렇다고 하나 있는 듯 없는 듯 하여 장원 안팎으로 모습을 드러낸 적은 거의 없었다.

하여 그곳에 사람이 들었다는 것조차 아는 이가 거의 없었다. 그런 조용한 장원의 안쪽 내실에서 나직하게 이어지는 대화가 있었다.

"여기 계속 머물 생각이더냐?"

연후의 부친이라는 문사 유기문의 음성이었다.

당연한 듯 마주한 이는 그의 아들 연후였다. 하나 연후는 부친의 질문에 선뜻 답을 하지 않았다.

연후가 이곳에 머물기 시작한 것도 벌써 한 달가량, 그간 참 많은 일을 겪어야 했다.

특히나 연후를 힘들게 했던 것은 유한승의 장례를 치렀던 일이었다.

비록 세상에 알리지도 못하고 그나마 단목강과 천하상단의 도움으로 치를 수밖에 없었던 장례, 그때 입은 상복을 아직도 벗지 않고 있는 것이 지금의 연후였다.

"적어도 사십구제까지는 여기 있어야 하지 않을까 합니다."

선산에 묻지도 못하고 가묘를 세워 장원 뒤편에 조부를 안장했다.

그것만으로도 피를 토하고 싶은 심정이었으나 당장 중요한 것은 조부의 무덤이 어디에 자리 잡게 되는 것인가가 아니었다.

우선은 지금 자신이 처한 상황을 벗어나는 것이 중요하며 조부의 시신을 이장하는 것은 그 후에 해도 늦지 않았다.

"그 후에는 어쩔 생각이냐?"

다시금 이어진 유기문의 음성, 하나 연후는 또다시 쉬

답을 하지 못했다.

그러자 다시 한 번 유기문의 나직한 물음이 이어졌다.

"아버님의 유지를 따르고 싶으냐?"

연이어진 유기문의 질문에도 불구하고 연후는 또다시 한참이나 입을 열지 않았다.

조부의 마지막 바람이니 당연히 따라야 할 것이 도리였다.

하지만 그 일을 행하자니 무언가가 가슴을 탁 막고 있는 것 같아 쉽게 결정을 내리지 못하고 있는 것이다.

원래라면 벌써 조부가 말한 조병탁이란 이를 찾아 기별을 넣어야만 했다.

더군다나 그쪽에서 벌써 수차례나 천하상단을 찾아와 자신을 찾고 있다는 이야기까지 알고 있는 상황이었다.

자신과 조부의 행적을 애타게 찾고 있는 그들, 그럼에도 연후는 철저히 행적을 감추어 달라 부탁했다.

과연 단목강의 말처럼 천하상단의 이숙 두여량이란 인물은 그 능력이 뛰어나 적들은 물론 금의위에게까지 완벽히 자신의 자취를 지워 냈다.

하여 지난 한 달 동안 연후는 꽤나 많은 시간을 벌 수 있었다.

그리고 그 시간 동안 무수한 고민을 했다.

그럼에도 쉽사리 나설 수가 없었다.

하나 더욱 답답한 것은 스스로도 왜 그런 것인지 정확히 결론 내리지 못한다는 것이었다.

다만 지금 상황에서 자운 공주와의 혼담이 성사되어서는 안 된다는 생각, 그리 되어선 정말로 스스로의 힘으로 아무것도 하지 못할 것이란 막연한 생각만이 가득했다.

부마도위가 되고 유가장의 후인이란 이름으로 문관들의 세를 모은다 하나 그 안에서 정작 자신이 무엇을 하겠는가?

어쩌면 그저 이름만 빌려 줘야 하는 처지에 놓일지도 몰랐다.

거기다 그간 배우고 익힌 학문이란 것들이 과연 지금과도 같은 형국에 무슨 힘이 될까 싶은 마음마저 일었다.

아니 그런 것들은 그저 핑계였다.

연후의 마음속 깊은 곳에서 원하고자 하는 일은 다른 것이었다.

조부를 죽음으로 몰고 간 이들, 더구나 유가장의 죄 없는 식솔들을 무참히 살해한 그 악적들을 스스로의 힘으로 단죄하고 싶은 마음이 날이 갈수록 커졌다.

그리고 스스로 익힌 무공 안에 그 가능성이 있음을 알았다.

과거라면 꿈도 꾸지 못할 일이었다.

하나 백부 금도산에게 전수 받은 염왕진결이 있고, 놀

라울 만큼의 공능을 보이는 광해경이란 기서의 능력이 있었다.

그 두 가지 힘이 결코 약하지 않음을 이번 일로 확인했다.

거기에 그저 훑어본 것이 전부이지만 어머니가 남긴 무상검결과 초연검 역시 전설이라고까지 불리는 검제의 무공이었다.

이 세 가지 무공들을 지금보다 더욱 높은 경지까지 익혀 내면 해내지 못할 일이 없을 것 같았다.

이제껏 제대로 무공을 익힌 시간이라 해 봐야 고작 팔 개월 남짓일 뿐이었다.

그 정도 수련으로 비록 잠시 동안이라지만 중살이라 불리는 무시무시한 복면인을 궁지에 몰아넣을 수 있었다.

물론 턱없는 공력의 차이에다 실전 경험마저 전무했으니 필패로 이어진 것은 당연한 것.

하나 팔 개월의 수련이 아닌 그 기간이 팔 년이었다면 어떠했을까 하는 생각을 수시로 떨칠 수가 없었다.

아니 앞으로 팔 년의 수련을 더한다면 스스로의 힘으로 충분히 그자들을 단죄할 수 있지 않을까 하는 생각이었다.

어쩌면 그것이 섣부른 판단일 수도 있었다.

강호무림의 일이란 범인의 잣대로는 도저히 예단할 수 없는 일들이 부지기수라 들었으니…….

그렇다고 해도 적어도 남에게 의지하지 않고 스스로의 힘으로 제 한 몸 지키고, 또한 눈앞의 소중한 사람들을 지켜 낼 수 있는 능력을 지니게 될 것임은 확신했다.

자신에게 그런 힘이 없다면 언제 어느 때고 또다시 찾아올 수 있는 그 악적들에게 영원히 목숨을 내맡긴 것이나 다름없이 살아야만 한다는 생각을 떨쳐 낼 수가 없었다.

당연히 모든 주변의 일들보다 스스로의 힘을 키워야 함이 선결될 일이라는 생각이었다.

하지만 쉬 그런 결정을 내릴 수 없는 이유가 있었다.

이 모든 일의 진짜 원흉이라는 그 환관의 세력은 그동안에도 발을 뻗고 잘 것이다.

그러면서도 여전히 그들이 지닌 힘으로 황궁과 중원 천하를 좌지우지하며 호의호식할 것이 틀림없었다.

그것이야말로 진짜 조부의 원수를 두고 그 하수인들만 쫓는 꼴이나 다름없는 것이다. 그렇게 보면 당장 자운 공주와 혼례를 치르고 황궁에 들어 그 환관의 세력과 싸워야만 했다.

그것이 또한 조부가 바라는 간절한 염원이었고…….

이 두 가지 길 앞에 연후는 쉽사리 결정을 할 수 없었다.

머릿속은 분명 조부가 원하는 후자의 일을 행하는 것이

도리라 말하나 가슴속은 전혀 다른 말을 하고 있는 것이다.

무엇보다도 그날 복면인의 일장에 절명한 하인 동삼의 모습과 자신의 등에 업힌 채 끝끝내 숨을 거둔 조부의 모습을 지울 길이 없었다.

그 생각만 하면 가슴속에 거대한 불덩이가 타는 듯했다.

그 죽음의 원흉, 중살이란 놈들.

자신이 황궁에 들어 환관과의 세력 다툼에 세월을 보낸다면 그놈들 역시 또 어디선가 천인공노할 짓들을 서슴지 않을 것이라 생각하면 피가 거꾸로 솟는 것만 같았다.

물론 부마도위가 되어서도 은밀히 무공을 수련할 수 있다면 더할 나위가 없을 것이다.

그리하여 세력도 얻고 스스로의 무공도 완성시킨다면 조정의 일도, 그 중살이란 이들을 찾아 복수하는 것도 모두 해낼 수 있을지도 몰랐다.

하나 과연 황궁 생활이란 것이 자신의 뜻대로 흘러가 줄 것인지가 자신 없었다.

또한 부마의 자리에서 그 두 가지 일을 행하다 잘못되면 그 여파가 어디까지 미칠지 몰랐다. 공주의 안위마저 무사하다 장담할 수 없을 것이다.

설령 그것이 기우일지라도 결코 자운 공주에게 폐가 가

서는 아니 된다는 생각이었다.

물론 이 모든 것이 스스로의 좁은 안목 속에서 예견하고 결론 내어지는 것일 수도 있다.

앞일이란 결코 자신의 잣대로만 흘러가지 않을 것은 틀림없기에.

그렇기에 더더욱 결정을 내리는 것이 쉽지 않았다.

마음 깊은 곳에서 언제부터인가 자리하기 시작한 불덩이가 점점 더 커지고 있음을 그 누구보다 잘 알기에, 그리고 그 불덩이가 자신에게 강호로 가야 한다고 말하고 있는 것만 같기에…….

그렇게 연후가 깊은 상념에 빠졌을 때 다시금 유기문의 음성이 이어졌다.

"하면 내가 이른 길로 가는 것은 어떠하냐?"

유기문의 말에 연후가 물끄러미 부친인 유기문을 바라보았다.

말이 좋아 부자간이라 하나 쌓인 정 하나 없는 사이였다.

그야말로 어느 날 갑자기 뚝 하고 하늘에서 떨어진 것처럼 나타난 사내가 바로 눈앞의 부친이란 이였다.

그리고 지난 한 달간 함께 이 장원에서 지내는 동안에도 별다른 대화조차 없었던 것이다.

그런 부친이 자신에게 길을 열어 주겠다고 하는 것이

다.

더군다나 그가 무언가 위험한 일을 꾸미고 있음을 알고 있는 연후였다.

연후가 또다시 답이 없자 유기문이 입가에 전에는 볼 수 없는 희미한 미소를 지으며 물었다.

"의형께 무언가 들은 것이 있는 것이로구나?"

"……."

"물론 이 아비가 하고자 하는 일은 의형의 말과 크게 다르지 않다."

그제야 연후가 눈을 치켜떴다.

백부 금도산은 부친을 언급할 때 함께 역모라는 말을 꺼내었다.

듣기만 해도 실로 무시무시한 것이 바로 역모라는 말, 지금 눈앞의 중년 사내는 백부가 그런 말을 했던 것을 알고 있기나 한가 하는 생각이었다.

하나 유기문이란 이름의 사내는 마치 아무 일도 아니란 듯이 입을 열었다.

"연후야! 분명히 나는 이 세상을 뒤집을 생각이니라. 물론 그러자면 지금의 황궁 또한 이대로 둬선 아니 되고……."

연후의 눈이 더욱 커지며 거세게 흔들렸다.

입술마저 꿈틀거리는 것이 울컥하며 무언가 치밀어 오

르는 기분이었다.

조부께서 죽음으로 내몰리면서까지 지키고자 했던 것이 바로 조정과 세상의 안녕이었다.

물론 그것이 자신에게도 평생의 목적은 아니었다. 다만 조부가 꿈꾸었기에 따르는 것이 옳다고 생각할 뿐이다.

한데 그 조부의 아들이며 자신의 아버지라는 이가 이토록 쉽게 그 모든 것을 허물겠다고 말하는 것이다.

연후가 순응할 리 없으며 반감을 가지는 것은 당연한 일이었다.

하나 유기문은 그런 자식의 속내를 아는지 모르는지 너무나 태연한 듯 물어왔다.

"저 괴물처럼 커진 자금성의 주인을 천자(天子)라 하지? 과연 정말로 그가 하늘의 자식이겠느냐?"

뜻밖의 말에 연후의 눈매가 가늘게 떨렸다.

부친이 무엇을 말하고자 하는지 쉽사리 파악할 수 없었다.

"과연 주씨가 하늘의 자식이라면 그들은 영원토록 이 하늘 아래 세상을 지배할 터이지. 하나 그렇지는 않을 것이다. 그것은 지나온 세월을 보아도 알 수 있지 않느냐? 황조란 흥하고 망하고를 반복하였으며 이 중원 땅에만 해도 무수한 이들이 스스로 하늘의 자식이라며 황제를 자청하지 않았더냐?"

"무슨 말씀을 하시고자 합니까?"

연후의 음성은 곱지 못했다.

더구나 황제가 스스로를 천자라 칭함이 무엇에서 연유되는지 모를 연후가 아니었다.

만백성을 다스리는 데 그만한 존엄성을 세우지 않고서는 어림없는 일, 그것이 세상을 지배하는 위정자들의 논리임을 연후 역시 잘 알고 있었다.

"내가 하고자 하는 말은 별것이 아니다. 사실 황제는 모두 능히 천자라 불릴 만하지. 어찌 되었든 인간의 정점에 서게 되었으니……."

"……."

"하지만 황제뿐 아니라 이 땅에 사는 모두는 능히 천자라 불릴 만하다."

"……?"

"백정이라 천대 받는 이들도, 저 너머에 웃음을 파는 기루의 여인들도, 또 그녀들 품에서 희희낙락하는 한량들도 모두가 하늘의 자식이라 할 수 있지."

"대체…… 그게 다 무슨 말입니까?"

"이 땅에 하늘의 자식이 아닌 이들은 없다는 것이다. 사람은 그만큼이나 귀한 것이다. 이 세상에 사람을 구분하여야 한다면 그것은 지배하는 자들과 지배받는 자들뿐이란다."

그제야 연후가 꿈틀하며 반박을 시작했다.

"사람 간에 귀천이 없음을 모를 정도로 제 소양이 짧지 않습니다. 정작 하고자 하시는 말씀이 무엇입니까? 모두 다 존귀하니 황제 폐하나 길가의 어린애나 똑같고, 그러니 지금 그분께서 누리는 것들을 모두가 똑같이 누려야 한다는 것입니까? 그러기 위해 금성을 무너뜨리고 그 재물을 길가에 뿌려 공평하게 나누자고 하시는 겁니까?"

연후의 음성이 또박또박 흘러나왔고 그제야 유기문도 조금 놀란 눈빛이었다.

"하하하! 여기까지 듣고 그만큼 생각한 건 연후 네가 처음이로구나. 네 짐작은 크게 다르지 않다. 내가 하고자 하는 일도 바로 거기서 출발하는 것이고……."

"도대체……. 자금성이 무너지면 세상이 어찌 될 것이라 생각하는 것입니까? 중원 천하가 변방의 오랑캐들에게 짓밟히게 될 것이 틀림없거늘! 그것이 천하의 안녕을 해치는 일임이 너무나 당연하지 않습니까?"

연후의 음성은 제법 커서 유기문을 압박하는 것만 같았다.

패망한 원은 북원을 세우고 수시로 장성에 출몰하여 세를 과시했다. 또한 여진의 무리들 또한 그 성세가 과거의 어느 때보다 강성해 북쪽 지방은 순탄한 날이 없을 지경이었다.

그럼에도 그들이 감히 도발하지 못하는 것은 황군이 있기 때문이며 자금성이 있기 때문이었다.

그리고 그 자금성이 무너지면 벌어질 일이란 것은 너무나 뻔한 일인 것이다.

하나 유기문의 표정은 너무나 평안했다.

"오랑캐라……. 네가 말한 오랑캐와 중원인의 구분은 또 어디에서 오는 것이냐?"

"……."

"원이 이 땅을 지배하는 세상과 주씨가 이 땅을 지배하는 세상, 그게 뭐 다르더냐? 물론 다르다 여기는 이들도 많이 있겠지. 하나, 민초라 말하는 이 땅의 대부분을 차지하는 백성들에게 그것은 별반 다를 바가 없는 일이니라. 원이 하늘이든 명이 하늘이든 그것이 그들의 밥 한 끼보다 중요한 것이 아니니까."

연후는 잠시 할 말을 잃은 얼굴이었다.

"연후야! 내가 원하는 것은 말이다 모두가 알게 되는 것이다. 그저 밥 한 끼만이 중요한 것이 아닌 좀 더 사람답게 사는 세상이 있음을 말이다. 만백성 모두가 스스로 존귀함을 알게 되고 또 그들이 진정 사람답게 살 수 있는 기회를 얻도록 하고 싶은 것이다."

연후의 눈길에 새삼스러운 의문이 떠올랐다.

눈앞의 부친이 말하는 사람답게 산다는 것이 정확히 어

떤 의미인지는 알 수 없었다.

다만 끼니 걱정을 하지 않게 되면 사람이 여유가 생기니 그 여유 속에 사람다운 무언가가 있지 않을까 하는 짐작만 할 뿐이었다.

그렇다고 하나 세상 모든 사람이 그렇게 풍요롭게 살 수 없음은 당연한 일이었다.

부자들의 재물을 모조리 빼앗아 공평히 나눈다 해도 시일이 지나면 누군가는 또 재물을 탕진할 터이고 또 누군가는 축재하여 부자가 될 터이니 말이다.

빈부란 사람이 사는 곳에 당연히 나타날 수밖에 없는 이치, 이는 또 사람이 지닌 능력이 천양지차이기에 어쩔 수 없이 생겨날 수밖에 없는 일이 아니겠는가.

연후가 그런 생각을 할 때 다시금 유기문의 음성이 이어졌다.

"네 말처럼 길가에 아이가 하나 있다고 해 보자."

"……."

"그 아이가 기녀에게서 태어나 아비도 모르는 이면 어떠하겠느냐? 그 아이가 어찌 살아갈지 또 주변 사람들이 그 아이를 어찌 대할지 그려지지 않느냐?"

"그것은……."

"더 들어 보거라. 이제 그 아이가 사실 고관대작의 숨겨진 자식이라고 해 보자꾸나. 그러면 조금 전 그 불쌍하던 아이가 또 달라지지? 아니 이번에 그 아이의 진짜 아버지가 백정과도 같이 천대 받는 이라면?”

유기문의 물음이 속도를 더하며 계속해서 이어지자 연후의 얼굴이 점차 굳어졌다.

부친이 하고자 하는 말의 의도가 어렴풋이 짐작이 갔다.

엄밀히 말하자면 지금 중원 땅에 신분의 차이 같은 것은 없었다.

당송 시대와 달리 대역죄인이 아니면 그 누구라도 향시에 응시하여 관에 들 수 있는 세상이었다.

물론 관비니 노비니 하는 이들이 존재키는 하지만 이는 나라에 죄를 짓거나 그도 아니면 대부분 빚을 갚지 못해 생기는 일일 뿐이지 그 자체가 신분의 귀천을 의미함은 아니었다.

그렇다고 하지만 현실을 보자면 전혀 달랐다.

중원 땅의 백성들 대부분은 자신이 향시를 볼 수 있는 자격이 있다는 사실조차 모르는 세상인 것이다.

학문을 익히는 것은 오직 재물이 넉넉한 이들만의 특권임이 당연한 듯 받아들이는 세상, 부친이 말하고자 하는 것이 그것임을 어렴풋이 짐작할 수 있었다.

하지만 그것이 부친의 행보와 어떤 연관이 있는지, 또 그것이 감히 꺼내기도 어려운 역모라는 말과 어떻게 연루

될 수 있는지 쉽사리 이해할 수가 없었다.

"아까도 말했듯이 내가 원하는 것은 그 아이가 누구의 자식이건 공평한 기회를 가질 수 있게 하고 싶은 것이다. 앞으로 이 땅을 살아가게 될 무수한 아이들이 스스로의 노력으로 기회를 찾을 수 있게 되는 세상, 그것이 내가 만들고자 하는 세상이다."

유기문의 말에 연후는 당연한 듯 거부감이 일었다.

너무나 꿈같은 일, 하여 그 같은 세상이 실현될 수 없음이 당연하다 여겨지는 말을 하는 것이다.

연후가 작심한 듯 따지기 시작했다.

"말씀처럼 세상은 공평하지 못한 것을 압니다. 아무리 신분의 귀천이 없어도 과거를 볼 수 있는 이들은 여력이 있는 이들뿐이라는 것도 알고 있습니다. 하여 재물이 있는 이들만이 대를 이어 가며 호위호식하는 것도 알고 있습니다. 그리 따지면 저 역시 다르지 않았을 테니까요. 입에 풀칠하기도 어려운 이들에게 공맹의 가르침이 다 무엇이겠습니까?"

연후의 음성이 기다렸다는 듯 터져 나왔다.

부친이 명천대인이라 불리는 것을 알고 있었다.

또한 그가 왜 그렇게 불리는 지도 알고 있었고, 그 이름이 만백성에게 추앙받던 시절이 있었다는 것도 알고 있었다.

그것이 황실과 조정에 위해가 될 정도였다 하니 자신이 짐작하는 것보다 더 대단했을 수도 있었다.

또한 그런 부친을 구하기 위해 민란이 일었고 그 일에 가담한 수천 명의 백성들이 참수당했다는 것도 모두 잘 알고 있는 일이었다.

부친이 이렇듯 역모라는 감히 꺼내기도 힘든 일을 꿈꾸게 된 것도 그러한 과거와 관련되어 있음을 짐작하는 것은 어려운 일이 아니었다.

하나 이것이 잘못된 일임을 연후는 확신했다.

당연히 내뱉는 그 음성에도 날이 설 수밖에 없었다.

"말씀처럼 이 세상을 뒤집어 모두에게 똑같은 기회가 주어졌다 치겠습니다. 하면 그 다음 대에는 어쩌겠습니까? 누군가는 성공하여 부와 권력을 얻을 것이고 누군가는 실패할 것이 틀림없습니다. 하면 어려운 처지의 부모를 둔 이들은 또다시 역모를 꾸미어 전대가 이룬 것들을 모두 뒤집어야 옳단 말입니까? 말씀대로라면 그래야 그 다음 대 세상에선 공평할 수 있을 테니까요."

연후의 음성이 고조되었으나 오히려 유기문은 전에 볼 수 없이 환하게 웃었다.

참으로 인자하고 맑은 웃음, 그 표정만 보면 연후의 모습을 참으로 대견하게 여기고 있는 듯 보였다.

실제로도 유기문은 짧은 대화만 가지고 이 정도까지 통

찰을 보인 연후의 배움에 기꺼운 마음이 일고 있었다.

"옳게 배우고 자랐구나. 하지만 너는 아직 이 아비가 무엇을 하려는지 모르지 않느냐?"

"하늘을 뒤집겠다 하는 것이 역모 이외에 무엇이겠습니까?"

"하하하! 그 말은 반은 맞고 반은 틀린 것이다."

유기문은 전에 없이 호탕한 웃음을 터트렸고 연후는 고개를 갸웃거려야만 했다.

"단지 내가 꿈꾸고 나와 함께하는 이들이 만들고자 하는 세상에는 하늘이 필요치 않을 뿐이란다. 있다면 아까도 말했듯이 모두가 하늘처럼 존귀한 세상인 것이지. 그러한 세상에 황제나 왕이 어찌 필요하겠느냐?"

"그것이 역모가 아니면 무엇이란 말입니까?"

"내가 욕심이 과했구나. 한꺼번에 너무 많은 것을 이야기하려 했어. 우리들에게 반드시 왕이 필요하지 않음을 먼저 이야기해야 하는 것을……."

"……."

"하지만 말이다. 한 가지만 더 생각해 보았으면 좋겠구나. 이 땅을 살아가는 수많은 민초들이 어찌 살아가는지를 말이다. 단지 죽지 않기 위해 손바닥만 한 경작지를 조석으로 돌보며, 그것마저도 없는 이들은 초근목피로라도 연명하며 하루를 버텨 내는 이들이 얼마나 많은지를 말이다.

너나 이 아비처럼 배울 기회가 있어 무엇을 위해 살아가야 하나 하는 꿈마저도 꿔 볼 수 없었던 이들이란다. 나는 그들을 위해 이 일을 계획했다."

거기까지 들은 연후가 더 이상 참지 못하고 입을 열었다.

"도대체 하고자 하는 말씀이 무엇인지 모르겠습니다. 하면 정말로 황실이라도 털어 그 재물을 모두에게 나누어 주어야 옳다는 말씀이십니까?"

연후의 음성이 더욱 높아졌고 뜻밖에도 유기문은 또다시 크게 웃음을 터트렸다.

"하하하하하! 그렇지. 바로 그것이다. 하나 그것은 또 반은 맞고 반은 틀린 것이다."

"……."

"왜 그런가 하면 이 아비가 하고자 하는 일에는 반드시 큰 재물이 필요하지만 그것이 단지 재물로 백성들에게 돌아가지 않기 때문이었다. 그 세상에선 필요 이상의 부자도 또한 터무니없이 가난한 이도 없게 될 것이다. 하여 부귀를 위해 사는 이가 없게 될 것이다. 모두가 새로운 꿈을 찾으려 하는 세상이 이 아비가 소원하는 세상이니라."

유기문의 이야기가 그렇게 끝을 맺자 연후는 다시 한 번 멍한 표정이 되었다.

그 어떤 태평성대에도 있을 수 없었던 일들, 하여 도무지 현실성이란 찾을 수가 없는 이야기들이었다.

하지만 필요 이상의 부자도 터무니없이 가난한 이도 없는 세상이란 말만은 묘하게 가슴을 울렸다.

연후 역시 그런 비슷한 생각을 했던 적이 있었기 때문이었다.

아니 생각뿐 아니라 가장 가까운 곳에서 그런 경험을 했던 연후였다.

연후가 태어나고 자란 매화촌이 바로 그곳이었다.

처음 매화촌의 시작은 유가장의 경지를 소작하는 이들이 모이면서였다.

하나 몇 대가 지나며 그 경지는 대부분 소작농의 것이나 다름없이 되었으며 그럴 수 있었던 가장 큰 이유는 다른 토호들과 달리 선대부터 유가장에서 책정해 놓은 세율이 무척이나 낮았다는 이유 때문이었다.

하여 소작농들은 대를 이어 가며 재물을 조금씩 모을 수 있게 되었고, 지금에 와서는 대부분의 소작농들이 자신들의 경지를 소유할 수 있게 된 것이다.

그런 매화촌의 지난 역사를 보며 연후는 안타까울 수밖에 없었다.

중원 천하에는 유가장 이상의 경작지를 지닌 토호나 지주들이 헤아릴 수 없으며 그들은 또다시 그 수를 다 파악할 수 없을 정도로 많은 소작농들을 거느리고 있었다.

하나 그 많은 이들이 매화촌의 주민처럼 살지 못한다는 사실이 안타까웠다.

흉년이 오면 기근 때문에 자식이 부모를 버리고, 또 부모가 어린 자식을 팔아 연명하는 일들이 수시로 반복되는 것이 지금의 세상이었다.

재물 있는 이들이 소작농의 세를 조금만 줄여도 결단코 그런 일이 벌어지지는 않을 것이다.

하나 가진 이들은 더 많은 것을 가지려 했고, 결국 죽어 나가는 이들은 언제나 힘없고 가난한 이들이었다.

그런 세상을 보며 연후가 했던 생각이 바로 지금 유기문에게서 들은 말과 크게 다르지 않았던 것이다.

욕심을 버리면, 너무 과한 욕심만 버리면 모두가 평안할 수 있을 것이라는 막연한 생각.

'큰 부자도 없고 터무니없이 가난한 이도 없는 세상이라…….'

연후가 물끄러미 눈앞의 유기문을 바라보았다.

과연 그런 세상을 정말로 만들 수 있느냐 하는 눈빛을 가득 담고서.

"어떻게 그런 세상을 만들 수 있을까 궁금한 표정이구나. 하지만 너에게 하려는 이야기는 여기까지만이다. 나와 함께 그 일을 하려 하는 사람들은 모두 목숨을 걸고 있으니 말이다."

연후의 눈에 잠시 당황함이 서렸다.

역모를 꾸미면서 목숨을 걸지 않는 것이 더 이상한 일일 것이다.

더구나 조금 전 자신에게 길을 열어 주겠다고 했던 말은 그 일에 십여 년 만에 만난 자식을 동참시키려 했던 것이 아니고 무엇이란 말인가.

도무지 아비란 사내가 종잡을 수 없다는 생각이었다.

"아! 이거 내가 말을 앞뒤로 잘라 먹었구나. 내 너에게 길을 열어 주겠다고 했던 것은 너를 내 일에 연류시키고자 함이 아니었다."

"하면……?"

연후의 눈에 의문의 빛이 더욱 커졌다.

그리고 연이어진 유기문의 말은 연후를 더욱 놀랍게 만들었다.

"운이 좋았는지 이 아비 주위엔 놀라울 만큼의 재주를 지닌 분들이 계시다. 일전에 뵈었던 노사 역시 그런 분들 중에 한 분이고 의형 또한 크게 다르지 않단다. 노사께 듣기로 네가 강호의 무공을 익혔다 하기에……."

"네?"

"무를 익혀 강해지고 싶은 것이 아니더냐? 하여 이렇게 아버님의 유지와 네 마음 사이에서 갈등하는 것이고?"

연후는 내심 뜨악한 마음이 일 수밖에 없었다.

그간 제대로 말 한번 섞지 않은 부친이 어찌 자신의 속내를 들여다보는 것처럼 아는지 기가 막힐 따름이었다.

말을 하는 동안 처음으로 눈앞의 아비가 생각보다 더욱 큰 사람일 수도 있겠다는 생각이 들었다.

솔직히 명천대인이란 그 무성한 전설의 존재와 눈앞의 아버지를 동일인으로 보기 어려웠던 것이다.

그 순간 부친이란 사내의 얼굴엔 다시금 기분 좋은 웃음이 걸렸다.

"네 몸의 반은 내가 아닌 네 어미에게서 온 것. 세상에 핏줄만큼 명확한 것이 또 어디 있겠느냐? 네가 무공을 익히고 싶은 것이 당연할 터이지."

유기문은 정말로 아무렇지도 않은 듯 어미를 언급했고 연후는 다시금 당황한 얼굴이었다.

하나 유기문이 오히려 꽤나 의외란 표정이었다.

"형님께서 이야기하지 않으셨더냐? 네 어머니에 대해?"

"아…… 아닙니다. 다만 자세한 것은……."

"어디까지 들었더냐?"

"북궁가의 후손이시며…… 검한이라는 별호로……."

"그렇구나. 그녀가 어찌 죽었는지도 들었더냐?"

"자세한 것은……."

"그래? 네 어미를 죽인 이들은 중살이다. 이번 유가장 사건을 일으킨 그들이지!"

너무나 황당한 말에 연후는 무언가 잘못 들은 것이 아닌가 하는 얼굴이 되었다.

그 순간 유기문의 얼굴이 전과 다르게 굳어졌다.

"자식 된 도리로 당연히 복수를 해야 할 일이지."

너무나 당연한 듯 이어진 유기문의 말에 연후가 더욱 당황한 얼굴이었다.

"조부를 비롯한 유가장의 식솔들이 그들 손에 죽었으며 이제 네 어미까지 그들 손에 죽임을 당했다는 것을 알았는데 당연히 그 복수를 해야지."

연후의 얼굴이 황당함에 돌덩이처럼 굳어졌다.

눈앞의 사내와 마찬가지로 어머니의 얼굴 또한 한 번도 본 적 없었다.

당연히 무슨 대단한 정이 있을 리도 없다.

그저 아쉬움 가득한 마음속 존재일 뿐, 그렇다고 해도 살아 숨 쉬며 남 이야기 하듯 어미와 조부의 복수를 언급하는 부친과는 분명 다른 존재였다.

돌아가시면서도 자신의 존재를 알리지 말아 달라 했다는 어머니, 혹여 검한마녀라는 악명이 자신에게 해가 될까 그 한을 가슴에 감추고 죽었다는 것이 금도산에게 들은 모친의 죽음이었다.

그에 비해 눈앞의 부친이란 사내는 어떠한가?

마치 남의 일이라도 되는 양 아무렇지도 않게 모친의

죽음을 이야기하고 또한 그 복수를 자신에게 떠넘기고 있는 것이다.

정상적인 사람이라면 있을 수가 없는 일인 것이다.

하나 유기문은 너무나 태연했다.

"뭘 그리 고민하느냐? 몰랐다면 할 수 없지만 알았다면 의당 행하여야 할 일이 아니더냐? 하면 무공은 무엇 때문에 익혔느냐?"

연후는 할 말을 잃었다.

그러면서도 마음속의 불덩이가 터져 나갈 듯 격동했다.

그것은 분노였으며 그 분노가 부친이란 눈앞의 사내를 향하고 있는 것이다.

검한이라 이름을 지닌 그녀가 자신에게 어머니라면 눈앞의 부친에겐 부인이었다.

대관절 눈앞의 이 사내에게 어머니의 존재나 자신의 존재는 무엇일까 하는 생각마저 일었다.

목구멍 속에선 당신은 그럼 무엇을 하고 있습니까라는 말이 치밀기 직전이었다.

하나 그 순간 유기문에게서 전혀 뜻하지 않은 말이 흘러나왔다.

"복수하려면 빨리 해야 할 것이다. 이 아비의 손에 끝나기 전에……."

"그게 대체……."

앞선 분위기와는 전혀 다른 유기문의 말에 연후는 또다시 당황하여 말끝을 흐릴 수밖에 없었다.

순간 유기문의 표정이 전혀 달라졌다.

그 눈빛 또한 한없이 깊어져 마치 그 끝을 알 수 없는 심해를 보는 듯했다.

아주 잠시지만 그 눈빛 속에서 연후가 본 것은 이제껏 그 누구에게서도 본 적이 없는 깊은 슬픔이었다.

그 순간 중년인 유기문의 음성이 나직하게 흘러나왔다.

"나도 무언가 해야 하지 않겠느냐? 내게서 그녀를 앗아갔는데 어찌 두 손을 놓고 있겠느냐?"

순간 연후의 머릿속은 혼란스러워졌다.

정말 쉽게 이해되지 않았다. 도대체 그가 무슨 생각을 하고 있는지를.

연후가 의구심 가득한 눈길로 입을 열었다.

"조금 전에는 역모 운운하시더니……."

그 눈의 깊은 슬픔을 읽지 않았다면 결코 지금처럼 곱게 흘러나오지 않았을 물음이었다.

하나 그제야 유기문은 자신의 실책을 깨달은 듯 나직한 탄성을 내뱉었다.

"아! 무턱대고 이야기하니 전혀 이해할 수 없었겠구나. 내가 하고자 하는 일과 네 모친의 복수는 크게 다르지 않단다."

"……"

"왜냐하면 말이다. 머잖아 강호무림이란 곳은 사라지게 될 것이기 때문이란다."

연후의 눈이 앞으로 쏟아질 듯 튀어나온 것도 바로 그 순간이었다.

대관절 그게 무슨 소리냐는 눈빛, 하나 유기문은 다시금 묘한 웃음을 지어 보였다.

"하하하하하! 너무 염려할 것 없다. 그렇다고 누가 죽거나 하는 그런 일은 없을 테니까 말이다. 그저 이 아비의 방식으로 복수를 하는 것뿐이니 말이다."

전설이 태동한 곳

단아한 연꽃무늬가 수놓아진 다탁을 중심으로 한 명의 중년인과 한 명의 노승이 앉아 있었다.

얼핏 보기에도 풍기는 분위기가 예사롭지 않은 중년 사내는 청수하면서도 또한 강인함을 겸비하여 흡사 관운장을 보는 듯했다. 하나 그러한 중년인 역시 그 옆에 앉은 노승이 풍기는 기이한 분위기에 비하자면 오히려 평범해 보일 지경이었다.

입 주변부터 턱 아래로 길게 떨어져 내린 백염이 마치 달빛을 받은 눈송이처럼 은은한 빛을 뿜는 노승, 한눈에 보기에도 쉬 범접하기 어려운 기운을 지닌 느낌이었다.

그럼에도 불구하고 노승은 어딘지 근심을 품고 있는 듯

보였으며 그것은 그 옆에 자리한 중년인도 크게 다르지 않았다.

"등하관명(燈下觀明)이라더니 놈들이 지척에서 이토록 패악무도한 짓을 벌일 줄은 정녕 몰랐습니다. 모든 것이 제 조급함 때문이었으니……. 대사님! 이 일을 어찌해야 하겠습니까?"

중년인의 음성은 표정만큼이나 어두웠다.

"아미타불! 그것이 어찌 단목 가주의 잘못이겠소? 그들의 주도면밀함이 어제오늘의 일이 아니거늘……."

"아닙니다. 제가 도왕의 화산행을 부추기지 않았다면 유가장에 그토록 참담한 일이 벌어지진 않았을 것입니다."

중년인 단목중경의 음성은 더욱 낮게 가라앉았다.

검륜쌍절이란 별호를 지니고 있으며 천하에서 가장 강하다는 열 명의 고수 천중십좌 가운데 한 명으로 꼽히는 이가 바로 단목중경이었다.

하지만 마주한 노승의 정체는 오히려 그 단목중경을 능가하는 것이었다.

천중십좌란 이름 앞에 놓일 수 있는 유일한 별호, 바로 쌍성(雙聖)이라 불리며 오랜 세월 전부터 강호무림인들의 신망과 존경을 한 몸에 받고 있는 두 사람 중 한 명인 불성(佛聖) 지공대사가 바로 노승의 정체였다.

가히 강호의 정점에 서 있다고 할 수 있는 이들이 바로 지금 대화를 나누고 있는 단목중경과 지공대사였다.

두 사람 모두 일신에 지닌 무공도 무공이지만 그 배경 또한 무공에 비할 바 없이 대단했다.

단목중경에겐 단목세가와 천하상단이 있으니 당금 강호에서 가장 큰 힘을 지닌 인물로 손꼽히며, 지공대사 또한 소림의 가장 큰 어른으로 구대문파와 그들이 만든 구정회라는 거대한 세력에 막강한 영향력을 지닌 인물이었다.

실로 강호무림의 최상위 거물이라 할 수 있는 두 사람의 회동, 하나 그 분위기는 더더욱 침울해져 갔다.

"금 시주의 무공이 아무리 고강하다 하나 상대는 중살일세. 금 시주가 아무리 도왕이란 무명을 얻었다 하나 그 혼자의 힘이 팽가 전체보다 강하다 할 수 있겠는가? 그 팽가에 한 명의 생존자조차 남기지 않은 이들이니, 금 시주가 있었다 해도 결과가 크게 달라지지 않았을 것이야. 자네는 더 자책하지 말게나."

위로라도 하듯 나직하게 이어진 지공대사의 음성에 단목중경의 눈빛이 더욱 굳어졌다. 무언가를 깊이 자책하는 듯한 눈빛이었다.

"그것이 아니옵니다. 실은 제가 이렇게 대사님을 모신 것도 보다 더 자세한 말씀을 나누기 위해섭니다."

"노납이 모르는 일이 있던가?"

"그러합니다. 본가에 음자대란 조직이 있습니다."

"아무타불! 골방에 처박혀 있다 해서 어찌 단목세가의 음자대를 모르겠는가? 하려는 말을 기탄없이 하게나."

단목중경이 심중의 이야기를 머뭇거리는 듯하여 지공대사는 편안한 음성으로 그의 말을 거들었다.

마치 활불을 보듯 온화한 표정이었고, 굳어 있던 단목중경의 눈에 은은한 감탄의 빛이 더해졌다.

'수미대불력(粹美大佛力)! 대사의 화후가 더욱 깊어지셨구나…….'

단목중경의 얼굴이 조금 전과 달리 편안해졌다.

그것이 지공대사에게서 뿜어진 불력의 여파임을 알면서도 단목중경은 편하게 그 기운을 받아들였다.

그것이 결코 해가 되지 않는 기운임을 알기 때문이었다.

지공대사가 불성이라 불리게 된 것 역시 그 힘 때문이었다.

만마와 만사의 상극이라 불리는 소림의 감춰진 절기, 하나 무공이라 부를 수도 없는 것이 바로 그 기운이었다.

정종의 무공을 익힌 이들에겐 오히려 심신을 안정시켜 주며 무공을 모르는 일반인들에게는 청명한 기운까지 전하여 줄 수 있는 공능을 지닌 희대의 절기, 지공대사가 강호인들뿐 아니라 백성들에게까지 추앙받는 것도 모두 이 수미대불력이 있기에 가능한 일이었다.

지공대사 이전의 누구도 깨우치지 못했던 절학, 아니 그가 없었다면 소림에 이토록 신비로운 불문 무학이 있었음을 세상은 영원히 알지 못했을 것이다.

단목중경은 다소 편안해진 음성으로 다시금 입을 열기 시작했다.

"암천이란 이가 바로 음자대의 대주인데 재주가 특출나 제 자식 놈의 호위 겸 해서 유가장에 머물게 했습니다. 이번 참사에서 목숨을 부지한 친구입니다."

"허허! 그렇구먼. 그런 이가 함께했으니 놈들의 마수에서 벗어날 수 있었던 게로구먼. 참으로 다행스러운 일이네. 자네에게 선경지명이 있었던 게야."

"그것이 아닙니다. 대사."

"……?"

"지금부터 드리는 말씀은 그 음자대의 대주가 남긴 말입니다."

단목중경의 음성이 다시 나직하게 이어지자 지공대사의 표정 역시 잠시 굳어졌다.

"허허! 무슨 이야기인데 이리도 뜸을 들이는 것인가? 노납은 반평생을 넘게 그 중살이란 무리를 쫓아 살았네. 놈들의 악행을 근본적으로 뿌리 뽑는 것만이 이 늙은 땡초의 염원임을 알지 않는가? 그 때문에 아직도 허명을 버리지 못한 채 이 풍진 강호를 떠돌고 있음을……."

"죄송합니다, 대사님. 워낙 은밀히 전해 드려야 할 이야기들인지라……. 일단 얼마 전 제가 도왕을 만나기 위해 유가장에 방문한 말씀을 드려야겠습니다."

"……."

"그때 유가장엔 도왕 말고도 그 무위를 쉬 짐작하기 힘든 노인 하나가 머물고 있었습니다."

지공대사의 눈빛이 또다시 살짝 굳어졌다.

단목중경의 능력을 누구보다 잘 아는 지공대사였다.

세간의 평가와 달리 무공만 놓고 본다면 이미 자신과 나란히 걷고 있는 것이 바로 단목중경이었다.

그런 단목중경이 상대의 무공을 가늠할 수 없다 하는 말은 결코 가벼운 이야기가 아니었다.

"그 노인과 잠시의 겨룸이 있었는데 결코 저나 도왕에 모자라지 않는 무공을 지녔습니다. 그 노인이 이번 유가장의 참사에 깊이 관여되어 있습니다."

지공대사는 진심으로 찬탄하는 눈빛이었다.

얼마 전 도왕을 만났을 때 지공대사는 적잖이 놀랄 수밖에 없었다.

강호인들이 붙인 서열 따위가 의미 없음을 잘 알고 있었지만 도왕의 강함은 실로 상상을 초월하는 것이었기 때문이었다.

단목중경이 평온하여 마치 대해를 보는 것 같은 무인이

라면 도왕은 도저히 오를 수 없는 거대하고도 거친 산자락을 보는 듯한 느낌을 갖게 만든 무인이었다.

하나 그렇듯 강한 무인이 있음이 오히려 다행이라 생각하는 것이 바로 지공대사였다.

강호에 새 물결이 흐르고 있음을 받아들이는 것, 그리고 그 물결은 결코 과거와 같이 탁하지 않을 것이란 사실이 흡족하였던 것이다.

이는 또한 소림을 자극할 것이고 발전의 초석이 될 것임을 말이다.

한데 그런 도왕이나 단목중경과 견줄 만한 또 다른 인물이 있다는 것이다.

"허허! 강호에 기인이 무수함이 당연한 터일데……. 그래, 연륜이 있는 인물이라면 알려지지 않은 것이 오히려 쉽지 않았을 터. 노인의 정체가 무엇인지 알고 있는 겐가?"

지공대사의 물음에 단목중경이 잠시 뜸을 들이다 답했다.

"제 자식 놈과 동문수학하는 청년의 호위라 합니다."

"그 정도 능력으로 호위를 맡았다면 그 청년의 정체 또한 필시 범상치 않을 것……. 한데 표정을 보아하니 알고 있는 것이 거기까지인가 보구먼."

"이것저것 조사해 보았으나 쉽지 않았습니다. 청년의

가문이 워낙 먼 곳에 있는 데다 정작 그 청년은 무공을 전혀 익히지 않았다 합니다."

"그래도 시간의 문제가 아니겠는가? 중원 천하에 자네의 가문이 미치지 않은 곳이 없지 않으니……."

지공대사의 음성은 여전히 편안했으나 단목중경의 얼굴에는 송구한 빛이 역력했다.

"청년의 본가가 있는 곳은 중원 땅이 아닌 신강입니다."

"신강?"

지공대사 역시 이번만은 놀란 눈빛을 다 지우지 못했다.

변방이라 할 수도 없이 너무도 먼 땅, 천산 너머에 존재하는 그 오지의 땅은 그야말로 이역만리란 말로밖에 표현이 안 되는 곳이었다.

하나 그보다 지금 지공대사를 놀라게 한 것은 그 순간 공교롭게 떠오른 한 가지 생각 때문이었다.

오랜 세월 전부터 은밀히 내려오는 한 가지 믿을 수 없는 이야기, 그리고 그 이야기 속에 등장하는 지명이 바로 그 신강이었기 때문이었다.

"역시 대사께서도 그 일을 떠올리시는 것이온지요?"

"아미타불! 공교롭다는 생각을 지울 수가 없구먼."

"저 역시 결코 소홀이 여길 수 없는 문제라 생각해서

말입니다. 본가의 시조모님께서 언급한 겁조의 전설이 바로 그 신강에서……."

"단목가주! 그 이야기는 지금 언급할 것이 아닌 듯하네."

지공대사는 나직한 음성으로 단목중경의 입을 가로막았다. 차마 들어선 안 되는 이야기를 들었다는 듯 조금 전과는 달리 딱딱하게 굳어진 얼굴이었다.

하나 단목중경은 내친걸음이라 생각했다.

"제가 그렇게 생각할 수밖에 없는 이유를 말씀드리겠습니다. 조금 전 말씀드린 노인의 능력은 제가 짐작한 것을 훨씬 뛰어넘는 것이었습니다. 또한 그 결과로 그나마 유가장에 생존자가 있을 수 있었던 것입니다."

은은하게 떨리는 지공대사의 노안, 단목중경은 빠르게 말을 이어 갔다.

"이번 일로 놈들 중 최소 넷 이상이 목숨이 끊어진 것으로 보입니다."

확신에 찬 단목중경의 음성에 노승의 눈빛뿐 아니라 백염마저 나직하게 떨리기 시작했다. 또한 그 눈은 그것이 정말로 사실인가 하는 물음을 재차 단목중경에게 하고 있는 것이다.

"유가장의 후원 야산에서부터 이어진 흔적들을 제가 직접 조사하였습니다. 저뿐 아니라 도왕 또한 함께 살피어 내린 결론입니다. 어쩌면 넷 이상일 수도 있고, 도왕은 최대로 여섯까지 노인의 손에 목숨을 잃은 것으로 보인다 했습니다."

"정녕…… 정녕…… 믿기 힘든 말이로구먼……."

지공대사는 이제 목소리마저 떨리고 있었다.

그도 그럴 것이 중살을 쫓기 시작한 것이 곧 사십 년이 다 되어 간다.

그동안 파악한 것이라곤 놈들의 수가 최소 아홉 명이란 사실과 놈들이 사용하는 무공이 이전까지 강호에 전혀 알려지지 않은 것이라는 사실, 또 그 무공의 위력이 상상을 불허하며 그들을 봉공이라고 부른다는 것 정도였다.

한데 그 중살이란 놈들이, 그것도 절반 가까이가 죽어 나갔다는 이야기를 듣고 있는 것이다.

더구나 그 이야기를 꺼내는 이가 단목세가의 가주이며, 재삼 확인한 이가 도왕 금도산이라 하는 것이다.

상황이 그러하니 지공대사는 그것을 쉽게 받아들일 수도 또한 쉽게 믿지 않을 수도 없었다.

그런 지공대사의 내심을 짐작하고 있는 듯 단목중경의 표정 역시 이전보다 훨씬 굳어졌다.

자신 역시 그곳을 직접 보면서도 쉽게 판단하기 힘들었으니 전해 듣는 지공대사의 마음을 충분히 이해할 수 있었다.

하나 노인과 중살 무리들이 남긴 격전의 흔적만큼 그 상황을 자세히 말해 주는 것이 있을 리 없었다. 더구나 혼자의 짐작이 아니라 같이 확인해 준 이까지 있었다.

"놈들은 언제나처럼 흔적을 말끔히 지우지 못한 상태로 떠났습니다. 그것을 보면 살아남은 이들 중 몇몇 역시 위중한 상황에 처했다는 뜻. 분명 그날 쏟아진 폭설 안에 남은 혈흔들은 최소한의 사망자를 넷이라 말하고 있습니다. 아니 하나를 더하여야겠습니다. 그 청년의 호위를 맡고 있던 노인 역시 목숨이 다했으니까요."

"아미타불!"

지공대사는 그저 불호만을 외쳤고 단목중경도 잠시 입을 닿았다.

그렇게 시간이 흐른 뒤 먼저 입을 연 것은 지공대사였다.

"참으로 안타까운 일이로구먼. 그만한 무인을 잃다니……."

"그보다 중요한 것은 여전히 살아남은 중살의 무리이며, 어쩌면 그보다 중요한 일이 노인이 과연 시조모께서 말씀하신 그 전설과 연관이 있느냐가 아니겠습니까?"

"하지만 그것만 가지고 어찌 그 정체를 유추한단 말인가?"

"노인이 사용한 무공, 현장에 남긴 무공은 오행마벽이

틀림없었습니다. 도왕이 또한 그 사실을 확인하여 주었습니다."

지공대사의 백염이 한 차례 파르르 떨렸다.

"오행마벽이란 말인가……. 허허허허. 그 무공이 다시 모습을 보이다니……."

강호에 단 두 차례 모습을 보였던 무공, 하나 그 무공을 지녔던 두 무인의 행보는 너무나 엄청났다.

환마와 사신 암제.

그 둘 모두 능히 전설 속 환우오천존에 버금가는 존재들이었다.

아니 환우오천존과 도저히 뗄 수 없는 관계를 지닌 이들이 바로 환마와 사신 암제였다.

환마는 환우오천존 중 가장 많은 이를 죽였다고 하여 혈제라 불리는 혈마도왕(血魔刀王)과 함께 삼마의 난을 일으켰던 존재이며 사신 암제는 무제 만병천왕에게 죽기 전까지 단 한 번의 실패도 없이 헤아릴 수 없는 고수들을 죽인 전설의 살수였다.

그리고 그 환마와 사신 암제가 지녔던 무공이 바로 오행마벽이니 그 존재 자체가 끔찍한 전설이나 다름없는 것이다.

지공대사의 얼굴이 그 어느 때보다 굳어질 수밖에 없었다.

그 역시 그러한 사실을 누구보다 잘 알고 있었기 때문이었다.

그 오행마벽이란 무공이 지다성녀가 언급한 망량(魍魎)의 저주와 무관하지 않음을…….

"마침 옥문관에 서역으로 향하는 본가의 상단이 있어 은밀히 조사를 부탁한다 연통을 띄우긴 했습니다. 그렇다고 해도 시일이 얼마나 걸릴지 또 그들만으로 청년이나 죽은 노인의 정체가 무엇인지 알 수 있을 것이라고는 장담할 수가 없습니다."

단목중경의 음성은 조심스러웠고 지공대사는 잠시간 다시 생각에 빠진 얼굴이었다.

그런 뒤 무언가 마음의 결심을 내린 듯 편안한 얼굴로 입을 열었다.

"노납이 움직여 보겠네."

"어찌 그런 수고를……."

단목중경이 화들짝 놀라 황급히 만류했다.

세수가 팔십이 넘은 지공대사였다. 아무리 그에게 고강한 무공이 있고 높은 공력이 있다 하나 그 긴 여정을 소화하기엔 무리가 아닐 수 없었다.

더구나 강호 최고의 배분을 지닌 이에게 그 같은 일을 맡길 수는 더더욱 없는 일, 하지만 지공대사의 의지는 명확했다.

"지다성녀가 남긴 기록들이 대부분 사실임을 이 노납은 결코 부정하지 않는다네. 삼종불기라 치부되고 있는 무선의 심득을 노납이 이어 가고 있는데 어찌 성녀의 기록이 거짓될 수 있겠는가?"

전혀 의외의 말에 단목중경의 눈이 커졌다.

"수미대불력, 노납이 깨우친 그것이 바로 과거의 그날 무선이 소림이 전한 것일세."

"……!"

"상문(上門)을 여는 법이기에 불도에 정진하던 선대에선 쉬 얻지 못했던 것이었지. 무공에도 불법에도 별 재주가 없는 노납이 이를 얻게 된 것도, 지금처럼 허명만 잔뜩 얻게 된 것도 필시 연유가 있기 때문이겠지……."

나직하게 이어지는 지공대사의 음성에 단목중경은 말없이 고개를 끄덕였다.

과거의 그날이라 말하는 것이 언제인지 단목중경 역시 잘 알고 있었다.

천무선인이 수많은 이들에게 한꺼번에 무학의 깨우침을 내렸다는 전설 속의 그 날을 이름이라는 것을.

그리고 그것이 단지 전설이 아니라 틀림없는 사실이라는 것은 그 일을 겪은 누군가를 통해 끊임없이 전해지고 있는 것이다.

"아미타불! 신강이라……. 신강……."

"그렇습니다. 시조모님의 기록이 사실이라면 그곳에서 모든 것이 시작되었겠지요. 망공독황이나 망량겁조, 또한 무선 역시도……."

"우선 그 청년을 만나 보아야겠네."

지공대사의 음성이 더없이 굳은 채로 흘러나왔다.

*　*　*

가도 가도 끝이 없을 것처럼 펼쳐진 황무지를 요란하게 질주하는 마차가 있었다.

두 마리 준마가 이끄는 마차는 잔뜩 흙먼지를 뒤집어쓴 채 심하게 덜컹거렸다.

때마침 돌부리에 걸린 바퀴 때문에 마실이 크게 출렁이자 그 안에서 비명 같은 소리가 들려왔다.

"아앗! 좀 살살!"

그러자 고삐를 틀어쥔 채 마부석에 앉아 있던 사내가 불만 가득한 듯 소리쳤다.

"이러다 어르신의 시신이 상하기로도 하면 어쩝니까? 날이 더 풀리기 전에 속히 천산북로까지 당도해야 합니다."

입을 열면서도 여전히 고삐를 바짝 움켜쥔 사내는 다름 아닌 암천이었다.

당연히 마차 안에 있는 이는 혁무린이고.

"죽은 사람은 죽은 사람이고 이러다 산 사람도 잡겠네요."

역시나 불만 가득 흘러나온 혁무린의 음성에 오히려 더욱 짜증이 나는 것은 암천이었다.

이 고생이 다 누구 때문인가.

그 먼 신강까지 초노의 시신을 가져가겠다 한 것이 모두 마실에서 투덜거리고 있는 혁무린 때문이었다.

그렇게 마차에 초노의 관을 싣고 출발한 것이 벌써 한 달여가 흘렀다.

하지만 말이 한 달이지 그간 겪은 고생이 이만저만이 아니었다.

마차를 수시로 사고팔고 하며 배를 탈 때도 있었고, 짐꾼을 사서 산을 넘어야 할 때도 있었다.

최단 시간에 목적지에 이르기 위해서는 온갖 험지를 지날 수밖에 없었으며 그 몫은 대부분 암천의 것이었다.

그럼에도 시일이 지날수록 날이 차츰 풀리고 있으니 자칫 초노의 시신이 부패하게 될 수도 있었다.

아니 이대로 속히 천산북로에 들지 못한다면 틀림없이 수일 내로 악취가 풍기기 시작할 것이다.

그나마 천산북로는 만년설이 가득한 곳, 더 이상 시신이 상하기 전에 그곳에 당도해야만 하니 똥줄이 탈 지경이었다.

물론 그곳에서부터 또 다른 고생이 시작될 것은 뻔했다.

짐꾼을 살 수 있다면 다행이겠지만 관짝 같은 것을 매고 천산북로를 넘어 줄 이를 구하기가 쉽지 않음을 앞서 촉도를 넘을 때 이미 경험했기 때문이었다.

자칫하다 그 일을 자신이 해야 할 수도 있으니 두 다리에 힘이 풀리는 기분이었다.

그래도 초노에게 받은 것이 있으니 당연히 견뎌야 할 일임을 알았다.

하지만 정말로 혁무린의 투정은 견디기가 힘들었다.

"아! 배고파! 일단 어디 객잔 같은 곳이라도 좀 찾아봐요. 다 먹자고 사는 건데……."

계속해서 이어지는 혁무린의 투정, 암천의 입가가 씰룩였다.

'정말……. 저 녀석, 뭔가 있긴 있는 건가…….'

한없이 가볍고, 한없이 촐랑거리는 모습의 청년.

처음엔 그것이 초노의 죽음을 애써 잊기 위한 몸부림이라 여기며 더욱 안쓰러웠건만 이제는 정말로 그 이유 때문인지, 아니면 혁무린이란 청년 자체가 원래 그런 위인인지 헷갈릴 지경이었다.

"진짜! 밥 먹고 가자니까! 대주 아저씨! 지금 저 무시하고 있죠? 그러다 후회해요! 나중에 정말로 크게 후회한다고."

'젠장할 놈! 나중은 뭔 나중! 그래 조금만 참자! 북로만 넘으면 신강. 똑똑히 봐 주마. 네 녀석의 정체가 뭔지를 말이다.'

* * *

"노납이 그 청년을 직접 보는 것이 좋을 것 같네. 과연 지다성녀의 기록과 관련되어 있는지를……. 특별한 것이 있다면 결코 노납의 눈을 피하긴 어려울 것이네."

"송구하오나 그럴 수 없게 되었습니다."

"……?"

"제가 소식을 듣고 달려왔을 때 청년은 이미 출발하고 난 후였습니다."

"하면 이제라도……."

"되돌리기에도 명분이 없었습니다. 죽은 노인의 유체를 수습하기 위해 떠난 것이라 하니……. 또한 제가 유가장의 상황을 확인하며 오늘과 같은 짐작을 한 것은 불과 며칠 전입니다. 지금쯤 청년은 관외에 거의 이르렀을 것입니다."

단목중경의 말에 지공대사의 표정이 딱딱하게 굳어졌다.

"결국 확인하자면 그곳에 가는 수밖에 없다는 것…….

죽기 전에 천하를 유람하는 복을 다 누리게 되었구먼.”

“대사님. 무리입니다. 또한 조금 기다려 봄이 좋을 것 같습니다.”

“이 일이 한시가 급함을 자네가 더욱 잘 알 터인데…….”

“믿을 만한 이가 그 청년과 동행하고 있사옵니다. 조금 전 말씀드린 음자대의 대주입니다. 그가 돌아올 때까지는 기다려 보는 것도 좋을 듯합니다.”

지공대사가 나직하게 고개를 끄덕였다.

단목중경이 믿을 만한 이라 말했다면 그 뜻을 따르는 것이 옳다 여긴 것이다. 그럼에도 마음속엔 거대한 납덩이가 자리 잡은 느낌을 지울 수가 없었다.

“더구나 대사님! 며칠 전 드디어 황궁 쪽에서 먼저 본가에 손을 내밀었습니다.”

연이어진 단목중경의 음성에 지공대사의 눈에 나직한 광망이 뿜어졌다.

중살을 추적하는 것이 힘겨웠던 이유는 바로 그들이 자금성의 실세와 밀착되어 있다는 사실 때문이었다.

더구나 그 실세의 정체가 당금 황실을 좌지우지하는 사례감의 태공공일 확률이 가장 높다는 것을 오래전부터 파악하고 있었던 두 사람이었다.

하나 도저히 접근해 볼 엄두가 나지 않는 이가 바로 태공공이라는 존재였다.

태공공이야말로 황제조차 부릴 수 있다는 막후의 절대자로 수십 년을 넘게 자금성 안에 똬리를 틀고 있는 인물이었다.

그를 잘못 건드렸다간 아무리 소림이고 아무리 단목세가라 해도 멸문지화를 면키 어려움은 당연한 일이었다.

그런 존재에게 명확한 증거도 없이 죄를 물었다가 벌어질 일이란 것은 너무나 뻔하였다.

그 때문에라도 더더욱 중살의 무리들을 쫓는 데 모든 노력을 기울여야 했다.

그들을 잡아 자백을 받아 내야만 태공공을 단죄할 수 있는 일말의 기회라도 잡을 수 있기에…….

물론 중살을 잡는다 해도 그것이 쉽지 않음은 잘 알고 있었다. 그래도 해야만 하는 일이었다. 그것이 지금 직면한 상황에서 최선이었기에.

한데 그간 도저히 접근할 수 없어 두고 볼 수밖에 없었던 황궁 쪽에서 먼저 연락이 왔다는 말이었다.

하여 지공대사가 반색을 하는 것이다.

"더구나 본가를 직접 찾아온 이가 금의위의 대영반 곽영 통령이었다 합니다."

"오오! 그 아이가?"

지공대사의 얼굴에 더할 나위 없는 기쁨의 빛이 흘렀다.

그것만 보아도 둘의 인연이 가볍지 않음을 알 수 있었다.

그도 그럴 것이 지난 수십 년간 소림에 들었던 수많은 제자들 중 단연코 으뜸이라 할 수 있는 자질을 가졌던 이가 바로 곽영이었다.

하나 속가 제자란 그 신분 때문에 본산의 절학을 전할 수 없어 많은 소림의 승려들을 한숨짓게 했던 이가 바로 곽영이었다.

그렇다고 속가의 제자에게 억지로 출가를 강요할 수도 없는 일, 그로 인해 한동안 소림 내에서도 크나큰 갈등이 일었을 정도였다.

그만큼이나 곽영은 뛰어난 이였다. 그렇기에 결국 떠나는 것을 지켜볼 수밖에 없었던 것도 사실이었다.

소림의 무학이 아무리 광대무변하다고 하나 속가에게 전하는 무공만으로 소림의 틀 안에 가둬 두기엔 곽영이란 아이는 너무나도 뛰어났다.

결국 소림을 떠난 곽영은 군문에 투신하였고 그 후로 그의 발길은 다시 소림으로 이어지지 않았다.

그것이 지금껏 알려진 소림과 곽영의 관계였다.

하지만 지공대사와 곽영은 또 다른 특별한 연을 맺은 사이였다.

당시에도 소림 최고의 승려였던 지공대사와 아무리 속

가라 하나 백 년에 한 번 날까 말까 한 자질을 지닌 제자 곽영이 연을 잇지 않는다면 그것이 오히려 더 이상한 일일 것이다.

지공대사는 자신이 지닌 무학의 정화라 할 수 있는 수미대불력을 곽영에게 직접 전했다.

본산의 무학인 칠십이종절예에 포함되지 않기에 가능했던 일, 지공대사는 그 수미대불력과 더불어 아주 특별한 무공 하나를 곽영에게 전했다.

역근세수경과 함께 달마조사가 직접 남긴 무공, 그럼에도 그 지독한 살상력 때문에 도저히 불문의 무학으로 볼 수 없는 무공이 하나 있었다.

결국 육조에 이르러 모든 제자들에게 금기된 채 소림과 세상에서 모습을 감추게 된 무공, 그것이 바로 소림 유일의 검공인 삼검(三劍)이었다.

달마삼검, 소림 내에서도 지난 수백 년간 익힌 이가 없으니 이제는 존재조차 희미해진 무공, 하나 수미대불력의 공능으로 살심과 패도적 기운을 제어하게 된 지공대사는 그 달마삼검의 오의를 깨우칠 수 있었고 그것을 다시 곽영이란 속가 제자에게 전한 것이다.

"검을 모두 세우기 전에 세상에 드러나는 일이 없었으면 좋겠구나. 자칫 스스로의 검이 너를 상하게 할까 염려되는구나."

"명심하겠습니다. 사조님!"

"미안하구나. 네게는……."

"어찌 그런 말씀을 하십니까? 정녕 제가 품어 내기에는 너무 과한 것을 주셨습니다."

"아니다. 이 모든 것이 이 늙은이의 욕심 때문인 것이다. 이렇게라도 해서 네가 소림의 품에 남기를 바라는 것이니 그저 모든 것이 욕심 때문인 것이다."

"곽영은 언제 어느 곳에 있으나 소림의 제자입니다. 그것은 앞으로도 영원히 변하지 않을 것입니다."

곽영과 나누었던 마지막 대화가 아스라이 떠올랐다.

그것이 벌써 이십 년이 다 되어 간다.

곁에 두었다면 더할 나위 없이 기꺼운 시간이 되었을 아이, 지공대사의 눈에 한 줄기 회한의 빛이 흘렀다.

'지금쯤 그 아인 검을 모두 세웠을 것인가…….'

그렇게 잠시간 이어진 지공대사의 상념을 깨며 다시금 단목중경의 나직한 음성이 이어졌다.

"곽 통령이 소림의 문하이니 이번 황궁 쪽 일을 대사께 청하고 싶습니다."

"아미타불! 노납이 마다할 이유가 없는 듯하네. 이번 일을 기회로 움직일 수 없는 물증만 확보한다면 이 모든 일의 원흉을 단죄할 수도 있는 일이니……."

"그러합니다. 이 일이 얼마나 조심스러워야 하는지 누구보다 잘 알고 있기에 감히 대사께 부탁드리는 것입니다. 상대는 팔십만 황병과 동창을 움켜쥔 인물입니다."

단목중경의 음성은 그 어느 때보다 진중했고 마주한 지공대사의 표정 역시 크게 다르지 않았다.

그렇게 잠시 두 사람은 침묵 속에 있었다.

그리고 잠시 뒤 단목중경이 다시금 조심스레 입을 열었다.

"한 가지만 더불어 부탁드리고 싶습니다."

"……."

"도왕 그 친구를 주시하여 주십시오."

"무슨 말인가?"

"도왕이 유가장에 있었다면 틀림없이 결과가 달라졌을 것입니다. 결국 이 참사의 원인 중 하나는 제가 도왕의 화산행을 부추긴 것이지요."

"허허! 결과가 좋지 않다고 해서 과정을 탓할 수는 없는 것이네."

"대사께서 그리 말씀하셔도 죄스러움에 차마 도왕의 얼굴을 보기가 부끄러웠습니다. 또한 그 분노가 어디로 향할지 마음 쓰이지 않을 수 없습니다."

"아미타불! 금 시주의 성정이 불같기는 하나 일의 본질을 파악하지 못할 인물은 아닌 듯하이. 또한 천행으로 유가장의 후손이 그 참사 중에도 목숨을 건졌으니 참으로 다행이 아니던가. 금 시주 역시 결코 가벼이 행동할 이로 보이지는 않았네."

"그래서 더욱 염려됩니다. 유가장의 후손을 본가에서 보호하고 있다는 것을 알면서도 그냥 떠났습니다. 살아 있으면 또 보자는 말만 전해 달라고 남기며……."

단목중경의 음성은 나직했다.

또한 그 음성을 전해 듣는 지공대사의 표정 역시 점차로 더욱 굳어졌다.

"그의 분노가 어디로 향할지 알기에 차마 죄스러움을 지울 길이 없습니다."

"아미타불! 어찌 모르겠는가? 놈들과의 원한과 더불어 화산과의 악연이 아직 매듭지어지지 않았음을……. 하나 이 모든 것이 자네 탓일 수는 없는 것이야. 엉킨 매듭은 언젠가 풀려야 할 것이 아닌가."

"도왕이 섬서로 들어간 후 종적을 감추었습니다. 머잖아 어떤 형태로든 화산에서 일이 벌어질 것입니다."

"하면……. 결국 신검(神劍), 그 친구가 움직이겠구먼."

지공대사의 노안과 백염이 한 차례 나직하게 떨렸다.

마주한 단목중경의 표정 역시 더없이 굳어졌다.

"도왕과 신검이 마주하니 강호가 들썩일 수밖에 없을 것입니다. 그리되면 다른 구대문파 역시 결국 어떤 입장이든 표명해야 하겠지요. 이 기회를 빌미로 구정회가 표면으로 나설 수도 있습니다. 이는 결국 오수련을 자극하겠지요."

단목중경의 입에서 구정회와 오수련이란 말이 나오자 지공대사의 노안이 더욱 침중하게 가라앉았다.

"아미타불! 그야말로 지난 세월의 치욕이요, 치부이거늘……. 어찌 한데 모여 생각하는 것들이 자파의 이득만을 생각하는 것인지……. 소림의 가장 웃어른으로 자네에게 참으로 부끄럽구먼."

"그래도 대사께서 계시고 진인께서 건재하시 않습니까."

"아미타불! 그 친구나 나나 뒷방이나 차지하고 있어야 할 늙은이들 아닌가? 강호는 이제 자네들의 몫이야."

"이 강호에 따로 주인이 있을 수 있겠습니까? 그저 무를 익힌 모두의 것일 따름이지요."

"허허허허! 자네야말로 성불일세. 모두가 자네처럼만 여겨 준다면 무슨 탈이 있겠는가? 하나 오래 살다 보면 알게 되는 것이 있다네. 한동안 필요 이상으로 잠잠했다는 것 말일세. 명심하게나. 자네와 단목세가는 구정회나 오수련이 시기하는 유일한 곳이라는 사실을……."

번천(翻天)

북경제일루라 불리는 자명루의 화려함은 말로 표현하기 힘들 정도였다.

거기에 더불어 여기저기 들려오는 각종 악기들의 음률과 여인들의 끊임없는 웃음소리, 술판마다 이어지는 호기로운 남자들의 외침까지 더해지면 자명루 안은 온통 향락과 쾌락에만 젖어 있는 세상인 듯 보였다.

하나 그것은 어디까지나 자명루 이층까지의 모습일 뿐이며 가장 높은 자명루의 삼 층은 아래층과는 전혀 다른 세상처럼 느껴졌다.

그도 그럴 것이 자명루의 삼 층이야말로 진정 귀빈이라 할 수 있는 이들만이 드나드는 특실들이 자리한 곳이었기 때문이었다.

어지간한 금력과 권력을 가진 이들은 발길조차 함부로 내딛기 힘든 곳이 바로 자명루의 삼 층이었다.

북경에 위치한 자명루의 특성상 고관대작들의 회동이나 그들에게 줄을 대려는 이들의 은밀한 접촉이 수시로 이루어지는 곳이 바로 그곳이니 당연히 흥청망청하는 아래층의 분위기와는 전혀 다를 수밖에 없는 것이다.

지금 그 자명루의 특실 중 한 곳에 어딘지 전혀 어울리지 않아 보이는 분위기의 사내들 셋이 모여 있었다.

한 명은 자명루의 화려함과는 너무나 동떨어진 중년 문사의 모습을 한 사내였고, 또 다른 이는 더더욱 그곳과 어울리지 않게 척 보아도 거지가 분명한 노인이었고, 또 다른 한 명의 중년 사내만이 그나마 제대로 비단옷을 차려입은 상인의 모습이었다.

그들 세 사람 앞에는 그 수를 헤아릴 수 없을 정도로 갖은 요리가 차려진 거대한 상이 놓여 있었다.

하지만 그들 중 누구도 음식에 손을 대는 이는 없었다.

그뿐 아니라 그들은 한참이나 말이 없었는데 그 침묵을 깬 것은 비단옷을 입은 중년 사내였다.

"대인! 어떠합니까? 이곳이 자명루의 특실입니다."

그러자 대인이라 불린 중년 문사가 나직하게 고개를 끄덕이며 입을 열었다.

"그렇군요. 이것이 금자 백 냥짜리 술상이로군요."

중년 문사의 음성이나 눈빛엔 씁쓸함이 가득 배어 있었는데 때마침 거지 행색의 노인이 상 위에 놓인 오리 고기를 집어 들었다.

"어찌 되었든 대인 덕에 간만에 입이 호강합니다. 그래도 그렇지 어인 바람이 불어 이런 곳에서 다 보자 하신 것입니까?"

입을 여는 와중에도 오리 고기를 한 입 크게 뜯은 거지 노인의 눈이 중년 문사를 향했다.

그러자 중년 문사의 눈빛이 이내 차분해지며 그 눈가에 알 듯 모를 듯한 미소가 걸렸다.

"이곳이 천하상단의 소유라 하니 제 두 눈으로 직접 보고 싶어졌습니다."

"아무리 고급이라 해도 이곳 자명루 역시 별다를 것이 없는 곳입니다. 여인과 술을 팔고 또한 은밀한 향락을 제공하는 것으로 부자들의 주머니를 열게 하는 곳이니 말입니다."

비단옷을 입은 사내가 입을 열자 중년 문사는 다시금 나직하게 고개를 끄덕였다.

"그래서 잠시 고민을 해야만 했습니다. 천하상단도 다른 곳과 별반 다르지 않을 것인데……. 과연 제가 옳은 판단을 한 것인가 하는 고민 말입니다."

중년 문사의 말에 마주한 두 사람은 긴장한 표정으로 마른침을 삼켰다.

"천하상단이 무너지면 그곳을 통해 연명하는 수많은 이들이 어려움에 처하겠지요. 더구나 천하상단은 다른 곳과 달리 기근이 들면 백성들에게 쌀을 풀 줄 알고, 역병이 돌면 무상으로 약재를 내놓을 줄 아는 이들입니다. 그런 이들을 첫 목표로 삼는다는 것이 여간 마음을 불편하게 하는 것이 아니었습니다."

중년 문사의 말이 그렇게 이어지는 동안에도 비단옷의 중년인이나 거지 노인 모두 그저 그의 이야기를 듣고 있을 뿐이었다.

그것만 보아도 두 사람의 중년 문사를 향한 공경심이 대단하다는 것을 느낄 수 있었다.

"그렇다고 해도 결국 보다 큰 것을 위해 일을 시작해야 한다는 생각을 지울 수가 없었습니다. 대륙의 상권을 움켜쥔 천하상단이 무너지지 않고는 결코 시작될 수 없는 일이기에……."

중년 문사가 말끝을 흐리자 마주한 두 사람의 눈가가 일순간 크게 경련했다. 그러더니 이내 두 사람의 얼굴에 더없이 만족할 만한 웃음이 걸렸다.

"드디어 결심을 세우신 것입니까?"

"잘하셨습니다. 대의를 위한 희생은 어쩔 수가 없는 일이 아니겠습니까? 저희가 신명을 다해 대인을 도울 것입니다."

거지 노인이나 비단옷을 입은 사내는 감격에 겨운 듯한 음성을 연이어 내뱉었다.

하나 정작 중년 문사의 얼굴은 무심하게 변해 있었다.

"이 한 상을 먹을 수 있는 돈이면 천 명의 가족들이 족히 반년은 넘게 배를 곯지 않고 살 것입니다. 그것이 어찌 이곳을 운영하는 이들의 잘못이겠습니까. 하나 이대로라면 이 같은 일들이 중원 도처에 가득한데도 세상은 영원히 그 자리에 머물고 말 것입니다. 하여 움직이고자 합니다."

너무나도 나직하여 함께 한 이들의 분위기마저 침잠시키는 중년 사내의 음성이 그렇게 흘러나오자 거지 노인이 다시금 입을 열었다.

"저 같은 비렁뱅이가 대인의 큰 뜻을 어찌 다 알겠습니까만은 단 한 가지만은 확신하고 있습니다. 대인만이 이 세상을 바로잡을 수 있다는 것을 말입니다. 본 회에 의탁한 모든 이들이 이 늙은이와 다르지 않게 생각할 것입니다."

"그러하옵니다. 괴개 선배의 말씀처럼 모두가 대인을 진심으로 믿고 따르고 있습니다."

거지 노인이나 비단옷의 사내는 더욱 격앙된 음성이었

다.

기실 이 자리에 있는 그 두 사람의 무게는 실로 가벼운 것이 아니었다.

거지 노인은 한때 천하제일방이란 이름으로 강호를 호령했던 개방의 유일한 직전 제자로 괴개란 별호로 더욱 알려진 인물이었다.

더구나 괴개란 칠패에 속한 이름, 그의 존재감은 능히 일파의 장문인과도 나란히 할 정도인 것이다.

더불어 그와 함께 있는 중년 사내는 갈목종이란 이름을 지닌 이로 한때 운남을 넘어 강남 일대를 호령했던 대문파인 천독문의 직계 후인이었다.

개방이나 천독문 모두 지금은 그 명맥을 찾을 수 없다 하나 한때나마 그 이름이 사해를 떨쳤을 정도로 거대했던 무림방파였다.

하나 흑천겁란이라 이름 붙은 시기를 넘기지 못한 공통점을 지닌 곳이었다.

그들 두 세력은 당시 원 황실에 굴복하지 않았다.

단지의 혈인이라 불리는 그 굴종의 연판장에 서약을 하지 않은 곳이 바로 개방과 천독문, 하여 그 강성했던 두 문파가 이 땅에서 사라질 수밖에 없었던 것이다.

당시만 해도 개방과 천독문만이 강호의 의기를 보였다 하며 많은 이들의 신망과 존경을 받았으나 정작 세월이 흘러 흑천겁란이 종식되자 오히려 두 문파는 다른 무림인들에게 눈엣가시 같은 존재가 되어 버렸다.

그럴 수밖에 없는 것이 개방과 천독문이야말로 존재하는 것 자체가 비굴하게 살아남은 문파들에게 끝없이 치욕을 되새기게 하는 증거와도 같았기 때문이었다.

그런 비슷한 이유로 작심하여 북궁세가마저 멸한 것이 당시의 강호인들이었는데 개방이나 천독문의 처지는 말할 것도 없었다.

가뜩이나 쇄락해 있던 두 문파는 결국 다른 문파들의 은밀한 반목과 암계로 인해 그 명맥마저 거의 끊어지다시피 하였다.

물론 괴개나 갈목종이 자파의 부활을 위해 노력하지 않은 것은 아니었다.

괴개만 해도 과거 개방의 무공을 구 할 이상 복원하여 일신의 능력이 그 어떤 명문대파의 수장과 견주어도 뒤질 것이 없는 존재였다.

하지만 아무리 거지들을 모아 방을 재건하고, 또 무공을 가르쳐도 그들을 과거의 개방 방도로 대접해 주는 강호인들은 없었다.

그래도 괴개는 포기하지 않고 자신의 모든 것을 오로지 개방의 중흥과 재건에 바쳐 왔다.

그러다 일이 벌어졌다.

방도 수를 늘리기 위해 수많은 이들을 받아들이니 그 안에 어찌 별별 위인이 없을 수 있겠는가.

평소 행실이 좋지 못했던 방도들 몇이 괴개에게 배운 무공으로 도적질과 여인을 간살하는 일을 행하다 그 만행이 알려졌으니, 그들을 곱게 보지 않던 이들에게 더없이 좋은 구실을 제공하는 꼴이 되어 버렸다.

결국 누군가의 밀고로 관병들이 출동했고 불온한 거지 떼로 낙인찍힌 개방 제자들과 관인들은 충돌할 수밖에 없었다.

그때 관병들을 수없이 때려 죽여 칠패라는 악명을 달게 된 것이 괴개의 과거였다.

또한 이를 명분으로 구정회와 오수련이 나서게 되었으며 그들은 관과 무림의 안녕을 지킨다는 이유로 개방 방도들을 닥치는 대로 제압하였다.

괴개에게 무공을 배워 개방을 중흥시키려던 대부분의 제자들이 그들 손에 관부에 끌려갔으며 또한 대부분이 참수를 면치 못했다.

다행히 몸은 피했으나 괴개의 꿈도 개방의 부활도 그렇게 끝이 날 수밖에 없었다.

갈목종의 경우도 괴개와 크게 다르지 않았다.

천독문에 전해지던 대부분의 절기가 유실된 터라 과거의 영화를 복원키 위해 혼신을 힘을 다한 갈목종, 그 와중에 실로 무고한 양민들을 죽음에 이르게 했다.

결국 독마라는 악명과 함께 칠패로 꼽히게 되었으니 이제는 떳떳하게 천독문의 후인이라 정체마저 밝힐 수 없는 처지가 된 것이다.

하여 정체를 감추고 살아갈 수밖에 없었다.

하나 갈목종은 결코 포기하지 않았다.

그는 아직도 천독문의 재건을 꿈꾸고 있으며 이를 위해 천하상단의 운남지단을 손에 넣은 채 천하 십숙의 한 명으로 살아오고 있는 것이다.

그러다 이 자리에 있는 중년 문사를 만나게 되었다.

유기문이란 이름을 지닌 인물, 처음 그를 만났을 때만 해도 지금처럼 그를 따르게 되리라곤 상상도 하지 못했다.

하나 그에게 충분히 그만한 가치가 있었다.

천독문의 염원이자 자신의 꿈이기도 했던 일들을 그가 해 주었기 때문이었다.

절전되었던 비전의 완벽한 복원, 그는 갈목종 자신과 같은 인간과는 격이 다른 능력을 지닌 이였다.

더불어 천독문의 역대 조사들조차 해내지 못했던 망공지학(亡空之學)마저 복원해 냈으니 갈목종은 진심으로 그에게 고개를 숙이지 않을 수 없었다.

망공지학이야말로 삼종불기로 회자되는 독황의 진실한 비전.

그리고 그 비전을 지금 눈앞의 사내와 함께 완성해 가고 있는 것이니 갈목종의 꿈이 이루어질 날도 멀지 않은 것이다.

"아 참! 대인. 마침내 보의당과 거래를 할 수 있게 되었습니다. 칠채보원주까지 내주며 고생한 보람이 있었습니다."

"황궁과의 거래가 쉽지 않았을 터인데 수고하셨습니다. 현재 대량의 구지선엽초(九枝仙葉草)를 구할 수 있는 곳도 그곳뿐이며 더군다나 천려실(天麗實)은 보의당에 단 두 알만이 남아 있습니다. 망균을 완성하려면 반드시 필요한 것입니다."

"명심하겠습니다. 대인. 하지만 정작 모태가 될 영약을 구하지 못하여선……."

"그것은 크게 염려하지 않으셔도 됩니다. 일은 사람이 꾸며도 성사는 하늘에 달려 있는 것, 제 뜻이 천의와 다르지 않다면 길이 열릴 터이니 말입니다."

중년 문사의 말에 갈목종은 다시금 차분히 고개를 숙였다.

"그저 대인을 믿고 따를 뿐입니다."

"그나저나 태공공이라는 인물은 직접 보셨습니까? 그는 어떠하던가요?"

"대인의 짐작처럼 고강한 무공을 지녔습니다. 독신을

이룬 제가 두려움을 느낄 정도로……. 적어도 노사님이나 도왕의 아래로 보긴 힘들었습니다."

"그럴 테지요. 아무리 황실의 권력을 움켜쥐었다 하나 범인이라면 결코 백 살이 넘도록 그렇게 정정할 수가 없을 테니까요. 하나 그는 반드시 제거해야 할 인물입니다. 그 만큼 두려운 힘을 지닌 인물이며 그 때문이라도 금 형님의 존재는 저희에게 꼭 필요합니다."

유기문과 갈목종의 대화가 이어지는 그때 괴개가 기다렸다는 듯이 나섰다.

"그 친구의 일이라면 너무 심려하지 않으셔도 될 듯합니다. 결국은 본 회로 돌아올 수밖에 없을 것입니다. 대인께는 송구하오나 유가장의 일이 오히려 그 친구를 궁지로 몰게 될 것 같습니다."

"어찌 되었든 제게는 너무나도 소중한 분입니다. 혹여 위험에 처한다면 모습을 드러내서라도 구해야 함이 도리일 것입니다."

"워낙이 강한 친구이니 결국 화산의 힘을 밑바닥까지 몽땅 끌어낼 테지요. 그래도 결국 중과부적을 느낄 수밖에 없을 것입니다. 그때가 되면 저희가 나서겠습니다."

괴개의 말에 유기문의 표정은 전에 없이 어두워졌다.

그러다 이내 결심을 굳힌 듯 나직한 음성을 내뱉었다.

"우선 제 일계를 시작해야 할 것 같습니다. 그 시작은 태공공과 단목세가의 공멸! 그 후 본회가 천하상단을 흡수하는 것으로 일계를 마무리 지을까 합니다. 다른 분들의 역량을 모두 이 일에 집중해 주시기 바랍니다."

유기문의 음성에 괴개와 갈목종이 동시에 입을 열었다.

"대인의 뜻을 받듭니다."

그런 두 사람의 눈가에는 기이한 열망이 자리 잡고 있었는데 이 일계의 시작이야말로 괴개의 단 하나 남은 염원과 갈목종의 꿈을 이루기 위한 첫 발이기 때문이었다.

괴개의 염원은 자신이 죽기 전 개방의 뿌리까지 뽑아낸 구정회와 오수련을 철저히 응징하는 것이며 갈목종의 꿈은 아직도 천독문이 건재함을 만천하에 똑똑히 알리는 것이다.

그리고 그 두 가지 일은 이 유기문이란 사내가 세운 번천대계에 의해 완성될 수 있음을 두 사람은 결코 의심치 않았다.

그렇게 두 사람이 회한과 감회에 젖어 있을 때 유기문의 목소리가 다시 이어졌다.

"아 참! 두 분께 사사로운 부탁을 좀 드리고자 합니다."

"말씀하십시오, 대인."

"제게 자식 놈이 하나 있음을 아시지요? 그 아이가 무공에 뜻을 두었습니다."

"오오! 대인과 검한의 핏줄이라면 결코 평범하진 않을

것. 이 늙은 거지가 맡아 봄은 어떻겠습니까?"

"저 또한 대인의 자제 분이라면 아낄 것이 없습니다. 어차피 대인께서 주신 것이니 그 어느 독공에도 당하지 않을 용독술을 전하겠습니다."

오래도록 소원하였던 대계가 시작되기 전이라 그런지 두 사람보다 격앙된 음성을 지우지 못했고, 그런 두 사람의 내심을 짐작이라도 하는지 중년 문사의 얼굴엔 희미한 미소가 머물렀다.

"감사합니다. 두 분. 하나 저는 녀석을 노사께 맡기고자 합니다. 노사께서도 흔쾌히 허락하셨습니다. 어차피 저와 약속한 기한이 다 되어 불이곡으로 돌아가신다 하시니 그때 함께 보낼까 생각 중입니다."

"허허! 그거 참 아쉽습니다."

"그러게 말입니다."

괴개나 갈목종 모두 진심으로 아쉬움을 지우지 못한 얼굴이었다.

용의 자식이 결코 평범할 수 없는 일, 더구나 그 어미 또한 결코 평범하지 않음을 알고 있었다.

북궁가의 핏줄이며 능히 천하제일을 다툴 정도의 검학을 지녔던 여인, 그런 두 사람에게서 난 자식의 자질이 어떠할지는 쉬 짐작이 가고도 남았다.

하니 그 무뚝뚝한 노사마저 마음이 동한 것일 테

고…….

"앞으로 보름 정도는 더 이곳에 있어야 할 것 같습니다. 저 역시 그때까지는 그 아이와 함께 보낼 생각입니다. 실상 아비로서 그 아이에게 해 준 것이 없는데……. 해서 이참에 두 분께 그 아이의 견문을 좀 넓혀 달라 청하고 싶은 것입니다."

"허허허! 그거라면 좋습니다."

"저 역시 마찬가지입니다. 이럴 게 아니라 당장 일어서야겠습니다. 그간 대인께 받은 은혜가 하늘과 같은데 이번에 조금이나마 보은해야겠습니다."

"이보게! 자네 나한테 양보를 좀 하게나. 나야말로 대인이 아니었으면 벌서 참수를 당했을 몸. 은혜를 받아도 내가 더 크지 않은가."

앞 다투어 두 사람이 나서자 유기문은 더없이 밝은 미소를 머금었다.

"말씀만이라도 참으로 감사합니다. 아참 한 가지 더. 두 분이 아셔야 할 것이 있습니다. 그 아이에겐 제가 보냈다는 말은 가급적 삼가 주셨으면 합니다. 이런 일엔 당최 익숙지가 않아서 말입니다."

그렇게 입을 여는 유기문의 모습은 이 땅의 그 어떤 아버지와도 크게 다르지 않아 보였다.

하나 그를 바라보는 괴개와 갈목종의 눈빛에는 여전히

헤아릴 수 없는 존경의 빛이 넘실거렸다.

*　　　*　　　*

혁무린과 더불어 초노의 시신이 들어 있는 관을 매고 천산북로를 넘은 암천은 초주검이 되다시피 했다. 그럼에도 조금도 쉬지 못하고 다시금 마차를 구해 신강을 향해 내달릴 수밖에 없었다.

거의 뙤약볕이라고 할 만큼 강렬한 햇볕이 내리쬐기 시작했기 때문이었다.

이런 날씨라면 결코 시신이 온전할 수 없는 일. 벌써 한 달 하고도 보름이란 시간을 관 속에서 보낸 초노의 시신이 멀쩡하다면 그것이 오히려 이상한 일일 것이다.

암천은 말고삐를 더욱 바짝 당겼으며 마차는 거센 먼지를 일으키며 황무지나 다름없는 땅을 내달렸다.

그렇게 밤낮을 가리지 않고 내달리기를 벌써 이틀째였다.

마차 안에서 늘어지게 잠을 자는 혁무린과 달리 잠 한 숨 자지 못한 것이 며칠째인지 헤아리기도 힘든 처지가 지금의 암천이었다.

'젠장! 대체 얼마나 더 가야 나온다는 거야. 그 탑리목(塔里木)이란 곳은……. 이럴 줄 알았다면 길잡이라도 하

나 구하는 건데.'

암천의 얼굴은 지친 것만큼이나 진득한 짜증이 배어 있었다.

가도 가도 보이는 것은 황무지와 이따금 흙벽처럼 솟아 있는 협곡들의 모습뿐이었다.

나름 중원 땅 곳곳 안 가 본 곳이 없다 자부하는 암천이었지만 이런 환경은 처음이었다.

온통 황토뿐이 보이지 않는 척박한 땅에서 어찌 사람이 살고 있는지 쉬 믿기지 않을 정도였다.

하나 이 황무지와 같은 땅 어딘가에 거대한 녹주(綠州)가 있고 그곳에 크나큰 마을이 있다는 것이 혁무린의 설명이었다.

십 리 밖에서도 보일 만큼 울창한 백양나무가 숲을 이룬 곳, 그곳에 혁무린이 머무는 곳이 있다고 했다.

암천은 그저 그 숲이 보이기만을 바라보며 달리고 또 달릴 뿐이었다.

마차가 일으키는 흙먼지는 점차로 더욱 커졌으나 가도 가도 보이는 것은 오로지 짙은 핏빛의 황무지였다.

그렇게 꼬박 삼 일 밤낮을 내달리던 암천이 결국은 참지 못하고 분노를 터트렸다.

"젠장! 대체 이놈의 땅은 뭐야!"

아무리 암천이 범인을 뛰어넘는다 하나 결국은 그도 사

람일 수밖에 없는 일, 체력과 정신력에 한계가 찾아온 것이다.

더구나 말들도 더 이상 달릴 여력이 없는 상태, 이대로라면 말들이 죽던지 자신이 죽던지 결판이 날 것 같았다.

결국 암천은 마차를 세울 수밖에 없었다.

그늘이라도 찾을 수 있다면 좋으련만 눈앞에는 그 흔한 언덕이나 나무 한 그루조차 없는 암담한 상황이었다.

그렇게 마차가 멈추자 그제야 그동안 마차 밖으로 코빼기도 비치지 않던 무린이 모습을 드러냈다.

"이야! 대주 아저씨 정말 대단해요! 벌써 여기까지 왔네요."

마치 나들이라도 온 양 입을 여는 무린을 보며 암천의 눈에 살벌한 기운이 돌았다.

하나 무린의 넉살은 여전했다.

"아이참! 진짜예요. 이제 진짜 조금만 더 가면 보일 거예요. 제가 태어난 곳이……."

"그것을 어찌 아느냐? 내가 지난 며칠 동안 본 광경과 지금 눈앞에 보이는 것이 구분이 안 가는데."

"어? 아저씨! 은근히 말 짧아졌는데요."

"흥! 네 녀석 같으면 이런 상황에 말이 곱게 나오겠냐? 네놈 분명히 말하지 않았느냐? 쉬지 않고 이틀 밤낮이면 도착할 거리라고……."

암천의 얼굴에 서린 노기는 쉬 가시지 않았다. 하나 무린의 입가에는 여전히 미소가 가득했다.

"초노는 분명 그 시간에 통과했는걸요. 물론 한혈마 네 마리가 끄는 마차였지만 말이에요."

"뭐라고? 그런 이야길 왜 이제 와서?"

"에이! 사실대로 말했으면 지금 이만큼 못 왔을 거 아니에요. 그리고 이제는 좀 쉬셔도 될 거 같아요."

"그게 무슨 말이냐?"

"저길 보세요."

무린이 앞쪽을 향해 손끝을 가리키자 암천의 시선이 전방을 향했다가 꽤나 놀란 듯 흔들렸다.

저 멀리 대지의 끝에서 용권풍과도 같은 거센 흙먼지가 일고 있는 것이 보였기 때문이었다.

암천은 눈을 치켜뜨며 다시금 전방을 주시했는데 그제야 그 거대한 흙먼지를 일으키고 있는 네 마리 말을 확인할 수 있었다.

마치 점이 확대되는 것처럼 엄청난 속도로 질주해 오는 마차, 전설로 전해지는 적토마가 있다면 바로 저 말들일 것이라는 생각이 뇌리를 스쳐 지나갔다.

그때 다시 혁무린의 음성이 들려왔다.

"마중 나온 거예요. 우리가 오고 있음을 알고 있다는 거죠."

"누가……."

"아버지요. 저기 아버지가 느껴지니까요."

무린의 음성이 전과 달리 나직하게 가라앉자 암천은 저도 모르게 마른침을 삼켰다.

'드디어…….'

"어떡하실래요? 만나 보실래요?"

"당연히……. 여기까지 왔는데……."

"그럼 조심하셔야 할 거예요. 또 너무 놀라거나 하시면 안 돼요. 초노에게 들었겠지만 보통 사람은 아니니까요."

암천은 다시금 침을 꼴딱 삼켰다.

심신의 피로는 극에 달했으나 왠지 모를 긴장으로 인해 전신의 감각이 날카롭게 일어서는 것만 같았다.

그러는 사이 마차는 더욱더 속도를 냈고 어느새 그 거리는 마부석에 앉은 이의 모습까지 뚜렷이 확인할 수 있는 곳까지 가까워졌다.

그 순간 암천은 또다시 놀랄 수밖에 없었다.

마부석에 앉은 이의 모습이 너무나 기이했기 때문이었다.

동공이 텅 비어 있어 마치 누군가 두 눈을 도려낸 듯한 모습에다가 머리카락 한 올 없는 대머리였다. 거기에 사람이라면 의당 있어야 할 귀가 보이지 않았다. 무언가에 베어진 것처럼 깨끗하니 그 모습만으로 괴기롭다 하지 않을 수 없었다.

'일부러 눈을 파고 귀를 잘라 낸 거다. 이거 자칫 장님에 귀머거리가 되는 건 아닌지…….'

암천의 등으로 식은땀이 흘러내릴 때 다시금 혁무린의 음성이 이어졌다.

"걱정하지 않으셔도 돼요. 저거 사람 아니에요."

"뭐…… 뭐?"

"저 마부석에 앉아 있는 거요."

"하면 대체……."

"그냥 인형 같은 거예요. 아버지 대신 사람들 앞에 모습을 내보이는……."

"그게 대체 무슨 말인지……."

"하하. 뭐…… 직접 보시면 알 거예요. 그나저나 어지간히 급하셨나 보네요. 채 준비조차 안 하고 나오신 거 보니까요."

무린의 그 음성이 끝났을 때 마차는 이미 내달리던 속도를 죽이며 멈출 준비를 하고 있었다.

그렇게 마차가 거센 말울음 소리와 함께 멈추자 마부석에 앉아 있던 기괴한 모습의 인물이 서서히 허공으로 치솟았다.

그러더니 마치 구름이 둥실 떠가듯 움직여 혁무린과 암천 사이로 내려앉았다.

암천의 눈이 다시금 치떨릴 수밖에 없었다.

'뭐냐! 이런 움직임은?'

경공도 뭐도 아니고 그냥 하늘을 떠다닐 수 있는 것만 같았다. 능공허도니 부공삼매니 하는 경지가 정확히 어떤 것인지는 몰라도 적어도 이 움직임이 그에 못지않다는 것만은 충분히 짐작할 수 있었다.

'이…… 이 흉측한 게 혁 공자의 부친은 아니겠지?'

암천의 눈이 가늘게 떠졌다.

상상했던 혁무린의 부친과는 너무나도 동떨어진 모습에 적잖이 당황할 수밖에 없었다.

더구나 사람이라면 의당 지녔을 생기가 전혀 느껴지지 않았다. 강시란 것이 실존한다면 아마 눈앞의 이 인물이 바로 그것일지 모른다는 생각마저 들었다.

그때 그 기괴한 몰골의 사내를 향해 혁무린이 예를 취했다.

"왔습니다."

혁무린이 두 손을 말아 쥐고 포권을 취하는데도 눈과 귀가 없는 대머리 사내는 아무런 대꾸를 하지 않았다.

단지 무린이 타고 온 마차를 향해 얼굴을 돌렸을 뿐이다.

그 순간 놀랍게도 마차의 문이 부서질 듯 크게 열렸다.

덜컹!

그리고 연이어 마차 안에 실려 있던 초노의 관이 둥실 떠올랐다. 그러더니 서서히 날아 맞은편에 멈춰 선 마차의 지붕 위로 사뿐하게 내려앉았다.

암천이 소스라치는 눈빛을 한 것도 어쩔 수 없는 일이었다.

'눈빛으로 허공섭물이라니. 아니지! 눈알도 없잖아. 대체 어떻게 한 거야!'

바로 옆에서 그 광경을 지켜본 암천의 머릿속이 복잡해짐은 당연한 일, 그러나 잠시 뒤 암천은 하마터면 숨이 멈출 정도로 놀라야만 했다.

대머리 사내의 텅 빈 동공이 바로 자신의 두 눈을 향했기 때문이었다.

무저갱을 보는 듯 새까만 동공, 깊어야 얼마나 되겠냐 생각이 들 수도 있었으나 감히 그 비어 있는 동공의 암흑을 쳐다보기도 힘들었다.

그 순간 연이어 머릿속으로 들려오는 너무나도 기이한 음성이 있었다.

— 고맙구나! 초아를 이곳까지 데려와 주어서.

너무나도 생경한 느낌의 음성이었다.

굳이 말하자면 머릿속에 누군가 들어와서 속삭이는 듯 들려오는 음성, 전음이니 육합전성이니 하는 것들과는 전혀 다른 종류의 음성이었다.

그 순간 다시금 그 기이한 음성이 암천의 뇌리를 울렸다.

— 무린과 함께 오거라. 초아가 선택한 아이이니 너 또한 나를 볼 자격이 있느니라.

꿀꺽!

순간 암천은 그저 마른침을 삼킬 수밖에 없었다.

그제야 암천은 무린이 말한 인형의 의미를 어느 정도 이해할 수 있었다.

눈앞의 이 강시와도 같은 기괴한 몰골의 사내는 단지 그의 의사를 전달키 위한 존재라는 뜻.

이러한 능력이 있다는 것은 이제껏 들어 본 적도 없었다.

그 순간 불현듯 초노에게 들었던 말들이 새삼 사실처럼 느껴진다는 생각을 했다.

'아니! 어쩌면 그 이상일 수도…….'

그 순간 다시 혁무린의 음성이 이어졌다.

"그렇게 쫄 거 없어요. 아저씨."

"아…… 네……."

순간 저도 모르게 다시 말을 높이게 된 암천이었다.

절대자(絕大者)에 이르는 길

조용한 후원에 자리한 가묘 앞에 무릎을 꿇고 앉은 연후는 한참이나 그 모습 그대로 자리를 지켰다.

어찌 보면 운공을 하는 것 같기도 하고 어찌 보면 그저 상념에 잠긴 것 같기도 한 모습이었는데 그 상태로 연후는 꼬박 두 시진 가까운 시간을 흘려보냈다.

그러면서도 이따금 감겨진 눈이 움찔거리기도 했고 또 어느 순간에는 얼굴 전체에 비 오듯 땀방울이 맺히기도 했다.

그러던 어느 순간 연후의 눈이 번쩍 떠지며 그 입에선 나직한 호흡이 이어졌다.

"휴우! 쉽지 않다. 이길 방법이 없어! 어떻게 해야 그 복면인의 장력을 피해 거리를 줄일 수 있을까……."

넋두리처럼 흘러나온 음성과 더불어 연후가 몸을 일으켰다.

그와 동시에 진기를 끌어올리자 전신을 감싸고 한 줄기 기이한 바람이 일었다가 사라졌다.

그러자 연후의 상복을 축축하게 만들었던 땀방울이 거짓말처럼 사라졌다.

그럼에도 연후의 얼굴은 딱딱하게 굳어 있어 한눈에도 깊은 고민이 있는 것을 알 수 있었다.

"결국 최소한 한 번의 장력이라도 맞받아쳐야 한다는 것일 텐데…… 그러자면 역시 염왕진결로 공력을 높이는 수밖에 없는 것인가."

다시금 혼잣말을 내뱉으며 골똘히 생각에 빠져 있던 연후가 어느 순간 황급히 고개를 돌려 장원의 지붕 위를 쏘아보았다.

"누구냐?"

연후의 음성은 무척이나 날카로웠다.

그도 그럴 것이 저 지붕 어딘가에서 분명 은밀한 기척을 느꼈기 때문이었다.

유가장에 있을 때라면 분명 알아채지 못했을 정도로 미약한 기운이었다.

하나 지난 한 달 보름간 이곳에 머물며 수시로 염왕진

결과 더불어 심상의 수련을 병행하였더니 스스로도 놀랄 정도로 오감이 발달하게 된 것이다.

장원 안에 있으면서도 담장 넘어 오가는 사람들이 몇 명인지 또 그것이 여인인지 남자인지, 또 아이인지 어른인지를 명확히 구분할 수 있었다.

그럼에도 자신의 감각을 피해 지척이나 다름없는 곳에 숨어들었다는 것은 결코 상대가 범상한 인물이 아니라는 뜻이었다.

또한 모습을 감춘 채 자신을 지켜보았다는 것은 분명 좋지 못한 의도가 깔려 있을 것이란 생각이었다.

한데 그 순간 전혀 예상치 못했던 웃음소리가 들려왔다.

"허허허허! 아이고, 이거 망신을 당했네그려. 설마하니 유 공자가 이 늙은이의 기척을 알아챌 줄이야!"

상황과는 전혀 어울리지 않게 만면에 웃음을 가득 머금은 노인 하나가 지붕 위에 턱하니 걸쳐 앉았는데 그 행색이 딱 거지꼴이었다.

하지만 연후는 더욱 긴장할 수밖에 없었다.

'나를 안다!'

자신을 유 공자라 부른다는 것은 유가장을 안다는 의미였으며 그것이 다시 연후의 눈빛을 날카롭게 만들었다.

"허허, 그렇게 경계할 것 없다네. 그나저나 대단하구먼.

도왕 그 친구를 만난 게 불과 일 년 전으로 알고 있는데 벌써 염왕진결의 화후가 육성을 넘나들다니……."

"뉘시오? 정체를 밝히시오!"

연후의 음성은 더욱 날이 섰다.

자신의 정체는 물론 단번에 자신의 무공내력을 파악하고 더군다나 백부 금도산과의 관계 또한 정확히 알고 있는 거지 노인, 연후는 긴장의 끈을 놓을 수가 없었다.

"허허! 도왕과 유 공자의 관계를 아는 이가 몇이나 되겠는가? 이 늙은이와 자네 백부는 막역한 사이이니 안심하게나. 내 나쁜 마음을 먹었다면 조금 전 자네가 마음공부를 하고 있을 때 행했을 것이야!"

노인의 음성은 무척이나 친근하게 이어졌는데 그럼에도 연후는 쉬 노인을 믿기 어려웠다.

백부 금도산에게 이러한 지기가 있다는 언급을 전혀 들은 적이 없으니 무턱대고 경계를 풀 수 없는 노릇이었다.

오히려 금도산에게 배우길 강호에선 조심해야 할 종류의 사람이 셋 있는데 바로 여인과 아이, 그리고 노인이라고 했다.

백부의 가르침이 그러하니 연후는 결코 방심할 수 없었다.

"아이고! 이거 참. 무안하구먼. 이 늙은 거지를 강호의 동도들은 괴개라 부른다네!"

"……!"

"다행이구먼. 이 늙은이의 허명을 들어 본 적은 있는 듯하니."

"그 이름은 알고 있습니다만, 백부님과의 관계는 쉽게 믿지 못하겠습니다."

"허허! 아무리 좋지 못한 일을 당했다고 해도 젊은 친구가 너무 꽉 막혔구먼."

"그리 말씀하셔도 할 수 없습니다. 백부께서 보내신 분이라면 당당히 모습을 드러내셨으면 될 일, 하릴없이 양상군자처럼 행동할 리는 없다는 생각입니다."

연후의 음성은 무척이나 딱딱하여 거지 노인을 당황케 하고 있었다.

'허허! 누가 대인의 핏줄 아니랄까 봐……. 어지간히 넘어가긴 틀렸구먼.'

"유 공자! 도왕이 나를 보낸 것은 자네가 무탈한지 확인해 주길 바라서였네. 해서 그냥 조용히 떠나려 했는데 이렇게 자네에게 들켜 버린 게야."

노인의 음성이 그리 이어졌는데도 연후는 여전히 꺼림칙한 무언가를 느꼈다.

"허헐! 좋네. 기왕 이렇게 모습을 드러냈으니 한 수 섞어 보는 것도 좋을 것이야. 아니, 그냥 지금 생각처럼 나를 생사대적이라 여기게나. 이제부터 이 늙은이의 기척을 감지한 재주를 좀 시험해야겠으니 말일세.”

그 음성을 끝으로 거지 노인이 지붕을 박차고 몸을 날렸다.

순간 연후의 눈이 번쩍 뜨일 수밖에 없었다.

가볍게 몸을 띄웠다고 생각한 순간 거지 노인의 신형이 갑자기 수십 개로 늘어나는 것처럼 보이더니 순식간에 코앞까지 접근했기 때문이었다.

순간 노인의 입이 열리며 호통과도 같은 음성이 이어졌다.

“정신 바짝 차려야 할 것이네. 취리건곤보와 더불어 강룡장을 펼칠 것이니!”

수십 개로 늘어난 노인의 그림자가 연후의 지척에서 하나로 합쳐지더니 어느새 그 손에서 무시무시한 기운이 뿜어졌다.

연후는 모골이 송연해지는 것을 느꼈다.

일전에 보았던 복면 괴인의 장력과는 또 다른 위력이 느껴졌다.

괴인의 장력을 통해 느낀 것이 어마어마한 살의라면 지금 눈앞에서 날아드는 장력은 마치 거대한 해일이 되어 자신의 몸을 집어삼킬 것 같은 느낌이었다.

굳이 따지자면 강하기는 복면 괴인의 그것이 더했으나 정심하며 굳건하다는 느낌은 눈앞의 장력에서 더욱 크다는 느낌이었다.

순간 연후의 눈에 기광이 번뜩였다.

위기의 순간마다 연후를 구해 주었던 광해경의 비기가 펼쳐진 것이다.

순간 날아들던 강맹한 장력도 또한 그것을 뿜어내던 노인의 신형도 제자리에 멈춘 듯했다.

그리고 연후의 신형이 그 멈춰 있는 장력을 피해 미끄러지듯 돌아 나갔다.

딸깍!

허리춤에 매어 있던 초연검이 풀리며 어느새 연후의 손에 그 서늘한 검신이 우뚝 솟아올랐다.

그리고 그 차가운 검신은 노인의 허리춤을 망설임 없이 베어 갔다.

순간 괴개의 눈이 번쩍 뜨였으며 그 신형이 화들짝 놀라 일곱 걸음이나 뒤로 물러났다.

콰쾅!

괴개의 장력이 폭음을 일으키며 지면을 때렸고 자욱한 흙먼지가 일었다.

괴개는 실로 믿을 수 없다는 눈으로 그 흙먼지와 그 속에서 태연히 검을 세우고 있는 연후를 바라볼 수밖에 없었다.

그러면서 슬쩍 옆구리엔 손을 가져다 댄 괴개의 눈이

다시 한 번 치떨렸다.

가뜩이나 넝마나 다름없는 옷이 한 자나 길게 베어진 상황, 직접 겪었지만 쉬 믿기지 않는 일이었다.

본시 오늘 괴개가 이곳을 찾은 것은 유기문의 부탁 때문이었다.

자신 정도의 고수라면 짧은 순간에도 도움을 줄 수 있다는 생각, 하여 은밀히 지켜보았는데 그러는 동안에도 꽤나 놀라야 했다.

처음엔 눈을 감고 좌공을 하는 줄 알았더니 자세히 보니 그게 아니었다.

이따금 몸이 움찔거리거나 앉은 채로 폭풍 같은 기세가 들끓기도 하는 것을 보며 연후가 하고 있는 것이 심상 수련임을 짐작한 것이다.

기실 심상 수련은 매우 난해한 공부여서 어지간한 경지의 무인들은 꿈도 꾸지 못하는 것이었다.

소위 경지에 이른 무인들은 필담(筆談)만으로도 서로의 무공을 나눌 수가 있는데 그러한 경지와 같은 것이 바로 심상의 수련인 것이다.

물론 그것을 다시 몸으로 체득하는 데는 또 다른 노력이 필요하지만 말이다.

여하간 연후가 그 정도의 경지를 걷고 있음을 알게 된 괴개는 꽤나 놀랄 수밖에 없었다.

하나 그것은 어디까지나 생각했던 것보다 뛰어났기 때문이었지 그 자체가 괴개가 어찌해 볼 수 없는 경지여서는 아니었다.

강호의 무인들을 통틀어 열 손가락 안에 든다면 과하겠지만 오십 명 안에 꼽힌다면 섭섭하다고 여길 정도로 스스로의 무위를 자부하는 괴개였다.

한데 오늘 이러한 낭패를 당한 것이다.

아무리 그가 도왕의 진전을 이었고, 그 아비에게 하늘과도 같은 지혜가 있고, 또 그 어미가 두 번 다시 없을 무재를 지녔던 여인이라고 해도 정작 상대는 약관에도 이르지 못한 청년이었다.

더군다나 한 수 가르쳐 주러 왔다 당한 낭패였기에 괴개도 진심을 다할 수밖에 없는 처지에 놓이게 된 것이다.

"이거 은근히 열 받는구먼. 아무리 넝마처럼 보여도 이 늙은이가 가장 아끼는 옷이란 말일세!"

농담처럼 흘러나온 음성이지만 연후의 표정은 삽시간에 굳어졌다.

노인의 분위기 전혀 달라졌기 때문이었다.

마주한 것만으로도 거대한 무언가에 짓눌린 느낌, 이따금 백부에게서 느꼈던 그러한 종류의 기세였다.

그 순간 괴개가 움직였다.

연후 역시 다시 한 번 광안을 열었고 그 눈에는 기이한 안광이 번뜩였다.

한데 연후가 움찔했다.

분명 눈앞의 거지 노인이 움직이는 것을 보았는데 그 신형이 여전히 그 자리에 멈춰 있었기 때문이었다.

그렇게 잠시간 멈칫하던 연후가 대경실색한 표정으로 황급히 뒤편을 향해 몸을 돌렸다.

때마침 들려오는 거지 노인의 음성.

"취리건곤보가 극에 이르면 잔영과 실체를 구분하기 어렵게 된다네. 진짜는 여길세."

광안을 열기 전 거지 노인이 이미 자신의 후방을 장악했음을 그 음성을 통해 깨달아야만 했다.

연후가 황급히 신형을 돌렸으나 괴개의 장심은 이미 연후의 가슴과 맞닿아 있었다.

펑!

"크윽!"

가죽 북이 터지는 소리가 연후의 가슴팍에서 터져 나왔고 그 입에선 고통에 찬 신음이 토해졌다.

연후의 몸은 그 신음과 함께 반 장 가까이 떠올라 그대로 바닥에 내동댕이쳐졌다.

"으윽!"

가슴을 부여잡고 다시 한 번 나직한 신음을 토해 내는 연후, 마주 선 괴개가 나직한 음성을 내뱉었다.

"엄살 떨 것 없네. 그냥 밀치기만 한 것이니!"

괴개의 음성을 들은 연후가 당황한 듯 자신의 몸 상태를 살폈다.

그러고는 꽤나 놀란 듯 괴개를 쳐다보았다.

분명 장력에 적중되었으나 그 말처럼 전혀 고통이 느껴지지 않았기 때문이었다.

"어떤가? 내 독한 마음을 먹었다면 자넨 이미 산 목숨이 아닐 것이야!"

괴개는 보란 듯이 입을 열면서도 가슴을 쓸어내려야 했다.

'휴우! 하마터면 유 공자를 상하게 할 뻔했구나. 그나저나 참으로 괴이한 안법을 익혔구나.'

괴개는 지그시 바닥에 누워 있는 연후를 바라보았는데 그제야 연후가 몸을 일으키며 예를 표했다.

"손에 사정을 두어 주신 점 감사드립니다. 아울러 무례를 용서하여 주십시오."

노인의 말처럼 그가 마음을 먹었다면 이미 숨이 끊어졌을 것이 틀림없는 일, 악의가 없음을 믿지 않을 도리가 없었다.

하나 입을 여는 연후의 표정은 너무나 어두웠다.

그도 그럴 수밖에 없는 것이 비록 짧은 시간이었지만 이곳에 머물며 꽤나 강해졌다고 짐작했던 것이 터무니없는 오판이었음을 확인했기 때문이었다.

그러한 연후의 표정을 보며 괴개는 큰 소리로 웃음을 터트렸다.

"허허허허허! 이래 보여도 칠패란 어마어마한 흉명을 달고 있는 것이 이 늙은일세. 자네 정도에게 못 미친다면 어찌 여태 목숨을 부지했겠는가?"

"죄송합니다. 어르신."

"죄송할 것은 없네. 자네 말대로 제대로 찾아오지 않은 내 잘못이 아닌가? 이제 이 늙은이를 도왕 그 친구가 보냈음을 믿어 주는 것인가?"

"다른 이유를 생각지 못하겠습니다. 백부님은 어찌 지내시는지요?"

"보름 전까지는 매화촌에 있었다네."

괴개의 말에 연후의 눈이 크게 흔들렸다.

"네? 백부님께서요? 하면 어째서 여기는……."

"자네가 무사하다니 할 일을 미룰 수 없다 하더구먼."

"그래도 거기까지 오셨으면서……."

"그래서 이 늙은이가 대신 온 것이 아닌가?"

괴개의 답이 이어졌지만 섭섭함을 감추기 어려웠다. 그러한 생각이 들자 연후는 스스로를 다잡았다.

'벌써부터 백부께 기댈 생각이나 하고…… 어차피 내 앞에 놓인 일들은 모두 내 일이다. 스스로 해결해야 함이

당연한 것, 어쩜 백부께선 내게 그것을 깨우쳐 주기 위해 일부러 오시지 않는 것일 수도…….'

그때 괴개의 음성이 다시 연후에게 이어졌다.

"그보다 자네, 매우 특이한 안법을 익혔구먼. 하지만 말일세, 단지 보는 것에만 의존해선 지금의 한계를 깨긴 어려울 걸세."

순간 연후의 눈이 꽤나 크게 치켜떠졌다.

일전의 복면 괴인과의 싸움에서도 그렇고 조금 전의 겨룸에서도 느낀 것이지만 광안의 한계는 분명했다.

물론 그 광안이 없다면 그만큼 상대할 수도 없었겠지만, 지금 이 상태로라면 눈앞의 노인뿐 아니라 중살이란 이들을 만나도 결국 또다시 패배할 수밖에 없을 것이다.

괴개라는 노인은 지금 그것을 지적하고 있는 것이다.

"어떤가? 이것도 인연인데 이 비렁뱅이에게 몇 수 배워 보겠는가? 며칠간이면 짬을 내어줄 수도 있는데……."

괴개가 은근슬쩍 말끝을 흐리자 연후가 정중히 두 손을 모아 예를 표했다.

"사양할 처지가 못 되니 감사히 따르겠습니다."

"허허허! 좋구먼. 하나 너무 기대하진 말게나. 내가 자네에게 전할 것은 그저 일반적인 무론이니 말일세. 물론 지금 자네의 가장 큰 문제도 바로 그것인 듯하니 말일세."

* * *

네 마리 한혈마가 끄는 마차의 속도는 실로 엄청났다.

바퀴가 지면을 떠가는 듯 질주하는데 정작 그 안에 몸을 실은 암천은 그런 것을 느낄 여력도 없었다.

그러는 동안에도 마차 밖으로 보이는 황무지의 풍경은 빠르게 지나갔고 어느 때부터인가 하나둘 앙상하게 마른 나뭇가지들이 보이기 시작했다.

그리고 잠시 뒤에는 짙은 녹음을 뽐내는 거목들이 창밖을 메우기 시작했다.

무린이 말한 백양나무가 가득한 녹주에 도달했음을 알게 된 암천은 더욱 긴장했다.

하나 창밖의 풍경이 푸르게 변한 뒤에도 마차는 멈추지 않고 한참을 더 내달렸다.

그러다 다시 녹음이 점차 사라지며 거대한 흙벽이 보이기 시작할 무렵이 돼서야 마차의 속도도 줄어들었다.

어딘지 모르겠지만 협곡 안에 들어섰음을 짐작하기는 어려운 일이 아니었다.

때마침 전과 달리 내내 심각한 표정이던 무린이 입을 열었다.

"진짜 다 왔네요. 바깥사람이 이곳까지 들어온 건 꽤 오랜만일걸요. 영광인 줄 아세요."

암천은 눈을 지그시 뜬 채 무린을 바라보았는데 그 눈에 핏발이 가득했다.

사실 지금 암천의 상태는 말로 표현하기 힘들 정도로 좋지 않았다.

천산북로에서부터 거의 칠 주야를 잠 한숨 자지 못한 상태이니 내력도 의지력도 고갈 직전인 것이다.

그나마 이렇게 버틸 수 있는 것도 극도의 긴장감 때문이었다.

초노인의 말이 절반만 사실이라 해도 정말 터무니없는 존재를 만나게 됨을 알기에 어쩔 수 없이 생겨난 긴장감.

눈앞의 청년 혁무린과 여유롭게 이야기를 주고받을 상태가 아닌 것만은 분명했다.

'젠장! 엉덩이에 땀이 찰 정도면……. 나 정말 떨고 있는 건데…….'

그 무렵 마차가 결국 멈췄고, 갑작스레 덜컹하며 마차 문이 열렸다.

"내리세요."

"아…… 네."

암천이 쭈뼛거리며 답한 뒤 무거운 엉덩이를 뗐다.

그렇게 마차를 빠져나온 암천은 눈앞에 펼쳐진 광경에 저도 모르게 탄성을 내뱉었다.

"아!"

온통 피칠을 해 놓은 듯한 새빨간 흙벽들이 까마득히 솟아 있는 협곡이었다.

마치 하늘 끝까지 닿아 있는 것처럼 치솟은 협곡은 단지 마주 보는 것만으로도 절로 움츠러들 수밖에 없을 정도로 압도적인 모습이었다.

더구나 그 흙벽들 사이로 숫자를 헤아리기 힘들 정도로 많은 구멍들이 보였다.

그것이 인위적인 동부인지 아니면 원래부터 존재했던 것인지는 구분할 수 없었으나 그 어딘가에 자신이 만나야 할 사람이 있음을 짐작하는 것은 그리 어려운 일이 아니었다.

암천은 저도 모르게 침을 꼴딱 삼켰다.

때마침 그런 암천의 등을 혁무린이 툭하고 토닥였다.

"너무 긴장 마시라니까요. 허락해서 들어오셨으니 별일은 없을 거예요. 가죠!"

무린이 휘적휘적 걸어 나갔다.

그런 뒤 눈앞에 보이는 가장 가까운 동부 안으로 망설임 없이 걸어 들어갔다.

"그럴 리야 없겠지만 절 놓치시면 길 잃어버립니다. 이 안은 생각하는 것보다 훨씬 복잡하니까요."

앞서 걸으면서 이어진 혁무린의 음성에 암천은 다시 한 번 쭈뼛거릴 수밖에 없었다.

"아…… 네."

그렇게 혁무린의 뒤를 따라 암천이 걸음을 옮기기 시작했다.

그러는 동안 마부석에 앉았던 기묘한 인영이 초노의 관을 가볍게 들쳐 매고 두 사람의 뒤를 따랐다.

'젠장, 꼭 도살장에 끌려가는 기분이네…….'

암천의 머릿속은 그런 상념들로 가득 찰 수밖에 없었다.

*　　　*　　　*

"당금 강호에 자네 나이에 노부의 옷자락을 벨 수 있는 검객을 또 찾아보긴 힘들 것이네. 솔직히 너무 놀랐지. 오죽했으면 이 늙은 거지가 온 힘을 다해 취리건곤보를 펼쳤겠는가?"

괴개의 이야기를 듣고 있는 연후의 표정은 무척이나 담담했다.

"한데 그 순간 자네의 허실이 보이더구먼. 내가 후미를 제압했음에도 그때까지 자네는 그저 잔상만을 보고 있었지."

"도저히 어르신의 움직임을 쫓을 수가 없었습니다."

"그것은 자네가 눈으로만 보려 하기 때문일세."

괴개의 말에 연후의 표정이 굳어졌다. 그러면서도 그 얼굴에는 의문이 가득했다.

"강호인들이 이형환위라 부르는 경신 공부를 어찌 눈에 의지하여 파악하려는 것인가?"

"하면 어찌해야 한단 말씀이십니까?"

"허허! 이런 답답한 친구를 보았나. 자네가 처음 이 늙은이의 기척을 감지한 것은 무엇이란 말인가? 그것은 노부의 기감을 느꼈다는 것이 아닌가!"

괴개의 말에 연후는 그제야 무언가를 깨달은 얼굴이었다.

"이제 알았나 보구먼. 노부의 은신을 파악할 정도의 기감을 가지고 어찌 싸움 중에는 두 눈에만 의지한단 말인가?"

괴개의 말에 연후는 잠시 무언가를 생각한 뒤 조심스레 물었다.

"말씀하신 기감이란 것이 무엇인지는 알겠습니다. 한데 그것은 그저 백부님의 염왕진결을 운공하다 보니 자연스레 얻게 된 것일 뿐입니다. 그것을 어찌 급박한 상황에 활용할 수 있다는 말씀이신지요?"

연후의 물음이 이어지자 괴개는 나직하게 고개를 끄덕였다.

"역시나 내 짐작이 틀리지 않았구먼. 홀로 무공을 익혀

나가는 것은 이래서 힘이 드는 것이라네."

"……."

"본시 운공으로 내력을 쌓는 것은 공력을 키우는 것에만 목적이 있는 것이 아니라네. 천지만물의 기를 체내에 축척하는 과정에서 자연스레 내가 아닌 세상을 느끼게 되는 것이지. 그 때문에 자연스럽지 못한 것을 보다 쉽게 잡아낼 수 있는 것이며 이 능력은 다시 기감을 발달하게 만들어 준다네. 그리고 강호인이라면 그 어느 때도 이 기감을 흐트러뜨려선 아니 되고. 밥을 먹을 때도, 뒷간에 갈 때도 심지어 잠을 잘 때도 유지시킬 수 있어야 하지. 하나 자네는 그런 것에 익숙지 않은 것이야."

괴개에 말에 느끼는 것이 있어 연후의 표정은 숙연하기만 했다.

그의 말처럼 평상시의 연후는 전혀 기감이란 것을 끌어올리지 않았다.

이는 연후에게 남다른 집중력이 있기 때문인데 어린 시절부터 무언가를 하면 그 일에 완전히 몰두하는 습성이 배어 있었다.

당연히 책을 읽을 때면 완전히 책 속에 빠져들고, 또 무언가를 고민하게 되면 그 고민 속에 온 정신을 내맡기는 것이다.

물론 무공을 수련할 때 역시 그것은 다르지 않았다.

하지만 눈앞의 거지 노인은 그러한 것이 틀렸다는 지적을 하고 있는 것이다.

언제 어느 때 무엇을 하든 운공을 할 때처럼 모든 감각을 끌어올려 주변을 살피고 있어야 한다는 말이니 연후로선 엄두가 나지 않는 일이었다.

"물론 자네의 입장에선 쉽지 않을 것이야. 단기간에 그만큼이나 감각이 발달하게 되니 조금만 그 상태를 유지해도 부담스러움을 느끼는 것이지. 본래 보통의 무인들처럼 조금씩 진일보한 이들은 기감이 조금씩 발달하기에 언제라도 그것을 유지할 수 있는 것이지."

"하면 어찌해야 하는 것입니까? 늘 이 상태로 지내야 하는 것입니까?"

"허허허! 아니지. 그랬다간 오히려 몸이 축나고 말 것이야. 세상의 온갖 잡음과 번잡스러움이 쉬지 않고 눈과 귀를 통해 들어오는 것을 어찌 쉽게 견디겠는가?"

"어렵습니다."

"어렵지. 하지만 그것보다 더 큰 자네의 문제는 정작 싸움이 시작되면 무공을 펼치는 데 몰두하느라 그 기감을 완전히 놓아 버린다는 것에 있네. 그러니 노부의 옷자락 벨 정도의 검을 가지고도 어이없이 당하는 것이지."

"……."

"또한 무엇인지 모르겠지만 자네는 그 안법에 지나치게

의지하고 있는 것 같아. 당장이야 위기에서 그 안법의 효용이 발휘될 수도 있으나 진짜 고수라 하는 이들과 대적하게 되면 한계를 느끼게 될 것이야. 이 늙은이만 해도 자네의 눈보다 빠르지 않은가?"

"방법을 일러 주십시오."

"허허허허. 내 말하지 않았는가. 해답은 결국 일반적인 무론에 있을 수밖에 없다고. 눈이 아닌 다른 감각으로 싸우는 법을 알아야 하네. 청각도 좋고 후각도 좋아. 소위 오감이라 하는 것들 모두를 끌어올리며 무공을 펼쳐야 하는 것이지. 하지만 다른 감각보다 월등한 자네의 두 눈 때문에 힘이 들 것이야. 해서 당분간 두 눈을 버리고 수련을 해 보라고 권하고 싶구먼."

괴개의 말에 연후는 잠시 동안 멍한 얼굴이 될 수밖에 없었다.

솔직히 지금 자신의 무공이 이만큼의 위력을 발휘할 수 있는 것은 광해경 상의 비기가 있기 때문이었다.

한데 그것을 버리고 수련하라 하니 막막한 기분이 이는 것이다.

'할 수 있을까? 하지만…….'

결정을 하는 것이 쉽지 않았다.

광해경은 자신을 좀 더 빠른 시일에 더욱 강하게 해 줄 수 있는 열쇠라고 생각하는 연후였다.

더구나 이제 겨우 광안의 경지, 책에 언급된 광령의 경지에 도달할 수 있다면 시간과 공간의 경계마저 넘나들 수 있다는데 그것을 포기하기는 쉽지 않았다.

그런 연후의 고민을 아는지 다시금 괴개의 음성이 나직하게 흘러나왔다.

"무공을 익힌다는 것은 집을 짓는 것과 다르지 않다네. 아무리 외관이 화려하고 으리으리한 집이 생겨난다 해도 모래 위에 지어진다면 그것이 사상누각이 아니고 무엇이겠는가? 지금 이대로 나아간다면 자네의 공부가 깊어지면 깊어질수록 집의 크기만 비대해져 언젠가 단번에 허물어질 수 있음을 알아야 하네."

괴개의 눈빛은 전과 다르게 정광이 가득했고, 연후 역시 그의 가르침이 무엇을 말하고자 함인지 충분히 깨우칠 수 있었다.

"하면 제가 어찌 모래와 같은 지반을 반석으로 바꿀 수 있겠습니까?"

"허허허허! 다른 방법이 무엇이 있겠는가. 처음부터 시작하는 수밖에…… 나는 자네가 공력을 사용치 않고 얼마나 마보를 견딜 수 있는지 참으로 궁금하다네. 무공을 익힌 이들은 다들 그렇게 시작하는 것이지."

"마보란 말이지요. 마보……."

*　　　*　　　*

미로와도 같은 동부를 얼마나 걸었는지 헤아리기도 어려웠다.

다시 나가라 해도 길을 찾을 자신이 없었다.

눈앞의 이 청년을 놓치면 정말로 평생을 가도 이 미로를 벗어나지 못할 것만 같았다.

가뜩이나 지친 암천의 입에선 저도 모르게 헉헉거리는 소리가 토해질 수밖에 없었다.

"정말 다 왔어요. 이 동굴 끝이에요. 그래도 그렇지, 아저씨 체력이 형편없어요."

순간 암천의 눈이 날카롭게 변했다.

'이게 다 누구 때문인데!'

내심 이가 갈렸지만 함부로 그 같은 말을 꺼낼 상황이 아님을 모르지는 않았다.

"걱정 마세요. 공청석유라도 몇 방울 드릴 테니까 그거 먹고 힘내세요!"

연이어진 무린의 말에 암천은 저도 모르게 숨이 턱 막히는 소리를 내뱉었다.

"허헉! 저…… 정말…… 공청석유가 있단 말이오?"

한 방울만 먹어도 무병장수함은 물론 무공을 익힌 이에게는 반 갑자의 공력을 준다는 희대의 보물, 소림의 대환

단이라 해도 한 방울의 공청석유보다 그 가치가 떨어지니 그것이 얼마나 대단한 보물인지는 더 설명할 필요가 없을 것이다.

그 순간 무린이 씨익 하고 웃었다.

"뭐, 일단은 아버지가 허락하셔야 하긴 하지만요."

암천은 다시 한 번 꼴딱거리며 마른침을 삼켰다.

'이거 정말이다. 정말로 전화위복이란 나를 두고 하는 말인가 보구나. 공청석유란 말이지…… 공청석유…….'

저도 모르게 마음속으로 그 말을 되새기는 암천은 자신의 입가가 헤벌쭉 벌어졌음을 의식하지 못했다.

그때 다시 혁무린의 음성이 이어졌다.

"너무 그렇게 티내진 마시구요. 아 참! 다시 말씀드리지만…… 아버지 보고 너무 놀라지 마세요."

무린의 말에 암천이 다시금 고개를 갸웃거렸다.

'대관절 뭐가 어떻기에 놀라지 말라는 말을 이렇게 자주 하는 건지…….'

하지만 무린은 예의 그 싱글거리는 미소를 잃지 않으며 마침내 끝나 가는 동부의 끝자락을 향해 내달았다.

암천 또한 그 뒤를 따랐고 여전히 등 뒤에는 초노의 관을 맨 눈 없고 귀 없는 대머리 괴인영이 있었다.

그렇게 암천은 무린을 따라 동부의 끝을 지났고 그렇게 눈앞에 펼쳐진 광경을 보게 되자 다시 한 번 뜨악한 표정을 지을 수밖에 없었다.

"아……. 이게 대체……."

암천의 눈에 처음 들어온 것은 도대체 얼마나 오래 살았는지 모를 어마어마한 크기의 나무였다.

화산의 분화구처럼 생긴 거대한 협곡의 중심에서 하늘 끝까지 뻗어 있는 너무나도 거대한 나무, 그 나뭇가지에 매달린 풍성한 잎사귀들이 마치 천지를 뒤덮고 있는 듯한 느낌이었다.

암천은 잠시 넋을 잃은 듯 입까지 벌리고 눈앞의 광경을 쳐다보기만 했다.

때마침 무린의 음성이 이어졌다.

"신목(神木)이에요. 그리고 저기 저분이 제 아버지에요."

무린의 손끝을 따라 시선을 이동한 암천은 다시 한 번 눈을 치켜뜰 수밖에 없었다.

신목이라 불린 거대한 나무의 기둥, 그리고 그 가장 아래쪽에 마치 나무와 한 몸인 듯 수많은 나무뿌리들에 얽혀 있는 너무나도 기괴한 모습의 인영이 보였기 때문이었다.

나무와의 거리가 오십 장 가까이나 되니 모든 것을 다 확인하기는 어려웠으나 그것이 사람인 것만은 확실했다.

그곳을 향해 무린이 나아갔고 암천 역시 조심스레 뒤따

랐다.

그렇게 점점 신목과 가까워지던 암천의 발걸음이 어느 순간부터 점점 느려지기 시작했다.

나무뿌리에 엉켜 있는 기이한 존재, 혁무린의 부친이라는 그 존재의 모습에 가까워질수록 등줄기를 타고 스멀거리는 기이한 기분이 치밀고 있는 것이다.

거기다 그 모습이 확연히 들어올 정도의 거리가 되자 가슴팍에 괴이하게 생긴 칼 한 자루가 박혀 있는 것도 확인할 수 있었다.

그 칼이 박힌 위치는 심장이 분명했으며 암천의 발걸음이 더더욱 더뎌질 수밖에 없었다.

그리다 어느 순간 암천은 더 이상 나아가지 못하고 결국 그 자리에 석상처럼 굳어져 버렸다.

"서…… 설마……. 저거…… 혈마도(血魔刀)?"

암천의 입에서 덜덜 떨리는 음성이 흘러나왔고 그제야 앞서 가던 무린이 암천을 향해 뒤돌아섰다.

"아이 참! 놀라지 말라고 그렇게 말했는데……."

하나 암천의 귀에는 더 이상 무린의 말이 들리지 않았다.

이제 암천의 머릿속에는 오래전 초노와 나누었던 대화만이 가득 남았다.

"무제 그 인간이 노부의 주공께 참으로 무뢰한 짓을 했지. 그분의 심장에 칼을 박았으니 말이다. 그때 단목세가 뿐 아니라 강호니 무림이니 하는 것들 전부가 사라질 뻔 했다는 사실을 네놈이 어찌 알겠느냐?"

암천의 머릿속에 또렷하게 떠오르는 초노의 음성.

'정말이었어. 모두가…….'

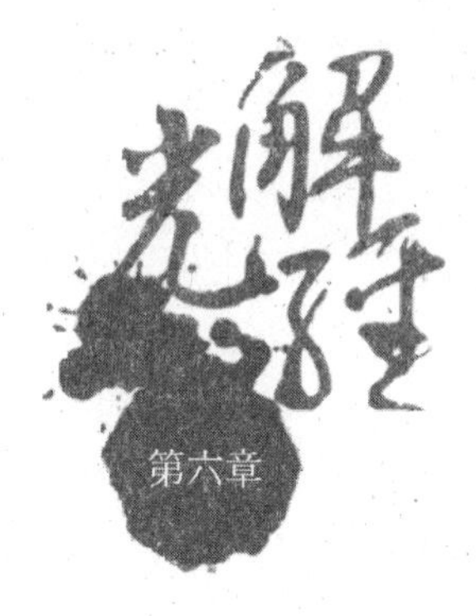

망공(亡空)과 망량(魍魎)

북경의 폐장원에 머물고 있던 연후가 상복을 벗은 것은 조부의 사십구제가 모두 끝난 직후였다.

그런 연후 앞에는 두 사람이 마주하고 있었는데 한 명은 며칠간 함께 지내다시피한 괴개였고 또 다른 한 명은 갈목종이란 이름을 지닌 중년인이었다.

갈목종은 괴개와 친분이 있다는 이유로 찾아와 나흘 전부터 함께 머물기 시작한 인물이었다.

그리고 그 나흘이란 시간 동안 연후는 그에게 적지 않은 것을 배울 수가 있었다.

처음엔 당연히 거부했다.

아무리 괴개와 친분이 있다고 해도 난생처음 보는 이에

게 더구나 독공에 대해 배운다는 것이 내키는 일일 수는 없었다.

더군다나 독이란 것에 대해 문외한이나 다름없던 연후였으니 더더욱 중년 사내와 가까워질 수 없었다.

하지만 갈목종이란 중년인은 자신 역시 백부와 가까운 사이라며 한참이나 배움을 강요했다.

그렇다고 선뜻 마음이 내키지 않았는데, 그런 연후의 마음이 단번에 바뀔 수밖에 없는 일이 생겼다.

"유 공자가 내가 뿌린 독을 견뎌 낼 수 있다면 더 이상 유 공자께 강요치 않으리다."

그 뒤 연후는 난생처음 겪어 보는 어마어마한 고통에 혼절하기 직전까지 이르렀다.

"단장산(斷腸酸)이라는 하품의 독이오. 이 정도 독에도 이리 쩔쩔맨다면 강호에서 객사하기 딱 좋소이다."

갈목종이란 중년인이 무엇 때문에 그렇게까지 해서 자신에게 독공을 전하려는 것인지 그 의도를 모두 알 수 없었다. 하나 그에게 배운 것이 자신의 안계를 크게 넓혀 준 것만은 틀림없는 사실이었다.

특히나 중독되었을 때 내력을 운용해 독기를 몸 밖으로 배출할 수 있는 운공요상법은 독공이란 것이 여타의 다른 무공에 비해 결코 가벼운 공부가 아님을 깨닫게 해 주었다.

그 외에도 증상에 따라 독을 구분하는 법이나 독에 상극이 되는 약재나 치료법 같은 것들을 배웠는데 그것들을 통해 연후는 어지간한 독에 대해 대처할 수 있는 법을 알게 되었다.

그것이 앞으로 얼마나 요긴하게 쓰일지는 모르겠으나 결코 쉽게 배울 수 있는 것이 아니기에 갈목종에게 진심으로 고마움을 느꼈다.

그런 마음이 이는 것은 괴개라는 거지 노인도 마찬가지였다.

비록 열흘도 안 되는 시간 동안이었지만 그에게 배운 것이 앞으로 자신이 가야 할 길에 얼마나 소중한 지침이 될 것인지 누구보다 잘 알게 된 연후였다.

괴개를 통해 깨우치게 된 것 중 가장 큰 것은 바로 강해지는 데는 반드시 단계를 거쳐야 한다는 것이었다.

예전에는 어찌하여 염왕진결이 열 개의 단계로 나누어져 있는지, 또 그 한 단계 한 단계를 뛰어넘는다는 것이 어떤 의미인지 전혀 이해하지 못했다.

태청신단을 먹고 깨어 보니 삼성의 성취를 이룬 후였고 금도산에게 염왕도법을 배우며 불과 몇 달 만에 사성과 오성의 경지에 도달해 버렸다.

그리고 얼마 후 곧 육성을 넘어 화염의 기운을 진기와 함께 배출할 수 있는 칠성의 경지까지 도달한 것이 연후의 염왕진결이었다.

하지만 그것뿐이었다.

칠성의 염왕진결을 이루었다고 해서 그 아래 단계일 때와 크게 달라진 것을 느끼지 못했던 것이다.

그리고 그 이유가 바로 자신의 부족함 때문임을 괴개의 가르침을 통해 알게 되었다.

화염지기를 운용하는 염왕진결의 공력과 그렇지 못한 공력의 차이, 그것은 실로 어마어마한 것이었다.

비록 태청신단을 먹었다고 해도 그것은 단지 염왕진결이 터를 잡게 하는 계기가 되었을 뿐이다.

당연히 무공을 펼칠 때 사용하는 진기는 염왕진결의 공력이었다.

그럼에도 불구하고 칠성에 이르러 얻게 된 중단전의 화염지기를 사용한 적은 거의 없었다. 하단전과 중단전이 합하여지며 뻗어 나오는 그 기운은 너무나 강맹하여 제어하는 것조차 힘들다는 것이 그 이유였다.

하니 목숨이 경각에 달한 순간에도 육성의 공력만을 운용하여 왔던 것이다.

그리고 그것이 얼마나 우매한 짓이었는지를 이제는 깨닫게 되었다.

이 모든 것이 바로 단계를 거치지 않고 무공을 쌓아 온 부작용에 기인함을 알게 된 것이다.

단계를 넘는다는 것이 어떤 의미인지, 그 한 단계 한 단계의 벽을 깨는 것이 가진 의미를 이해하게 되자 과거뿐 아니라 앞으로의 나아가야 할 길을 유추할 수 있게 되었다.

화염지기를 응축하여 형상화할 수 있게 된다는 팔성의 경지가 어떤 것인지도 충분히 짐작할 수 있었다.

결국 무공을 익힌다는 것은 불완전한 것을 보완하여 나아간다는 의미인 것이다.

이를 위해선 기본이 되는 것들을 완벽히 체득하여야만 한다는 것이고.

결국 칠성에 이른 염왕진결이라 하나 앞선 단계의 수련이 턱없이 가벼우니 화염지기를 제어하지 못한 것이 당연했다.

이를 극복하기 위해 앞 단계를 완벽히 익혀 내는 것이 무엇보다 중요하며 또한 팔성의 벽을 넘기 위해선 당연히 칠성의 염왕진결을 완벽히 체득함이 그 무엇보다도 선결되어야 함을 깨우친 것이다.

그러한 가르침 말고도 괴개에게 배운 것들은 그 하나하나가 연후가 무리를 깨우치는 데 크나큰 도움이 되었다.

마보를 통해 육체의 단련이 공력의 단련만큼 중요함을 알게 되었고, 올바르게 주먹을 쥐고 또 올바르게 검을 쥐는 법을 배웠다.

이 같은 것을 왜 백부에게 배우지 못했는지가 다 의아할 지경이었다.

한데 그 의문도 쉽게 풀렸다.

"강한 이가 반드시 좋은 스승이 되는 것은 아니라네. 그런 면에서 이 늙은이는 좋은 스승의 범주에 들어간다네. 자네나 도왕 같은 범주의 이들은 잘 모르겠으나 자질 없는 이들을 오랫동안 가르치다 보면 꽤나 많은 것을 알게 되니 말일세."

괴개에게 들었던 말이었고 과연 그 말처럼 그는 가르치는 법을 알고 있는 좋은 스승이었다.

비록 짧은 시간이었지만 그의 가르침은 연일 안계를 넓혀 주었다.

공력이 배제된 초식의 겨룸을 나눔으로써 무공에 어찌하여 형과 식이 나누어져 있는지 배웠으며 각기 다른 병장기와 대련함으로써 그 장단점과 효용이 무엇인지도 어렴풋이 짐작할 수 있게 되었다.

그러면서도 연후가 간과하고 있던 많은 것들을 끊임없이 되새기게 만들어 주었다.

아무리 수련일지라도 검 한 번 휘두르고, 주먹질 한 번 내뻗는 그 안에 필생의 각오를 담아야 한다는 것, 그것이 무를 대하는 이들의 마음가짐임을 말이다.

스스로 유생이라 생각했던 연후가 그동안 자신을 가두

었던 껍질을 깰 수 있었던 것도 모두 그 같은 괴개의 가르침 때문이었다.

또한 이전까지 자신이 얼마나 무학을 어설프게 생각했는지도 처절하게 깨달았다.

앞으로 자신에게 할 일이 태산 같음을 뼈저리게 가르쳐 준 괴개, 또한 그 때문에 앞으로 걸어야 할 길을 찾을 수가 있게 된 연후였다.

그러한 괴개에게 고마움을 느끼지 않을 리 없는 것이다.

이는 갈목종이란 중년인에게도 크게 다르지 않았고.

"그동안 감사했습니다. 결코 두 분께 받은 은혜를 잊지 못할 것입니다."

연후의 진심 어린 음성에 괴개나 갈목종 모두 만면에 웃음이 가득했다.

"허허! 은혜랄 것이 무엇이겠나. 이 늙은 거지와 도왕의 관계를 생각하면 이 정도는 아무것도 아니지."

"나 역시 마찬가지요. 공자의 재주가 뛰어나 저도 모르게 가르치는 재미에 빠진 것뿐이니 은혜로 여길 이유가 없소이다."

괴개와 갈목종이 겸양의 뜻을 거듭 밝히자 연후의 얼굴에 희미한 미소가 서렸다.

"두 분께서 제게 이 같은 가르침을 주신 것이 제 부친

때문임을 짐작하고 있습니다."

예상치 못하게 흘러나온 연후의 말에 괴개와 갈목종의 안색이 변했다.

모르게 해 달라는 유기문의 당부가 떠오르며 대관절 언제 연후가 그 같은 짐작을 했는지 모르겠다는 표정을 지을 수밖에 없었다.

"일전에 친우들에게 듣기로 강호인들은 타인에게 함부로 자신의 절기를 전하여 주지 않는다 하더군요. 하지만 두 분께선 그러지 않으셨지요. 제게 무언가를 일깨워 주기 위해 오신 듯 아낌없이 전하여 주셨으니 그 안에 다른 의도가 있음을 어찌 모르겠습니까? 또한 제가 겪은 백부님이라면 이런 방법으로 사람을 보내실 분이 아니시구요."

"허허! 이거 참……."

"민망하구려, 유 공자."

"무엇 때문이면 어떻습니까? 두 분께선 제가 진실로 크나큰 가르침을 주셨는데. 저는 그저 그것만은 크나큰 은혜로 기억할 것입니다."

연후의 음성이 그리 흘러나오자 괴개나 갈목종의 얼굴에도 다시금 미소가 번졌다.

"과연 대인의 피를 이어받은 것이 틀림없구먼. 하긴 그 정도를 눈치 못 챌 것이라 생각한 내가 어리석었지."

"그렇소, 유 공자. 나와 괴개 선배는 모두 부친의 부탁으로 이렇듯 공자의 곁에 있었던 것이오. 하니 고마움을 느낀다면 온당 부친께서 받아야 할 것이오."

괴개와 갈목종의 연이어진 음성에 연후가 나직하게 고개를 끄덕였다.

아버지 유기문의 존재가 껄끄러운 것은 분명했지만 그렇다고 무턱대고 반감만 있는 것은 아니었다.

어찌 되었든 그는 분명 자신의 아버지였고, 그가 행했던 과거의 행보는 충분히 존경받을 만한 일이기 때문이었다.

다만 앞으로의 행보가 걱정될 뿐인 것이다.

마음에 앙금이 남은 것은 단지 부친이 하고자 하는 일들에 대한 반감 때문이었다.

부친이 도모하는 일은 조부의 염원에 반하는 것이 틀림없으며 둘 중 하나를 선택하라면 당연히 조부의 뜻을 따르는 것이 도리라는 것이 지금의 연후였다.

하지만 아직 일어나지도 않은 일 때문에 부자라는 혈연으로 맺어진 사이를 부정할 수는 없는 노릇이란 생각이었다.

"부친께서 그러시더군요. 당신과 함께하는 이들 중 출중한 능력을 지닌 이가 가득하다고요. 과연 두 분을 뵙고 나니 결코 허언을 하신 것이 아님을 알겠습니다."

"그렇소이다. 대인께선 그 한마디에 천금과도 같은 무

게를 지닌 분이십니다."

"백번 말하면 무엇 하겠는가? 자네도 머잖아 알게 될 것을……. 그렇지 않다면 어찌 노부나 이 친구가 대인을 따르겠는가? 이래 보여도 우리 두 사람이 지닌 이름은 결코 가볍지 않다네."

갈목종과 괴개와 음성에는 자부심이 가득했고 연후 역시 충분히 그것을 느낄 수가 있었다.

'대체 아버지란 분에게 무엇이 있기에…….'

연후의 머릿속에 그려지는 아버지 유기문의 모습은 분명 평범한 것은 아니었다.

그렇다고 하나 이런 능력을 지닌 이들이 충심으로 따를 만큼 무슨 대단한 것을 느낀 것은 아니었다.

그렇기에 궁금증이 생겨나지 않을 수 없었다.

어찌하여 이런 이들과 부친이 인연을 맺게 된 것인지를.

연후가 그런 생각을 할 때 다시금 갈목종이란 중년인의 나직한 음성이 이어졌다.

"기왕 이렇듯 말이 나왔으니 유 공자는 내 이야기를 들어 볼 의향이 있소? 물론 이는 유 공자의 부친과 관련된 이야기요."

연후는 굳이 대답할 필요를 느끼지 못하고 눈빛으로 그의 의중을 수락했다.

"본래 내 진실한 정체는 천독문의 후예로 강호인들을 나를 독마라 한다오."

"아……."

연후의 입에서 저도 모르게 찬탄이 일었다.

독마 역시 칠패에 속한 이름 중 하나, 분명히 알고 있는 이름이었다.

그러면서도 자신과 그 칠패란 이름들이 결코 적지 않은 인연이 있음을 새삼 느낄 수밖에 없었다.

도왕(刀王), 검한(劍恨), 중살(衆殺), 괴개(怪丐), 독마(毒魔), 광승(狂僧), 식혈귀마(食血鬼魔)라 하는 일곱 명이 바로 칠패였다.

그중 도왕은 자신의 백부이며 검한은 자신의 모친이다.

중살은 조부와 유가장 식솔의 원수이며 괴개와 독마가 바로 지금 눈앞에 있는 것이다.

아직 연후가 모르는 광승과 식혈귀마라는 이가 있었지만 칠패 중 다섯이나 되는 이가 자신과 결코 적지 않게 연관되어 있다는 것이 결코 평범한 일이 아님은 당연한 일이었다.

연후가 그런 생각에 빠져 있을 때 갈목종의 음성이 다시 나직하게 이어졌다.

"유 공자는 본문의 이름을 들어 본 적이 있소?"

갈목종의 말에 연후가 잠시 기억을 더듬었지만 천독문

이란 문파의 이름은 분명 생소한 것이었다.

"역시나 유 공자는 모르는 것이 참 많구려. 이는 비단 본문을 모르기에 섭섭해서 하는 말이 아니니 곡해하지 마시구려. 강호에서 살아남으려면 알아야 할 것들이 참 많소이다."

"귀를 열고 경청하겠습니다."

갈목종의 음성에 진심이 담겨 있음을 느낀 연후의 태도는 더욱 공손해졌다.

"강호무림이란 참으로 많은 은과 원으로 얽혀 있소이다. 무를 따라 사는 이들이 모여 있는 곳이니 어쩌면 그것이 당연한 것일 수도 있고……. 하여 눈앞에 보이는 일들이 다가 아니라오. 당장은 눈앞에 선과 악이 분명해 보일 수도 있지만 그 이면에 전혀 다른 모습이 있는 일이 부지기수라오. 도왕이나 여기 괴개 어르신이 칠패로 불리는 것만 해도 그렇고 도왕과 화산의 은원만 보아도 그렇소. 정작 세상이 알지 못한 일들이 가득한 것이라오. 이 갈목종 또한 독마로 불리며 무고한 양민들을 죽음에 이르게 하였고 그 일이 죽어 마땅한 일이지만 그 안에 어찌 사연이 없겠소이까?"

갈목종의 음성은 나직했지만 그 음성 안에 비통함이 깃들어 있음을 충분히 느낄 수가 있었다.

"나와 유 공자의 부친이 연이 이어진 것도 그 무렵이었소이다. 하나 이 이야기를 하자면 본문이 어찌하여 멸문의 길로 들어서는지를 먼저 이야기해야만 하오. 기실 본문의 역사는 강호의 그 어떤 문파보다도 유구함을 가지고 있소이다. 본문의 시조가 되시는 분이 다른 누구도 아닌 독황(毒皇)이기 때문이오."

입을 열던 갈목종이 연후를 쳐다보다 조금 당황한 표정을 지었다.

비장함을 가득 담아 내뱉은 이야기건만 마주한 연후의 반응이 별반 달라진 것이 없어서였다.

새삼 눈앞의 청년이 강호에 관해 문외한임을 깨우칠 수밖에 없었다.

때마침 괴개가 나섰다.

"자네는 망공독황이란 이름이나 삼종불기에 얽힌 이야기를 전혀 들어 보지 못했는가?"

괴개의 말이 이어지자 그제야 연후가 무언가를 떠올린 표정이었다.

"아…… 아닙니다. 하지만 그 이름처럼 기록할 의미가 없는 전설이라는 것만 알기에……."

연후가 말끝을 흐렸다.

분명 과거에 몇 번이고 들은 적이 있는 이름이 바로 삼종불기였다.

하나 환우오천존이란 이들과는 달리 너무도 허황된 이

야기들이라 크게 귀담아듣지 않았던 것도 사실이었다.

하여 지금 갈목종과 괴개의 이야기를 들으면서도 전혀 현실감을 느낄 수가 없는 것이었다.

"그들이 그저 전설에 불과하다면 어찌 환우오천존 위에 올라 있겠는가? 분명 그들은 존재했네. 그리고 여기 갈 문주와 천독문이 바로 그 증거이고."

연후가 눈을 돌려 갈목종을 쳐다보았다.

그런 연후의 눈에 호기심과 의구심이 뒤섞여 있음은 당연했다.

독황이면 망공독황이란 이를 말하는 것이고 그는 삼종불기 중에서도 가장 앞에 이름이 놓인 이였다.

굳이 서열을 따지자며 이제껏 존재했던 모든 강호인들의 맨 앞에 놓인 이름이 바로 독황이란 이름이니 능히 고금제일이라 불려도 좋을 것이다.

홀로 한 시대의 무림을 완전히 소멸시켰다는 존재, 그리고 그의 손에 소멸된 까마득한 과거의 무림을 상고무림이라 한다는 이야기를 들은 기억이 있었다.

연후가 아는 것은 거기까지였다.

그때 다시 갈목종의 음성이 이어졌다.

"본문에는 분명 독황 조사께서 남기신 비전이 실존하외다. 그리고 그것을 완벽히 복원하여 주신 것이 바로 공자의 부친이시고."

갈목종의 말에 연후는 꽤나 놀랄 수밖에 없었다.

그에게 독공을 배우지 않았다면 그 말의 의미가 무엇인지 이해하지 못했을 것이다.

하나 이제는 독공이라 하는 공부가 얼마나 난해하며 그 깊이가 헤아릴 수 없을 만큼 심오함을 충분히 알고 있었다.

더구나 그 말대로라면 천독문의 독공은 독황이라는 전설과도 같은 인물이 남긴 것일진대 그 깊이가 어찌 낮다고 할 수 있겠는가.

한데 부친이 그것을 복원하였다 하니 결코 흘려들을 수가 없었다.

"아버지께서도 무공을 익히셨습니까?"

문득 찾아든 생각에 연후가 물었으나 그 순간 괴개와 갈목종의 얼굴이 묘하게 일그러졌다.

사실 지금 연후가 하는 질문에 대해 그 누구보다도 궁금한 이가 바로 두 사람이었기 때문이었다.

처음 유기문을 만나고 따르기 시작했을 때는 당연히 무공을 모른다고 생각했었다.

하나 무공을 모르는 이라면 도저히 할 수 없는 많은 일들을 해낸 것이 유기문이란 이였다.

때마침 괴개가 연후의 물음에 답을 했다.

"글쎄. 무공을 익혔냐고 묻는다면 잘 모르겠다고 대답

해야 하겠구먼. 하지만 이거 하나는 틀림없네. 이 땅에 자네의 부친만큼 무공의 본질을 이해하고 있는 인물은 없을 것이란 말일세. 만약 자네 부친이 무공을 익히고 있다면…… 천하에 그 적수가 없을 것이야."

괴개의 말에 연후는 꽤나 당황할 수밖에 없었다.

그러면서도 마음 한편에선 그 말을 어느 정도 받아들일 수 있었다.

자신 역시 서고에 잡서로 분류되었던 책자 하나와 인연을 맺으며 지금에 이르렀다.

부친이라고 해서 다르지 않을 수 없다는 생각이 든 것이다.

더군다나 부친을 평하던 조부 유한승은 세상 누구도 따를 수 없을 만큼 총명함을 가졌다 하니, 무엇을 배우고 익히던 분명 보통의 경지에 머물지는 않았을 것이다.

그것이 무공이라 해도 말이다.

그때 다시 갈목종의 나직한 이야기가 이어졌다.

"다른 것은 모르겠으나 독공과 의술이라면 천하제일이라 할 수 있는 분이 유 공자의 부친이시오. 내가 독마라 불리게 된 것은 사실 불완전한 본문의 비전을 실험하며 무고한 양민을 죽음에 이르게 했기 때문이오. 유 공자는 십여 해 전 강남 일대에 퍼졌던 두 차례의 역병에 대해 들어 보았을 것이오."

갈목종의 말에 연후는 나직하게 고개를 끄덕였다.

백부 금도산에게 들은 이야기였다.

아울러 아버지 유기문이 명천대인이란 이름으로 백성들에게 추앙받게 된 것도 그 역병에서 수많은 이들을 구했기 때문이라는 것도 알고 있는 이야기였다.

"그때 만일 내가 대인과 도왕을 만나지 못했다면 나는 그저 복수에 눈먼 악귀로 발버둥 치며 죽어 갔을 것이오. 그리고 그 두 번째 역병으로 최소 중원인의 절반은 죽어 없어졌을 것이오!"

지난 세월의 회한이 가득한 씁쓸한 갈목종의 음성이 이어졌지만 연후는 꽤나 놀랄 수밖에 없었다.

전해 듣기로 첫 번째 역병을 물리친 후 아버지는 명천대인이란 이름을 얻었고, 그 일로 인해 오히려 위기에 처하고 연이어 그런 아버지를 구하기 위해 거대한 민란이 일었다고 했다.

그때 아버지는 모습을 감추었고 몇 해 뒤 두 번째 역병이 일어 헤아릴 수도 없는 이가 죽어 나간 것이다.

그 수가 족히 이십만에 달한다고 했으니 세상이 멸망하게 될 것이란 소문이 결코 과장된 것만은 아닌 것이다.

그리고 지금 눈앞의 중년인은 그 일과 자신이 연관되어 있음을 말하는 것이다.

하나 기이하게도 연후는 눈앞의 갈목종에게 별다른 거

부감이 일지 않았다.

차라리 백 명, 이백 명을 죽였다고 하면 모르겠지만 이십만의 목숨이라는 것은 너무나 엄청나 전혀 감도 잡히지 않는 일이었다.

그게 사실이라면 이 사내야말로 대흉성이 틀림없겠지만 어쩐지 그런 느낌을 받을 수가 없었다.

아니 오히려 눈앞의 이 중년인의 가슴에 도저히 짐작하기 어려운 회한이 있다는 것만을 느낄 수가 있었다.

"결국 두 번째 역병의 원인이 독에 있음을 알게 된 대인이 그 원흉이라 할 수 있는 나를 찾은 것은 당연한 수순이었소. 더구나 그 옆에 도왕이 있었으니 나는 그때 이미 죽은 목숨이었소. 사실 나 역시 살고 싶은 마음이 없었소이다. 비록 잘못된 비전 때문이라 하나 나 하나 때문에 그토록 많은 이들이 죽어 가고 있었거늘…… 어찌 살기를 바라겠소이까."

"……."

"당시만 해도 나는 도왕의 일초지적도 되지 못할 수준이었으니 그 도 앞에 무릎 꿇리어져 마음에 담긴 마지막 울분이나 토해 내고 싶었소이다. 그 모든 일이 천독문의 멸문 때문이라고, 의기를 세웠던 본문은 이제 풀 한 포기조차 남지 않았다고, 외세에 빌붙어 목숨을 연명했던 놈들은 떵떵거리며 잘산다고. 나는 그걸 두고 볼 수 없었다고……. 그렇게 처절하게 소리치며 울었소이다."

"……."

"한데 말이오. 곧 목이 떨어질 줄 알고 온갖 욕설을 내뱉다가 고개를 들었는데 말이오……. 대인께서 나와 함께 울고 계시더이다. 그때 대인께서 내게 뭐라 했는지 아시오?"

계속되는 갈목종의 말을 연후는 그저 묵묵히 듣고만 있었다.

금도산에게 들었던 것과는 분명 다른 이야기였지만 조금 더 부친이란 존재와 가까워지는 것만은 틀림없는 느낌이었다.

"내 마음이 참으로 안타깝다 하시더이다. 나보다 십 년이나 젊은 대인에게 들을 말은 아니었지만 그때 나를 보던 대인의 눈길을 잊을 수가 없다오. 그러면서 말씀하셨소이다. 죽어 가는 이들을 함께 살려 준다면 내 한을 풀어 주겠다고……. 물론 처음부터 그 말을 믿은 것은 아니었지만…… 머잖아 그것이 허언이 아님을 알게 되었소이다. 대인께서는 나로 인해 죽어 가던 이들을 살리기 위해 본문의 불완전한 비전들을 살피기 시작했고, 결국 내 그토록 매달리면서도 하지 못한 일들을 해내셨다오. 대인이 아니었으면 장강 이남은 오직 시신만이 가득한 땅이 되었을 것이오. 내가 만들었던 독은 스스로 증식하며 사람을 잡아

먹는 것이었으니 말이오."

갈목종의 음성에 연후의 눈빛이 한 차례 파르르 떨려왔다.

그러한 독을 만들 수 있다는 사실이 놀라웠고 부친이 행한 일들이 실로 믿기지 않았기 때문이었다.

그때 다시 갈목종의 음성이 이어졌다.

"그 모든 일이 끝난 후 스스로 독을 풀어 자결하려던 나를 대인께서 또 살리셨소. 그리고 세상에 지은 죄를 만분지 일이라도 갚고 싶다면 죽지 말고 살아 의로운 일을 행하라고……. 하니 내 어찌 대인을 따르지 않겠소이까?"

갈목종의 회한 가득한 음성은 그렇게 끝을 맺었다.

가만히 그 이야기를 듣고 있던 연후는 깊은 상념에 빠진 얼굴이었다.

그도 그럴 수밖에 없는 것이 그동안 귀동냥으로 전해 들었던 짧은 이야기들이 아버지의 일과 하나로 연결되고 나니 그 안에 참으로 깊은 사연이 있음을 깨닫게 된 것이다.

때마침 그동안 잠잠하던 괴개가 말문을 열었다.

"강호에는 사연 없는 이가 없는 법이라오……."

*　　*　　*

무린을 따라 전혀 새로운 협곡 안에 들어온 암천은 평생 살아오면서 놀란 것을 다 합친 것 같은 경험을 그 짧은 순간 겪고 있었다.

신목이라는 표현하기조차 힘든 거대한 나무, 그리고 그 가장 아래쪽에 나무뿌리와 얽혀 있는 기이한 인물, 그리고 그 인물의 가슴에 박혀 있는 전설상의 보도 혈마도.

하나 그런 것들보다 더욱 암천을 놀라게 하고 있는 것은 그 혈마도를 가슴에 꽂고 나무뿌리에 얽힌 채 겨우 목숨을 연명하고 있는 것 같은 인물과 무린이 나누는 대화를 자신이 너무나 태연하게 듣고 있다는 것이었다.

"초아는 참 좋은 아이를 거두었구나. 이건 온전히 네 녀석의 복이니라."

"아시잖아요. 제게 초노를 대신할 수 있는 사람은 없어요."

"물론 지금은 그럴 것이다. 나 또한 함께했던 아이들을 한 명 한 명 떠나보낼 때마다 너와 같은 마음을 먹었으니 말이다. 하나 시간이라는 마물은 종국에 그러한 마음마저 퇴색시킨다."

"그야 아버지 생각이시죠. 제가 아버지처럼 살 거란 기대는 안 하시는 게 좋을 거예요."

"물론 앞으로의 삶은 온전한 네 몫이며 네 의지 앞에 놓인 것이다. 하나 세상에 나가 살아 보면 결국 네 녀석도

이 아비나 다른 선조들과 다른 선택을 할 수는 없을 것이다."

"저 아직 스무 살도 안 되었거든요. 정말 아버지 말씀처럼 될지 안 될지는 두고 봐야 알겠죠. 그리고 지금 아버지 모습을 보세요. 제가 아버지처럼 되길 바라는 것은 아니시죠?"

"마주할 때마다 했던 이야길 또 하면 무엇하겠느냐? 그보다 사람을 청해 놓고 결례를 범하고 있지 않으냐?"

혁무린의 부친이라는 이의 시선이 그렇게 암천을 향했다.

암천은 이제는 더 나오지 않는 마른침을 또다시 힘겹게 삼켜야만 했다.

가까이서 보니 단지 나무뿌리가 몸을 휘감고 있는 것이 아니라 수많은 잔가지들이 그 몸을 관통하여 지나고 있는 참으로 기괴한 모습이었다.

마치 나무뿌리들이 거미줄이 되어 눈앞의 인물을 잡아먹으려 하는 것 같은 모습.

그런 상태로 얼굴과 칼이 박힌 가슴팍만이 나무뿌리 밖으로 드러나 있으니 보는 것만으로도 소름이 끼쳤다.

더구나 그 얼굴을 확인한 암천은 참으로 막막하다는 생각을 지울 길이 없었다.

이런 상황에서 어떻게 이렇게 단정한 모습을 유지할 수

있는지 모르겠지만 그 때문에 그 얼굴을 또렷이 살필 수 있었다.

부모와 자식이 닮은 경우야 허다하며 그것이 당연한 일이지만 이건 닮아도 너무 닮았다.

아니 닮았다는 느낌과는 분명히 다른 느낌이었다.

그 얼굴은 분명 혁무린이란 청년과 똑같았다.

아버지란 이의 눈가나 이마에 자리한 주름을 좀 줄이고 입 주변으로 흘러내려 있는 멋스러운 흑염이 없다면 분명 혁무린의 얼굴과 그 얼굴은 똑같은 것이었다.

'초 어르신의 말이 사실이라면 적어도 삼백 년을 넘게 살았을 터인데……. 이건 뭐…… 믿을 수도…… 믿지 않을 수도 없네…….'

그때 마침 나무뿌리 사이로 나직한 음성이 흘러나왔다.

"초아가 내 이야기를 했던 것이지? 물론 자넨 믿기 어려웠을 것이고."

"네? 아…… 네……."

"미안하구먼. 이 모습으로 사람을 대하는 것이 처음 있는 일이라 결례를 범했어. 내가 사용했던 이름은 혁위강이란 하네."

이름이면 이름이지 사용했던 이름은 또 무엇이란 말인가.

그런 생각을 하면서도 암천은 혁위강이란 이름을 새삼

되새기며 빠르게 머릿속을 헤집었다.

지난 강호사에 그런 이름을 지닌 인물이 있었는지를 파악하기 위해서였다.

하나 분명 그 어디에도 언급되지 않은 생소한 이름이었다.

"그렇게 고민할 것은 없다네. 강호인들이 나를 부르는 이름은 전혀 다른 것이니……. 강호의 무인들은 나를 일컬어 망량(魍魎)이라 하더구먼."

순간 암천은 머리끝부터 발끝까지 뻣뻣하게 굳어지며 숨을 쉬기조차 힘든 상태로 변해 버렸다.

'망량……. 망량겁조……!'

암천은 입술마저 덜덜 떨려고 의식을 차리고 있는 것마저 힘이 들었다.

사실이라면 정말로 큰일이었다.

아니 사실일 것이 틀림없다는 느낌이 들었으니 이미 큰일인 것이다.

망량의 저주.

또한 삼종불기의 하나로 기록되어 있는 존재.

사람이 아니라 유령과 같다 하여 망량이라 이름 붙었고 세상의 모든 겁란이 그로부터 시작되었다 하여 겁조(怯祖)란 이름을 달게 된 존재.

신도 악마도 될 수 있다 하여 신마(神魔)라는 또 다른 이름으로 불리는 존재.

그것이 바로 망량겁조의 전설이었다.

암천은 그저 눈만 껌뻑거리며 스스로 망량겁조라 말한 이를 바라보았다.

온몸에 힘이 빠져 이제는 두려움마저 일지 않았다.

그저 그냥 아 끝났구나 하는 심정으로 그 얼굴을 쳐다보게 된 것이다.

망량의 저주.

그것이 단지 전설에만 국한되어 있다면 암천이 지금처럼 변한 것이나 강호인들이 감히 거론하는 것조차 금기시할 이유가 없을 것이다.

하나 그의 존재는 부정할 수 없는 증거를 남기고 있었다.

무제가 활약했던 당시 강호는 북빙해에서 시작된 거대한 겁란의 위기에 놓여 있었다.

소위 삼천지란이라 불리는 시기였으며 그것을 막은 이들이 바로 무제와 그를 따른 당대의 최고수들이었다.

그 안에는 정사마를 넘나드는 고수들이 가득했는데 그들의 희생과 노력으로 인해 삼천지란이 종결되었고 그들이야말로 진정한 강호의 영웅이 되었음은 자명한 일이었다.

한데 그 모든 일이 끝난 후 어느 날 하나둘씩 그들의 종적이 홀연히 사라지기 시작했다.

마종의 맥이라 불리던 불이무학의 전인들이 동시에 사라진 것은 물론이요, 거기에 그치지 않고 중원 도처에 이름난 고수들이 연이어 실종되기에 이른 것이다.

그렇게 사라진 이들에게 한 가지 공통점이 있었으니 삼천지란의 끝자락까지 남아 그 마지막 세력을 처단하였던 이들이라는 사실이었다.

그리고 그 실종자들 가운데 당대 천하제일인으로 추앙받던 무제 단이천마저 포함되어 있었으니 강호가 뒤집어진 것은 어쩔 수 없는 일이었다.

그리고 그 사건의 실체를 파악하기 위해 나선 것이 무제의 부인이었다.

몇 년 뒤 실종되었던 이들 대부분과 함께 그녀가 돌아왔는데 어찌 된 것인지 실종자들은 자신들이 몇 년간 어디서 무엇을 했는지 전혀 기억하지 못했다.

오직 무제의 부인이자 지금 지다성녀라 기록된 여인만이 무언가를 알고 있었는데 그녀를 통해 망량겁조의 존재가 처음 알려진 것이다.

모든 것이 그로 인해 시작되었고 모든 것이 그로 인해 종결될 것이라는 말.

그때 그녀가 남긴 말이 바로 지금의 겁조와 삼종불기라

는 말의 시작인 것이다.

수많은 이들이 그 내막을 알고 싶어 그녀를 채근한 것은 당연한 일, 정작 당대 천하제일인이었던 무제의 모습을 다시 볼 수 없었기 때문이었다.

하나 그녀 역시 세상에 흔적을 지운 채 사라지며 몇 마디 말을 남겼을 뿐이라고 전해졌다.

— 모른 채 살아가는 것이 좋을 거예요. 알아서도 안 되고……. 애써 떠올릴 필요도 없어요. 그는 이미 과거에도 강호를 한 번 지웠던 존재. 모두 명심해야 할 거예요. 그가 다시 세상을 행보하면 그것이 바로 파멸(破滅)의 길임을 말이에요.

잠룡(潛龍)

눅눅한 습기를 포함한 후덥지근한 열기가 가득한 밀림 속에 보는 것만으로도 가슴을 탁 트이게 할 정도로 장관인 폭포가 자리 잡고 있었다.

거칠게 떨어져 내리는 물줄기가 깊이를 측량하기 힘든 호수 면에 떨어지며 장엄한 물보라를 일이키는 곳, 가히 절경이라 할 수 있는 그곳에 중원인의 그것과는 확연히 구분되는 모습의 사내가 앉아 있었다.

하나 사내는 겉보기와는 다르게 올해로 꼭 열여덟 살이 되는 청년이었다.

그의 이름은 사다인, 유가장을 떠나 고향으로 돌아온 그가 다른 일을 모두 뒤로하고 이 폭포를 찾은 것이다.

남만 제일의 금지이자 성역, 하여 함부로 이곳을 드나들다가는 언제 어느새 목숨이 끊어질지도 모르는 곳이다.

그도 그럴 것이 이 폭포를 중심에 두고 주변 오십 리 밖으로 남만에서 가장 강성한 부족들이 터를 잡고 있기 때문이었다.

그만큼 남만 부족들에게 중요한 곳이 바로 이 폭포수이며 하여 이곳까지 출입할 수 있는 이는 모든 부족을 통틀어도 손가락으로 꼽을 정도였다.

그리고 그것이 허락된 이가 바로 사다인이었다.

그의 양 팔목에 채워진 자모쌍극환, 그것은 사다인이 모든 부족들에 의해 선택받은 최고의 전사라는 것을 뜻하는 증거였다.

그럼에도 폭포수를 바라보는 사다인의 표정은 좋지 못했다.

단지 무언가를 기다리기라도 하는 듯 뚫어져라 물보라가 일어서는 호수 면을 바라볼 뿐이었다.

그렇게 한참이나 시간이 흐르던 어느 순간 사다인은 등 뒤에 인기척을 느끼며 날카롭게 시선을 돌렸다.

사다인이 바라보는 곳에는 역시나 중원인과는 확연히 다른 복색의 중년 사내가 있었다.

어떤 동물의 것인지 전혀 알 수 없는 뼛조각을 역어 목에 걸고 있는 중년인, 역시나 어떤 동물의 가죽인지 모르를 것으로 하체만을 가린 그의 피부는 구릿빛을 넘어 흑색에 가까웠다.

그의 모습을 확인한 사다인은 천천히 몸을 세워 공손히 예를 표했다.

"대족장을 뵙습니다."

"돌아왔다는 이야긴 들었다. 한데 어찌 오자마자 이곳부터 찾은 것이냐?"

대족장이란 중년인의 음성은 무척이나 부드러웠고 그것만 보아도 사다인을 향한 마음이 결코 가볍지 않음이 느껴졌다.

하지만 사다인은 그 물음에 답하지 못했다.

"낭패를 당했나 보구나. 내 떠나기 전 이르지 않았더냐? 우리 일족의 투술이 강하긴 하나 중원의 무공이란 것은 그것을 훨씬 뛰어넘는다고……."

"제 생각이 짧았습니다."

"호되게 당한 게로구나. 하나 이렇게 돌아왔으면 되었다. 사다인 너야말로 모든 부족들의 희망, 네게 수호령의 힘이 전해진 것도, 또한 그것을 완성할 수 있는 것도 너 혼자임을 명심해야 하느니라. 네가 해내지 못하면 또다시 언제가 될지 모를 까마득한 시간을 기다려야 하느니라."

대족장이라는 사내의 음성은 참으로 비장했고 이를 전해 듣는 사다인의 표정 역시 크게 다르지 않았다.

그때 다시 사다인의 입이 열렸다.

"도저히 엄두가 나지 않을 정도로 강한 이들을 만났습니다. 또한 그중 한 명에게 목숨을 부지하기도 어려웠습니다."

"그럴 때를 대비해 뇌신지보를 준 것이 아니더냐?"

"이것으로도 어쩌지 못할 정도로 강했습니다."

"그게 사실이더냐? 지금 네가 가진 뇌신의 힘만으로도 충분하다 여겼건만……. 과연 중원의 무공이란 것은 실로 두렵구나."

대족장의 표정은 더욱 굳어졌다.

사다인은 투술만 가지고도 남만 제일의 전사라 불리는 존재였다.

열세 살에 맨손으로 호랑이를 때려잡은 것이 바로 사다인, 그 용맹함과 강함은 모든 부족들의 희망이었다.

더구나 그는 그 어린 나이로 자모쌍극환을 통해 뇌룡의 힘을 흡수해 내는 놀라운 기적을 선보인 존재였다.

지난 수백 년 동안 고르고 골라 뽑은 무수한 전사들이 시도하였지만 그 누구도 해내지 못한 일.

벼락을 맨몸으로 받아 내야 하는 고통을 참고 견디어 그 힘을 흡수하는 일은 도저히 인간의 능력으로 해낼 수 있는 것이 아니었다.

하여 뇌룡의 힘을 얻을 수 있다는 전설마저 부정되었으

며 그것은 다시 부족들 간의 분열의 씨앗이 되어 버렸다.

한데 그 전설마저 퇴색되어 갈 무렵 사다인이라는 소년이 나타난 것이다.

그리고 그는 보란 듯이 뇌신의 힘을 얻었다.

그것은 곧 수호령의 전설이 부활함을 이르는 것, 이는 곧 모든 부족들에게 새로운 희망이었다.

남만의 모든 부족들은 지난 수백 년간 끊임없이 중원의 침략을 받아야만 했다.

그것은 중원이 원이란 이름을 달고 있던 시절에도 쉼이 없었고 그 후 명의 하늘이 들어선 뒤에도 달라지지 않았다.

특히 영락이라는 패황이 황위에 앉은 뒤에는 실로 상상할 수 없는 대군이 밀려와 거의 모든 부족들이 파경을 맞아야만 했다.

그나마 밀림이란 천혜의 원군이 없었다면 이만큼이나 부족들이 살아남지도 못했을 것이다.

이 모든 것이 수호령의 부재 때문에 닥친 일이었다.

지난 수백 년 동안 뇌신의 힘을 흡수할 재목이 태어나지 못한 것이 바로 오늘날 부족들의 몰락으로 연결된 것이다.

"사다인 너야말로 모든 일족의 희망이다. 비록 네가 지금은 중원 무공에 낭패를 당했다지만 뇌룡의 완전한 힘을 흡수하게 된다면 누구도 감히 네 앞에 당당하지 못할 것이다. 그때가 되면 수호령의 재림을 모든 부족민들이 알게 될 것이다."

대족장의 음성은 실로 비장했고 그 앞에 마주 선 사다인의 얼굴에도 굳은 결의가 넘쳐 났다.

그것이야말로 사다인이 가장 바라는 일이며 앞으로 모든 힘을 다해 매달려야 할 일이었다.

"뇌룡의 힘을 완전히 흡수하려면 뇌신지체가 되어야 하며 그때가 되면 자모쌍극환 역시 필요치 않게 된다고 들었다. 하나 절대로 조급해서는 아니 된다. 뇌룡이 성체가 되려면 앞으로도 한두 해는 더 걸릴 터, 그때가 바로 네가 진정한 수호령으로 다시 태어나는 때가 될 것이다."

"명심하겠습니다. 대족장님!"

"좋구나. 좋아!"

"한데 한 가지 여쭐 것이 있습니다."

"무엇이냐?"

"본래 뇌룡은 천 년을 살고 나야 비로소 성체가 된다 들었는데 지금 저 안에 거하는 뇌룡은 그보다 이백 년을 더 살았다고 전해집니다. 한데 어째서 아직도 지금의 모습 그대로인지요?"

부족들이 신성시 여기는 뇌룡은 본시 거대한 만어(鰻魚, 뱀장어)로 꼬박 천년을 살게 되면 그 힘이 극에 달한다고 전해져 왔다.

그 때를 성체라 부르는데 그때가 되면 이 폭포는 물론이요 반경 십 리 안은 오로지 벼락만이 가득한 땅으로 변한다는 것이다.

그렇게 꼬박 한 달을 보낸 뇌룡은 한 마리 새끼를 낳고 죽는데 새끼는 그 어미의 살점을 먹으며 다시 뇌룡으로 자라난다는 것이다.

그것이 사다인과 남만 부족들 사이에 전해지는 뇌룡의 전설이었다.

한데 지금 저 호수 아래쪽에 잠자는 뇌룡은 그보다 훨씬 오래 살았는데도 성체가 되지 못하고 있는 것이다.

이는 전해지는 이야기와는 다른 사실, 그렇다는 것은 수호령에 얽힌 전설이 틀렸을 수도 있다는 것이었다.

하나 절대로 그래서는 안 된다.

수호령의 전설이란 바로 뇌령마군의 전설을 이르는 것, 또한 그 이름이 바로 환우오천존 중 뇌제를 가리키는 것이었으니 사다인으로선 어떤 난관이 있어도 반드시 얻어야만 하는 힘인 것이다.

그 힘을 완성하지 못한다면 다시 중원 땅에 간다 해도 자신의 뜻을 이룰 수는 없을 것이다.

그 때문에라도 반드시 전설은 사실이여만 했다.

"벌써 성체가 되었어야 할 뇌룡이 지금처럼 된 데에는

그만한 이유가 있다. 사실 우리 부족들이 성역을 중심으로 살게 된 것도 그 이유 때문이지."

"……."

"지금으로부터 삼백여 년 전 중원인에 의해 이곳이 침범당한 적이 있었느니라."

"네?"

"웬 천둥벌거숭이 같은 중원 놈이 나타나 뇌룡의 힘을 몽땅 빼앗아 가 버린 것이지."

"하지만 자모쌍극환이 없으면……."

"그러니까 말이다. 대체 어찌 쌍극환도 없이 그 같은 일이 가능했는지 아직까지도 의문이란 말이다. 그 사건 이후 부족들의 터가 이 주변으로 옮겨진 것이야. 그나마 다행인 것은 뇌룡이 성체가 되기 전 벌어진 일이라는 것이다. 만약 일이 틀어졌다면 앞으로도 수백 년은 더 기다려야 성체를 보게 됐을 것이다!"

"정말 믿기 힘든 일이로군요."

"그래도 어찌 보면 다행이 아니더냐. 뇌신지체를 이룰 수 있는 수호령은 꼭 천 년에 한 번씩만 태어나는 것인데 그 망종으로 인해 네게 그 같은 기회의 때가 이르렀으니 말이다."

"……."

"어찌 되었든 조급해하지 말거라. 다시 말하지만 너는

우리 모든 남만 부족들의 희망임을 잊어서는 안 될 것이다."

*　　　*　　　*

"연후 형님! 그러지 마시고 차라리 저와 함께 본가로 가시면 어떻겠습니까?"

"아니다. 이만큼이나 폐를 끼쳤으면 되었다."

"하지만 마땅히 갈 곳이 있는 것도 아니시지 않습니까?"

조부의 사십구제를 마친 연후가 그간 머물던 장원을 떠나려고 결심하던 무렵 단목강이 찾아왔고 두 청년의 대화는 그렇게 시작된 것이다.

"청해로 갈 것이다."

"네엣?"

단목강은 꽤나 놀랄 수밖에 없었다.

청해라면 중원의 서쪽 끝이나 다름없는 곳, 그 먼 곳까지 간다는 연후의 말이 도통 이해되지 않았다.

연후가 사십구제를 치르는 동안 단목강은 본가가 있는 호남까지 갔다가 되돌아와야만 했다.

복면인에게 당한 내상을 완전히 치유키 위해서 어쩔 수 없이 행한 일이었는데, 그동안에도 내내 연후가 걱정될 수밖에 없었다.

하여 치료가 끝나자마자 이렇게 다시 연후를 찾은 것인데 정작 연후는 청해로 간다 하니 말문이 막힐 수밖에 없었다.

차라리 스승의 유지를 따라 황궁에 든다고 하면 어떻게든 도울 방법을 찾으려 했을 것이다.

"그 먼 곳까지 가서 무엇을 하시려고."

"제대로 무공을 익혀 보려고 한다."

"그럴 것이라면 더더욱 본가로 가시는 것이 좋습니다. 본가만큼 형님께서 무공을 배우고 수련하기 좋은 곳은 없을 것이라 자신합니다."

단목세가에는 아버지 단목중경을 빼고도 많은 고수들이 있고 그들이라면 틀림없이 연후에게 좋은 스승이 될 수 있을 것이다.

그것이 아니라도 세가에는 누구의 방해도 받지 않고 수련에만 매진할 수 있는 연공장이 구비되어 있으며 또 연후가 원한다면 세가의 직계들에게 허용되는 폐관 수련동도 열어 줄 수 있다는 생각이었다.

단목강 역시 이번 일을 계기로 그 곳에 들 결심을 세운 터라 연후가 함께 하여 준다면 더할 나위 없을 것이란 생각이었다.

더구나 중원 천하에 단목세가만큼 안전한 곳이 어디 있

겠는가.

그것만으로도 연후가 단목세가로 가야 할 이유로 충분하다는 생각이었다.

물론 연후가 이 같은 것들을 알 수는 없으니 어떻게 하든 설득하여 세가로 향하고 싶은 마음이 굴뚝같았다.

하지만 연후는 마음을 정한 것 같았다.

"그 마음은 참 고맙구나. 하나 내 결심은 이미 확고하다. 처음엔 막막하여 백부님을 찾아 배움을 구해 볼까 생각했는데 그것이 얼마나 부끄러운 생각인지 이제는 잘 알고 있다. 얼마 전에야 마음을 바로 세웠는데 또다시 남에게 의지할 수는 없는 일 아니겠느냐?"

"연후 형님! 어찌 소제가 형님께 남이 된다 하십니까? 이 단목강 비록 어리고 아직은 재주도 미약하지만 도리는 안다 생각합니다. 형님께서 본가에 머무는 것은 결코 폐가 아닙니다."

계속되는 단목강의 음성에 연후는 저도 모르게 미소가 지어졌다.

단목강의 마음 씀씀이가 참으로 곱다는 생각을 하고 있는 것이다.

"고맙구나. 참으로……. 이번 일을 겪으며 강이 너나 다른 녀석들 모두가 내게 그 무엇보다 소중한 존재임을 알게 되었다. 하지만 말이다, 그럴수록 스스로 나를 바로 세우는 일이 중요하단 생각이었다. 사다인도, 무린도, 자신의 길을 찾아 떠났다. 그리고 너 역시 길을 정하고 있지 않으냐? 나 또한 내가 가야 할 길을 온전히 내 힘으로 찾고 싶구나."

연후의 음성에도 그 진심이 묻어나 있었고 단목강은 꽤나 놀랄 수밖에 없었다.

이제껏 연후가 자신의 감정을 이렇게나 짙게 표현한 것을 본 적이 없었기 때문이었다.

또한 그 음성을 통해 연후의 결정이 결코 쉽게 내려진 것이 아님을 느낄 수 있었다.

자신이 모르는 무언가가 있기에 그 먼 곳까지 가려는 것임이 틀림없었다.

"연후 형님! 하지만 어찌하여 청해입니까? 그곳에 대체 무엇이 있기에?"

"글쎄, 아직 정확히는 모른다. 다만 내 부친이란 분이 그러시더구나. 강해지고 싶다면 일전에 우리를 구명하였던 사슬 괴인을 따라가 보라고……. 불이곡! 내가 가야 할 곳이라 하더구나."

"불이곡! 설마 그곳이 아직까지……."

단목강의 눈이 화등잔만 하게 커졌다.

그런 단목강의 말에 오히려 연후가 궁금한 표정으로 되물었다.

"불이곡이란 곳 또한 널리 알려진 곳이더냐?"

그렇게 묻는 연후의 음성은 어딘지 씁쓸함이 짙게 묻어 있었다.

이번 일을 통해 새삼 느낀 것이지만 자신이 강호에 대해 너무나 모른다는 생각을 지울 길이 없는 것이었다.

그때 다시 단목강의 나직한 음성이 이어졌다.

"정말로 그 사슬 괴인이 삭월신(削月神)의 후인이었군요."

암천은 그가 펼친 무공이 전설의 무량혼철삭이 아닐까 추측하였으나 그것은 어디까지나 그저 짐작일 뿐이었다.

그 무공이 강호에 나왔던 것은 단 한 번뿐이었으니 아무리 강호의 견문이 넓은 암천이라고 해서 단번에 파악할 수는 없는 일이었다.

"삭월신?"

"네……. 단 한 번 강호에 등장했지만 그 한 번의 행보로 전설이 되어 버린 인물입니다. 그의 이름은 결코 환우오천존에 비해 떨어지는 것이 아닙니다."

단목강의 말에 연후는 저도 모르게 고개를 끄덕이고 있었다.

중살이라는 복면 괴인을 단번에 육편으로 만들어 버린 가공할 무공, 그 존재감은 결코 백부 금도산에 비해 떨어지는 것이 아님을 느껴 왔던 것이다.

"은밀히 전해지는 이야기이지만 그 삭월신 단 한 명에 의해 불패의 신화가 깨어졌다 하니까요."

"……?"

"불패의 신화를 자랑하던 소림의 백팔나한진이 그 삭월신에 의해 완전히 무너져 버린 것이지요. 단 한 명, 더구나 그가 펼친 단 일 초로 백팔나한이 동시에 목이 잘렸다고 하는 이야기가 있습니다."

단목강의 음성에 연후는 저도 모르게 소름이 돋는 기분이었다.

아무리 강호의 지식이 일천하다고 해도 소림을 모르진 않았다.

아니 처음 무공에 뜻을 두었을 땐 그곳에 찾아가 어떻게 해서라도 내공이란 것을 배워 보겠단 생각까지 했던 연후였다.

그러다 보니 자연스럽게 알게 된 것이 소림이란 이름과 나한이라는 이름들이었다.

소림의 무공이 천하제일이며 나한이란 이름을 가진 무승들의 능력은 능히 일기당천이라 했다. 그런 나한승들이 모여 펼치는 나한진의 위력은 가히 개새무적이라 대적할 것이 없다는 것이었다.

물론 이러한 이야기는 대부분 이미 죽고 없는 하인 동삼이 어딘가에서 주워들어 온 것들이었다.

하여 그것이 얼마만큼이나 또 어디까지가 사실인지 모를 노릇이었다.

그래도 천하에 자자한 소림의 이름이 모두 거짓은 아닐 터, 한데 백팔 명이나 되는 나한승들이 단 한 번의 공격으로 목을 내놓았다는 것은 상상조차 하기 힘든 일이었다.

"삭월신이 조금만 더 활동하였더라면 그 이름은 능히 환우오천존을 능가했을 것이란 것이 전해지는 이야기입니다. 그리고 그 삭월신을 포함한 마종(魔宗)의 무학이 시작된 곳이 바로 불이곡이란 전설이 있습니다."

연이어진 단목강의 말에 다시금 연후의 눈에 짙은 호기심이 일었다.

"마종의 무학?"

어딘지 듣기에 거북한 느낌을 주는 말에 저도 모르게 이어진 반문이었다.

그러자 단목강에 나직하게 숨을 고르더니 전보다 더욱 차분한 음성으로 입을 열었다.

"제가 어찌 강호의 모든 일을 다 알겠습니까? 하나 이는 제 아버님께서 일러 주신 말씀이시니 믿으셔도 좋을 것입니다."

"……."

"세상에 분명 마공이니 사공이니 하는 것들이 존재한다 했습니다. 옳지 못한 방법으로 또는 편협한 방법을 써서

단기간에 무공을 성취하는 것이 바로 마공과 사공이라 하셨습니다. 남의 공력을 흡취하는 무공, 타인이 생기를 흡수에 공력을 바꾸는 무공 같은 것들은 분명 마공이나 사공으로 배척받아야 할 것이라는 것이죠. 하지만…… 강호인들이 마공이니 사공이니 하며 경원시하는 무공들의 대다수가 전혀 그렇게 매도될 이유가 없다고 하셨습니다."

거기까지 이야기한 단목강은 다시 한 번 숨을 골랐고 연후 또한 단목강의 입이 다시 열리기를 묵묵히 기다렸다.

"그러한 것을 나누는 기준은 언제나 강호를 지배하는 자들의 편협함에서 기인한다 하시며 그 대표적인 것이 마종의 맥이라 치부되는 그 불이곡의 무학이라 하셨습니다. 그들이 마라 불리는 것은 오직 강함, 그것만을 숭배하며 그 끝을 추구하기 때문이지 결코 무학 자체를 마공이라 할 수 없다는 것이지요. 아니 오히려 강해지기 위한 그 하나에 모든 것을 걸고 살아온 그들이야말로 진정한 무인이라는 말씀까지 하셨습니다. 더구나 그 불이곡이야말로 바로 염왕도제 단리극이 만든 것이라 하셨으니까요."

단목강의 말이 끝나는 그 순간 연후는 무언가 찌릿하게 등줄기를 타고 오르는 기분을 느껴야만 했다.

특히나 염왕도제가 언급되는 순간 자신이 선택한 길이 결코 틀리지 않았음을 직감할 수 있었다.

염왕진결, 그것은 바로 환우오천존 중 도제에게서 이어

진 무공.

그런 도제가 만들었다는 불이곡을 향하고자 이미 마음먹고 있던 차였으니 그 인연을 가벼이 넘길 수가 없었다.

'불이곡……. 이런 것을 숙명이라 하는 것인가?'

마치 기다렸다는 듯 이 시기에 찾아든 인연, 마치 오래전부터 정해진 길이었다는 듯 자신의 삶 앞에 나타난 그 길을 떠올리자 연후의 마음속에 다시금 나직한 불길이 일었다.

그리고 그 불길은 의지가 되었고 다시금 신념이 되었다.

'간다. 그 끝에 무엇이 있든!'

*　　*　　*

혁무린을 따라 협곡 안에 들어온 암천은 이곳에 지낸 며칠간이 꿈인지 생시인지 구분할 수 없는 지경에 처해 있었다.

특히나 혁무린의 아버지란 이는 겪으면 겪을수록 말문을 막히게 하는 존재였다.

이제는 그가 전설 속에 등장하는 겁조라는 존재임을 추호도 의심하지 않는 암천이었다.

특히 초노의 시신을 살피던 그의 모습은 두려움을 넘어

경외감을 느끼게 하는 것이었다.

관을 열고 그 시신을 향해 스멀스멀 기어가는 나무뿌리들.

그리고 그 뿌리들이 초노의 시신을 휘감은 광경은 충격적이기까지 했다.

"좋은 공부를 가진 이에게 당했구나. 하긴 이 아이가 이리 되었거늘 어찌 상대가 가벼울 것인가……."

"지금 그게 초노 앞에서 할 소리예요. 됐고, 대체 어떤 놈이에요?"

"알아서 무엇하려고?"

"당연히 복수를 해야지요. 그럼 가만히 있으란 말이에요?"

"그것이 덧없음을 이 아비를 보고도 모르겠더냐?"

"아버지처럼 살기를 강요하지 마시라니까요. 더 이상 언쟁하고 싶지 않아요. 어서 놈에 대해서나 알려 주세요. 그 이유가 아니라면 이 고생을 하면서 돌아온 의미가 없었으니까요."

혁무린 부자의 대화를 떠올리면 마치 벼랑 끝에 한 발을 내딛고 있는 기분이 들었다.

알 수 없는 긴장감과 불안감, 아무리 아버지라 해도 그 부친이 그 망량겁조인데도 혁무린은 참으로 당당하기만 했다.

그리고 그 당당함이 대체 어디서 기인하는지 아직도 이해할 수가 없었다.

그런 것을 떠나 혁위강이란 이의 능력은 참으로 입이 떡 벌어지게 하는 것이었다. 물론 그것이 그가 가진 능력의 극히 일부분일 것임을 짐작하는 것은 그리 어려운 일이 아니었지만…….

"금강지신을 이룬 이에게 당했다. 초아의 검이 그의 심장 반 치 앞에 멈추었으니 그 외에는 달리 설명할 수 없구나."

"그게 다인가요?"

"등 뒤에 하나가 더 있었다. 좋은 검공을 이루었구나. 혜검을 원류로 하여 최소 네 가지 검학이 더해진 듯하구나. 하나 그 근본은 무당에서 찾아야 할 터."

"또요!"

"실상 초아의 숨을 거둔 무공은 매우 강렬한 지공이니라. 소림의 탄지공을 바탕으로 일양지가 가미되었고, 게다가 혈라강기까지……. 참 쉽지 않은 공부였을 터인데……. 중원의 무학은 여전히 앞으로 나아가고 있구나."

"탄지공이나 일양지는 알겠는데 혈라강기는 뭔가요?"

"아마 그 존재를 아는 이는 지금 거의 없을 것이다. 오래전 소림과 화산 무당이 합심하여 하나의 무공을 만들고 한 명의 공동 전인을 세웠는데 그에게 전해진 무공이 바로 그 혈라강기이니라. 패도적인 것으로는 화령이나 뇌령에 비해 결코 떨어진다 할 수 없는 공부이다."

"그 정도 무공이 또 있나요? 한데 어째서 그런 무공이 전혀 기록되지 않은 것이죠?"

"혈라강기를 세상에서 거둔 것이 진명 그 아이이기 때문이란다. 그 아이가 나를 찾아온 것도 그 무렵이었단다."

"아…… 그렇군요. 어쩐지 이상하다 했더니 무선이 관련되어 있었군요."

"훗날 초아를 죽인 이들을 만난다면 촌각의 망설임도 없어야 할 것이다. 네가 아무리 자부의 힘을 얻었다 해도 방심하여선 안 될 정도의 공부이니라."

"걱정 마세요. 또 한 번 말씀드리지만 아버지처럼은 안 사니까요."

처음 이곳에 왔을 때 들었던 대화가 떠오르자 암천은 머리가 지끈거리는 기분이었다.

망량겁조에 이어 또 다른 삼종불기의 하나인 무선에 대한 이야기를 듣게 되었으니 온전히 생각하기가 힘든 지경이었다.

무선, 혹은 천무선인이라 불리는 그 존재는 삼종불기 중에서도 유일하게 현실감이 있는 인물이었다.

실례로 그의 존재를 증명하는 무수한 일화가 전해지니

독황이나 겁조와는 달리 그 존재의 당위성을 강호인들 모두가 인정하고 있었다.

더구나 그저 소문일 뿐이며 허황된 이야기라 전해지지만 그가 동시에 수많은 이들에게 지고한 무공의 경지를 깨우치게 해 주었단 전설이 있었다.

물론 아무리 그래도 인간이 그럴 수야 있겠냐 싶지만 따지고 보면 그가 아무런 이유도 없이 천무선인으로 불리지는 않았을 것이니 마냥 허황되다고만은 할 수 없는 일이었다.

천무선인이란 하늘의 무학을 이룬 선인이란 뜻, 단순히 강하다는 이유로 칭송받을 별호가 아님은 틀림없으니 말이다.

뭐 실제로도 전설처럼 대단한 일을 했는지 안 했는지는 과거를 돌아볼 수 없어 확인할 수 없었지만 여하튼 암천으로선 솔직히 상상하기도 힘든 존재였다.

도제가 있던 시절에 모습을 드러내 무제가 살던 시절까지 활동했으니 이백오십 년을 살았다는 이야기였다.

솔직히 그보다 더 살았는지 안 살았는지 확인할 수 없으니 그게 어찌 사람일 수 있겠는가?

하지만 그런 것들도 혁위강이란 이를 보면 참 아무것도 아니란 생각이 들었다.

이미 까마득한 과거의 존재인 무선을 아이라고 부르는

존재.

'젠장! 그 말이 사실이라면 적어도 사백 살, 그렇다는 것은 겁조가 처음 등장했다는 수나라 시절의 일도 사실이라는 말이잖아.'

지다성녀가 세상에서 모습을 감추기 전 남긴 무림비사에 따르면 지금의 강호 이전에 두 번의 강호무림이 있었다는 것이다.

그 첫 번째가 상고무림이라는 것인데 이는 진시황 이전의 강호를 말하는 것이며 이 강호를 소멸시킨 것이 망공독황이라는 존재였다.

그가 뿌린 독으로 인해 강호의 모든 무인들이 내공을 잃고 지리멸렬하였으며, 간신히 이를 피해 도망간 이들이 북빙해에 뿌리를 내렸는데 그들이 바로 삼천이라 불리는 세력이라는 것이다.

물론 처음부터 이 황당한 말을 믿은 이는 아무도 없었다.

하나 독황의 비전이 당시 운남을 호령하던 천독문이란 곳에 존재함이 확인되었으니 그 일을 받아들이지 않을 수 없게 되었다.

그 후 몇 백 년이 흘러 또다시 강호무림이 터를 잡았는데 그것이 소멸된 것이 바로 망량겁조가 행한 일이라는 것이다.

그녀 역시 이유는 알 수 없다 했지만 그 망량의 저주가 되살아나 무제를 비롯한 수많은 강호의 고수들을 사라지게 한 것이고…….

그런 비사를 떠올리는 암천은 저도 모르게 씁쓸한 웃음을 지을 수밖에 없었다.

'그때만 해도 지다성녀의 말이 사실처럼 여겨졌다지만……. 삼백 년의 세월은 결국 또다시 모든 일을 전설이란 이름으로 묻히게 했구나.'

생각해 보면 그것이 당연한 일일 것이다.

당시만 해도 그런 전설 속의 존재가 아니면 도저히 납득할 수 없는 일이 벌어졌으니 망량겁조에 관한 말을 믿지 않을 수 없었을 것이다.

당대천하제일인과 더불어 최강의 무인들이 동시에 사라졌던 일, 그리고 몇 년 뒤 실종되었던 이들이 치매라도 걸린 것처럼 아무 기억도 없이 되돌아온 일이 벌어졌으니 어찌 믿지 않을 수 있었겠는가.

하지만 지금에 와서는 그 말을 온전히 받아들이는 이들은 거의 없었다. 그저 과장하기 좋아하는 이들이 살을 보탠 이야기이며 전설이라 치부하는 것이다.

결국 독황이나 겁조, 무선 같은 존재는 이해할 수 있는 범주를 넘기에 전설이 될 수밖에 없고 그럼에도 전부 거짓이라 할 수 없으니 삼종불기란 이름으로 묶여 있는 것일 뿐이었다.

'에효! 골 아프구나. 그나저나 믿지 않을 도리가 없잖아. 저렇게 두 눈 시퍼렇게 뜨고 있는데……. 대체 몇 살이나 먹은 거야?'

생각하면 생각할수록 머리가 아플 수밖에 없었다.

전설의 망량겁조와 혁무린의 부친이 같은 사람이라면 최소한 팔백 살이란 말이었다.

아무리 본인이 직접 그렇다고 해도 도저히 믿어지지 않을 수밖에 없는 나이였다.

머릿속이 그런 상황이니 육신도 갑갑하기만 했다.

벌써 협곡 안에 머문 지 보름가량 지났다.

신목이란 거대한 나무 뒤편에 장원이라 하긴 뭐하지만 꽤나 훌륭한 가옥이 있었고 암천이 지금 머물고 있는 곳도 그 가옥 중 하나였다.

그동안 암천은 가옥 밖으로 나서지 않았다.

이따금 귀 없고 눈 없는 대머리가 찾아와 먹을 것을 가져다 줄 뿐이었다.

"공청석유라도 몇 방울 가져올 테니 쉬고 계세요. 찾아야 할 것도 있고, 어쩌면 며칠 걸릴지도 모르겠어요. 아참! 여기서 운공하면 회복하는 데 도움이 될 테니 지루하진 않으실 거예요."

이곳으로 데려다 준 뒤 휭 하니 가 버린 혁무린의 음성이었다.

그것이 꼭 보름 전이었고 그동안 암천은 정말 시간 가는 줄 몰랐다.

어찌 된 일인지 이곳에 운공을 하면 놀랍도록 진기가 충만해지는 것이다.

심신이 지쳐 있고 고갈된 내력을 회복하기 위해 시작한 운공이었지만 지난 보름간 거의 일 년은 적공을 하여야 얻을 정도의 내력이 생겨난 것이다.

한옥빙상 같은 기보 위에 앉아 운공을 하면 몇 배나 빠른 내공의 성취를 얻는다는 이야기가 있는데 어디까지나 그런 것은 전설 같은 것이라 여겼다.

하지만 이 가옥에서 그런 전설과도 같은 공능을 직접 겪은 것이다. 암천이 지난 보름간 이곳에서 꼼짝하지 않은 것도 바로 그와 같은 이유 때문이었다.

하나 그것도 슬슬 한계였다.

시간이 흐르다 보니 자꾸만 잡념이 일었고 집중도 되지 않았다.

그 잡념들은 대게 이런 것들이었다.

이곳을 강호인들이 알면 어떻게 될까?

모르긴 몰라도 목숨을 걸고서라도 머물려 할 것이다.

그럼 저 무시무시한 존재가 가만히 있을 것인가?

아니 그것보다 저 미로와도 같은 동부를 뚫고 이 안에

들어올 수 있을까?

역시 동부도 그냥 동부가 아니라 절진일 것이다.

아마 평생 동안 헤매다 해골이 되겠지.

망량겁조가 터무니없이 오래 사는 것도 어쩌면 이 협곡 안에 있는 충만한 기운 때문일지도 모른다.

나도 이곳에 계속 있으면 몇 백 년을 살 수 있을까?

한 번 시작된 공상은 끊이지 않았고 암천은 스스로도 더 이상 운공삼매에 빠지기 어려움을 직감하고 있었다.

본래부터 수련을 목적으로 왔다면 결코 보름 정도에 이러한 잡념에 빠져들지는 않았을 것이다.

하나 애초에 이곳에 온 목적이 전혀 달랐고, 상상조차 못했던 사실들을 접하다 보니 마음은 점점 불안하고 조급해질 수밖에 없었다.

더구나 바로 지척에 그토록 무시무시한 존재를 두고 태평하게 운공이나 하고 있을 수는 없었다.

암천이 그러한 지경에 처해 심란함에 빠져 있을 무렵, 드디어 구원의 음성이 들려왔다.

"저 왔어요!"

혁무린이 문을 벌컥 열고 들어왔고 암천은 그 어느 때보다 반갑게 무린을 맞았다.

그러면서도 자연스레 그의 모습에 주목할 수밖에 없었다.

혁무린이 무언가를 잔뜩 품에 안은 채 들어왔기 때문이었다.

순간 정말 공청석유를 가지고 온 것일까 하는 생각에 암천은 저도 모르게 무린의 품을 살폈다.

하지만 눈에 보이는 것은 대부분 책자들이었고 특이한 것이라곤 책자와 함께 먼지가 잔뜩 묻은 두 개의 시커먼 막대기가 있다는 것뿐이었다.

그걸 통째로 탁자 위에 내려놓은 혁무린이 엄살 가득한 음성을 내뱉었다.

"아이고! 제가 이것 때문에 얼마나 고생했는지 몰라요."

늘 그렇듯 너스레 가득한 말투, 암천이 조심스레 물었다.

"대체 이것들이 무엇이오?"

"강이 녀석에게 줄 거예요."

"소가주께 말이오?"

"네. 여기까지 왔는데 빈손으로 가시게 할 수는 없잖아요. 뭔지 궁금하면 보시던가요."

혁무린의 말에 암천은 무심코 책자 하나를 집어 들었다.

혹여 무슨 대단한 비급이지 않을까 하는 기대를 안고.

하지만 기대했던 것과는 달리 책자는 새것이나 다름없었고 겉면에 표제조차 적혀 있지 않았다.

아니 묵향까지 짙은 것을 보니 만들어진 지 며칠 되지 않은 것이 틀림없었다.

하나 그런 생각은 책자 안을 들여다본 뒤 완전히 뒤집어질 수밖에 없었다.

"조…… 조화만상곡?"

암천이 황급히 다른 책자를 꺼내 그 안을 살폈다.

"오뢰신창과 일영에다 파천무형시, 이건 단혼도법이고……. 대체 이게 다……."

암천은 혼이 빠진 듯 책자를 뒤적였고 그러다 시커먼 막대 하나를 건드렸다.

순간 막대기가 바닥에 떨어져 내리며 맑은 금속음을 냈다.

땡강!

그 소리와 함께 달라붙었던 먼지가 우수수 떨어져 내리자 쉽게 볼 수 없는 기이한 묵빛이 흘렀다.

이를 본 암천은 덜덜 떨리는 손으로 그것을 집어 올렸다.

그렇게 확인한 막대기 중간에는 마치 퉁소와도 같은 구멍들이 뚫려 있었는데 그때 암천은 완전히 넋이 나간 얼굴이었다.

"묵소(默簫)! 정말 묵소로군요. 하면…… 이것이 중혼(中魂)……!"

또 다른 막대기를 역시나 떨리는 손으로 집어 올린 암천은 여전히 도저히 믿을 수 없다는 표정이었다.

그러면서 두 개의 막대를 조심스레 가져다 대었다.

두 막대기 사이에는 거의 눈에 보이지도 않을 정도로 작은 이음새가 있었는데 그 끝에 힘을 주고 가볍게 돌리자 끼릭 하는 소리가 나며 이내 하나로 합쳐졌다.

마치 곤이나 중봉처럼 변한 시꺼먼 막대기, 순간 암천이 심호흡을 하며 움켜쥔 손에 진기를 더했다.

그러자 창 하는 소리와 함께 중봉 끝에서 날카로운 창날이 튀어나왔다.

막대 안에 감춰져 있을 정도이니 창두가 두껍지 않음은 당연했으나, 그 날카로운 느낌은 보는 것만으로도 충분히 위협적이었다.

"정말이로군요. 혁 공자……."

묵소를 대한 순간 이미 짐작했으면서도 창날이 튀어나온 것을 확인하고서야 완전히 믿을 수가 있었다.

이 두 자루 단봉은 바로 단목세가의 이대신병 중 하나인 월인과 짝을 이루는 것.

그리고 그 월인은 소가주인 단목강이 지니고 있었다.

그에게 묵소와 중혼이 더해진다면, 또한 눈앞의 비급들이 전해진다면…….

암천은 저도 모르게 감정이 고조됨을 느꼈다.

묵소와 중혼이 진짜인데 비급이라고 다를 리 없었다.

묵향이 가시지 않은 것을 보니 어디선가 필사를 해 온 것일 테지만 진짜라는 데 목숨을 걸 자신이 있었다.

대관절 어찌 이것들이 이곳에 있을 수 있는지는 이제 궁금하지 않았다.

망량이 거하는 곳, 무선의 이름을 아이처럼 부를 수 있는 이가 존재하는 곳, 혈마도를 가슴에 박은 채 기괴한 나무 속에서 살아가는 이가 있는 곳에서 더 이상 놀라는 것 자체가 미련한 짓이라는 생각이었다.

단지 이것들을 소가주가 얻게 되면 그야말로 용이 여의주를 문 격이요, 호랑이가 날개를 단 것과 같다는 생각만 가득했다.

또한 단목강의 자질과 성품을 아는 암천이기에 훗날 그가 검륜쌍절이란 가주의 이름을 넘어 사해에 그 무명을 떨칠 것임을 의심치 않았다.

그런 생각만으로도 숨이 가빠지고 심장이 요동치는 것 같았다.

그만큼 단목세가를 향한 마음이 진심인 암천이었다.

"너무 그렇게 감격하지 마세요. 원래부터 그거 그쪽 물건이었는데요 뭘……. 그나저나 강이 녀석에게 이건 꼭 말해 두세요. 동굴에서 그거 베껴 적는다고 죽을 고생 했다는 거요."

"고맙소, 고맙소이다. 혁 공자!"

"에이! 대주 아저씨가 그렇게 말할 건 아니죠. 아저씨에겐 오히려 미안한 걸요."

"……."

"드리기로 한 거 말이에요. 공청석유……."

"……?"

"아버지가 그거 오히려 아저씨께 해가 된대요. 대신 직접 답례를 한다고 하던걸요."

"혁 공자의 부친께서 말씀이십니까?"

"네…… 뭐……. 초노는 아버지께도 특별한 분이셨으니까요. 아버지께서 거둔 마지막 가신이셨는걸요. 아 참! 혹시나 해서 하는 말인데요. 이곳에 머물라고 한다면 무조건 안 된다고 하세요."

"그게 대체……. 이곳에 머물다니요?"

"속셈이야 뻔하죠 뭐. 아저씨를 초노 대신으로 만들려고 하는 거죠."

"네엣?"

"세상에 공짜가 어디 있겠어요? 대주 아저씨는 모르겠지만 초노도 벌써부터 그럴 작정으로 아저씨를 받아들였을걸요."

무린의 말에 암천은 할 말을 잃은 표정이었다.

"에에! 걱정 마세요. 제가 그럴 생각 없으니까요. 더구나 아저씨는 강이 녀석의 호위잖아요. 아무렴 아우 것을 빼앗는 형이 될 순 없지요."

마치 자신을 물건처럼 말하는 혁무린의 말에도 불구하고 암천은 감히 언짢다는 생각마저 일지 않았다.

"괜찮아요. 거부한다고 해도 어차피 아저씨께 별일은 없을 거예요. 이곳에서 있었던 일이나 아버지에 관한 기억은 사라지게 될 테니까요."

"그게 대체?"

암천의 눈이 놀라 치켜떠졌고 무린은 늘 그렇듯 태연한 음성을 내뱉었다.

"그런 능력이 없었다면 어찌 아버지의 존재를 사람들이 이렇게 모를 수 있겠어요. 솔직히 존재 자체가 끔찍한 일이지만요……."

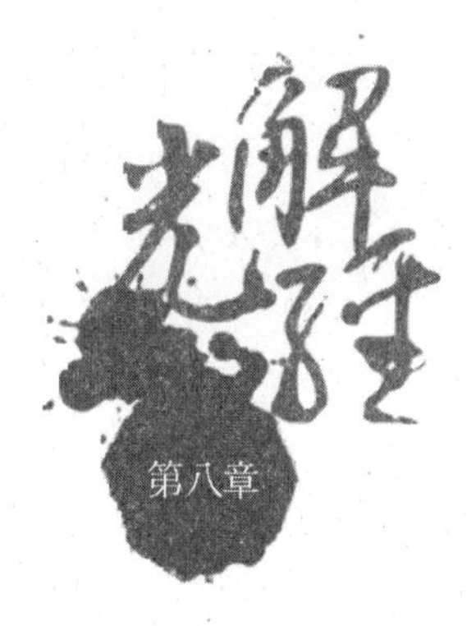

자부(紫府)

혁무린과 함께 가옥을 나온 암천은 신목이라는 거대한 나무 아래에 이르렀다.

그렇게 보름 만에 다시 혁위강의 모습을 본 암천은 잠시 고개를 갸웃거려야만 했다.

처음 보았을 때와는 분명 무언가 달랐기 때문이었다.

굳이 표현한다면 늙었다는 느낌, 눈가나 이마의 잔주름이 훨씬 더 깊어진 것처럼 보였다.

그렇다고 티가 나게 중년의 모습에서 노인의 모습으로 변한 것은 아니었다. 그저 한 몇 년쯤 늙어 보인 것이 전부였다.

실상 눈썰미가 좋은 암천이 아니었다면 눈치챌 수 없을

정도의 변화였다.

암천 역시도 혹 자신이 뭔가 잘못 본 것은 아닌가 하여 저도 모르게 그 얼굴을 뚫어지게 살펴야 했으니 말이다.

상식적으로 사람이 보름 만에 눈에 띄게 늙는다는 것이 말이 되지 않는 것이다.

하여 그가 겁조이며 그 나이가 어마어마하다는 생각을 하고 있기에 그저 그렇게 늙어 보이는 것은 아닌가 하는 생각인 것이다.

하지만 아무리 봐도 처음 보다 늙어 보였다.

그걸 확인하며 유심히 혁위강을 살피던 암천이 화들짝 정신을 차렸다.

'내가 무슨 짓을! 괜한 호기심에 제 명에 못 죽지!'

상대는 전설 속의 망량겁조였다.

한데 면전에서 그것도 대놓고 얼굴을 뚫어지게 본 것이다.

그것이 미친 짓이 아니고 또 무엇이겠는가 하는 생각에 암천은 황급히 눈을 내리깔았다.

천만다행인지 다시 만난 혁위강의 음성은 처음 이곳을 찾았을 때와 별반 다를 것이 없었다.

"좋구나. 신목의 기운이 운공에 도움이 되었는가?"

"아! 네……."

대답을 하면서도 암천은 내심 꽤나 놀라고 있었다.

이곳에 이해하기 힘들 정도로 외기가 충만한 것이 무엇 때문인지 알게 되었기 때문이었다.

그것이 이 나무의 존재 때문이라는 말, 암천은 저도 모르게 고개를 살짝 들어 끝이 보이지 않는 거대한 나무를 쳐다보았다.

'이거 뿌리 좀 잘라 가지고 옮겨 심으면 안 될까?'

그것만으로도 절정고수가 될 수 있을 것이란 잡념이 불현듯 암천의 머릿속을 채웠다.

그때 다시 혁위강의 음성이 이어졌다.

"떠나야 한다기에 자넬 청했네. 초아를 데려다 준 수고에 답례도 없이 보낼 수는 없으니 말일세."

"아닙니다. 초 어르신은 제게 스승이나 진배없는 분이셨습니다. 당연히 할 도리를 한 것이니 답례 같은 것을 바라는 것이 오히려 죄가 될 것입니다."

암천은 황급히 손사래를 쳤다.

물론 무린에게 들은 것이 있으니 공청석유나 눈앞의 이 놀라운 나무 같은 것이 탐나지 않는다면 거짓말일 것이다.

하지만 이미 얻은 무제의 비급들과 두 개의 신병이면 그 보답으론 차고도 넘치는 것이었다.

그것만으로도 가히 무가지보라 할 수 있는 일, 아쉽다면 그것이 자기 것이 아니라는 것 정도였다.

하나 세가를 위한 충심이 남다른 암천에게 그것은 남의

일이라 할 수 없는 일이었다.

게다가 감당하기 힘든 복은 분명 탈을 만든다는 것이 세상의 이치임을 충분히 깨우치고 있는 것이 바로 암천이란 사내였다.

"초아가 자네에게 혼검(魂劍)을 전한 것을 알고 있네. 하나 이대로라면 평생을 수련한다 해도 절반 성취에도 이르지 못할 것이야. 단지 내공이 강해진다고 앞으로 나아갈 수 있는 무공이 아님을 배우지 않았던가?"

혁위강의 말에 암천은 저도 모르게 마른침을 삼켰다.

혼검이란 초노에게 배운 심혼기를 이르는 말인 듯했다.

또한 초노에게 전해 들은 말과 혁위강의 말이 크게 다르지 않으니 내심 긴장할 수밖에 없었다.

솔직히 배우는 내내 자질이 부족하다고 구박만 당했고, 평생 갈고닦아 봐야 닭이나 한 마리 잡을 실력이나 되면 다행일 것이라는 악담까지 들어야 했다.

물론 억울한 것도 사실이었다.

심혼기란 무공은 중원의 무학과는 그 상리를 벗어나 있었다.

심혼기는 말 그대로 마음과 혼을 단련하는 무공, 극혼(克魂)이나 혼령(魂靈)이라 부르는 경지에 달해야만 비로소 제대로 된 위력이 나온다 했는데 그것이 언제가 될지 스스로도 까마득함을 느끼고 있었다.

하지만 초노는 조급해하지 말라고 했다. 그저 언제인가 자연스레 그 길에 들 수 있는 날이 올 것이라며…….

"그 아이가 자넬 택하여 내게 보낸 것은 그것을 완성시켜 달라는 의미일 터, 이는 비단 자네 때문이 아니라 평생 자부의 그늘을 지켜 준 초아에 대한 답례일세."

연이어진 혁위강의 말에 암천은 다시 놀란 토끼 눈을 해야만 했다.

'대체 뭐야……. 뭘 완성시켜…….'

초노인 때문이란 말은 알겠으나 그 뒷말이 이해되지 않았다. 이 또한 상식적으로는 도저히 납득이 되지 않는 말이었다.

얼핏 들어도 자신의 심혼기를 완성시켜 준다는 말이었으니 대관절 이해할 수가 없는 말이었다.

하나 어차피 이곳은 상식이 통용될 수 없는 곳이었다.

혁무린의 말처럼 존재 자체가 불가해한 곳이니.

"혼검은 자부로부터 계승되는 공부이니 탁기로 가득한 내력으로 성취되지 않는 것이 당연한 일. 이를 위해 먼저 그 몸에 쌓은 내력을 거두어야 한다네."

"네엣?"

전혀 생각지도 않았던 말에 암천이 화들짝 놀란 것은 당연한 일.

무인에게 생명이나 다름없는 내공을 거둔다는 말이니

앞뒤를 떠나 소스라치게 놀랄 수밖에 없었다.

"거부하지 말게."

또다시 혁위강의 음성이 이어지고 다급한 암천의 음성이 터져 나왔다.

"잠시만요! 이런 법이……. 으헉!"

하나 암천의 목소리는 더 이상 새어 나오지 못했다.

혁위강을 감싸고 있던 나무뿌리들이 그야말로 눈 깜짝할 사이 뻗어 나와 그의 온몸을 꼼짝달싹할 수 없게 휘감았기 때문이었다.

손끝 하나 까딱할 수 없게 온몸을 칭칭 감고 있는 나무뿌리들, 그 순간 암천의 눈이 절규하며 혁무린을 보았다.

그 눈은 분명 나 좀 구해 주십시오라고 외치고 있었다.

하지만 혁무린은 늘 보이던 그 웃음을 지으며 입을 열 뿐이었다.

"공청석유보다 백 배쯤 좋은 기연이니 그렇게 억울한 표정 짓지 마세요."

그 말에 안심이 되었는지, 그도 아니면 도저히 자신의 힘으로 어찌할 수 없는 상황임을 깨달아서인지 떨리던 암천의 눈도 차츰 정상을 되찾았다.

누가 보아도 체념이 가득한 눈빛이었다.

'젠장! 그래 어차피 내가 뭐 내공으로 먹고산 것도 아닌데!'

암천은 그런 마음을 먹으면서 눈을 찔끔 감아야만 했다.

그 짧은 순간 온몸의 기운이 썰물처럼 빠져나감을 느끼고 있는 것이었다.

'아! 이렇게 허무하게……. 내 공력이…….'

기껏해야 반 갑자를 조금 상회하는 내력이었다.

그래도 그것을 얻기 위해 밤낮으로 운공을 하며 보낸 세월이 무려 이십 년이 넘었다.

그 세월이 주마등처럼 흘러갔으나 이 상황을 받아들이는 것 외에 할 수 있는 일은 없었다.

그때 다시 혁위강의 음성이 이어졌다.

"자부의 공부는 선천(先天)의 기운이 동반되지 않으면 무용한 것. 이제부터 그 법을 인도할 것이네."

후우우웅!

순간 암천은 자신을 휘감고 있는 나무뿌리들이 토해 내는 기이한 공명을 들을 수가 있었다.

그리고 그 순간 난생처음 겪는 놀랍도록 기이한 느낌에 빠져들었다.

질끈 감고 있는 두 눈을 통해 무언가 엄청난 것이 밀려드는 것만 같았다.

굳이 표현하자면 하늘이 쏟아져 내리는 것만 같았다.

천지가 온통 주저앉은 뒤 그 힘이 전신 모공으로 빨려

들어와 온몸을 휘젓고 있는 것만 같은 느낌.

너무나도 엄청난 기운들이 들쑤시고 있기에 온전한 정신을 유지하는 자신이 더욱 신기할 정도였다.

그리고 어느 순간 암천은 몸 안에서 무언가가 터져 나가는 듯한 느낌을 받으며 두 눈을 부릅떴다.

팍!

눈을 뜬 암천은 잠시 어리둥절함을 감추기 어려웠다.

조금 전 일이 꿈이라도 된 것처럼 온몸을 휘감고 있던 나무뿌리도 없었고, 전신을 헤집으며 날뛰던 기운들도 감쪽같이 사라져 버렸다.

그저 촌각이나 다름없는 시간 동안 벌어진 일, 하여 직접 겪었는지도 헷갈리는 일이었다.

암천이 두리번거리며 주위를 살폈다.

혁무린은 여전히 예의 그 미소를 짓고 있었고 신목 안에 거하는 혁위강 역시 처음 그대로의 모습이었다.

달라진 것이 있다면 처음과 달리 혁위강이 두 눈을 지그시 감고 있어 마치 잠든 것처럼 보였다는 것이다.

암천은 저도 모르게 호흡을 가다듬고 몸 안을 살폈다.

그리고 이내 움찔할 수밖에 없었다.

'정말로 사라졌다.'

의당 단전에 자리 잡고 있어야 할 내공이 한 줌도 없이 사라지고 없음을 확인한 것이었다.

그리고 그 자리에 전에는 없었던 무언가 이질적인 기운이 똬리를 틀고 있음을 느꼈다.

전에 지니고 있던 내력에 비해 턱없이 부족한 기운, 그 크기가 고작 손톱만큼이나 될까 말까 한 너무나도 미약한 기운이었다.

한데 어찌 된 일인지 내력을 잃고 얻은 것이 그것임을 알았지만 전혀 아쉬운 느낌이 들지 않았다.

내력이 없다 뿐이지 몸과 마음이 놀랍도록 가벼워졌음을 느끼고 있었기 때문이었다.

그때 혁무린의 음성이 이어졌다.

"축하드려요. 그나저나 대주 아저씨가 엄청 마음에 드셨나 봐요. 무리를 다 하시고."

암천이 잠시 당황한 눈으로 무린과 혁위강을 번갈아 살폈다.

무린의 말이 사실인지 혁위강의 감겨진 눈은 떠지지 않았다.

"혹 조금 전 제가 겪은 일에 대해 아는 것이 있다면 설명을 좀 부탁해도 되겠소이까?"

암천은 조심스레 혁무린을 향해 물었다.

그리고 그 물음에 혁무린은 빙긋 웃었다.

"선천지기! 아저씨께서 얻은 것은 그 기운이에요."

순간 암천의 눈이 파르르 떨렸다.

분명 들어 본 적이 있는 말이었다.

도가에 깨우침을 얻은 이들이 지극한 도에 이르는 기운이며 탈속과 탈각을 위해 반드시 이루어야 하는 기운이 바로 선천지기라는 말.

하나 아직까지 그것을 이루었다는 이도 또 그것을 통해 우화등선을 했다는 이도 들어 본 적이 없었다.

암천의 눈에 의구심이 가득함은 당연한 일, 그때 다시 무린의 나직한 음성이 이어졌다.

"선천지기란 원래부터 사람들의 것이에요. 누구나 다 가지고 있는 거죠. 불행한 것은 단지 태어나는 순간 사라지게 된다는 것이죠. 탁기와 접하는 순간 탁기를 막아 내는 힘으로 변해 소멸되어 버리죠."

"어렵소이다."

"뭐, 별로 어려울 건 없는데……. 그냥 쉽게 생각하세요. 강호에 알려진 내공보다 훨씬 순도가 높은 공력이라는 것 정도로요. 영물에게 내단이라는 게 있죠? 그 내단을 지니게 되었다고 생각하세요."

"그게 대체……."

"앞으로 아시게 될 거예요. 그 효능도요. 내공은 쓰면 소실되어 버리지만, 선천지기로 이루어진 내단은 결코 마르지 않으니까요. 물론 그 내단의 크기를 키우는 일은 전적으로 대주 아저씨의 몫이지만요."

무린이 그렇게 말을 마쳤지만 암천의 궁금증이 풀린 것은 아니었다.

또한 지금이 아니면 그 궁금증을 해소할 길이 요원함을 알기에 재차 물을 수밖에 없는 입장이었다.

"하면 지금 내 단전에 자리 잡은 이 손톱만 한 것이 바로 그 내단이란 것이오?"

그렇게 이어진 암천의 질문에 오히려 무린이 놀란 표정이었다.

"이야! 그렇게 느껴질 정도면 대단한 거예요. 하긴 아버지가 저 정도라서 좀 과하다 싶다고 생각하긴 했지만……."

"이게 그렇게 대단한 것이오? 솔직히 잘……."

"하핫! 보통 사람이 그 정도의 선천지기를 모으는 데 얼마나 걸릴 거 같아요?"

"……?"

"한 백 년 정도? 그보다 더 걸리면 더 걸리지 모자라진 않을 거예요. 물론 대부분은 그 전에 포기하겠지만요. 아! 예외는 있는 법이죠. 무선 같은 분도 있으니까요."

무린의 연이어진 말에 암천의 눈이 다시금 크게 치켜떠졌다.

"무…… 무선이면…… 그 천무선인도 선천지기를……."

"네! 그것도 그 끝을 보신 분이지요. 왜 들어 본 적이 있으실 텐데요. 무무진경이란 이름으로 강호에 떠돌았던 기서. 그게 바로 선천지기를 깨우는 법이거든요."

"……!"

"뭐 이젠 구하려고 해도 못 구할 거예요. 아버지가 직접 세상에 나가 다시 거둬들였으니까요. 그것도 저희 자부의 무공이거든요. 그래도 참 대단하죠? 그 무선이란 분! 홀로 그 끝을 보았다니……."

무린의 혼잣말 같은 찬탄이 이어지자 암천이 도저히 참지 못하겠다는 듯 물었다.

"대관절 무선과 가친께선 어떤 인연이 있기에……. 아니 무선이란 이가 정말로 존재하긴 했던 것이오?"

"물론이죠. 아버지가 진정으로 강하다고 인정한 세 명의 인간 중 한 명이 바로 그 무선이니까요."

무린의 답에 암천은 이건 또 뭔 소리인가 하는 표정이었다.

"아버지께서 말씀하셨어요. 당신과 같은 반열에 놓고 보아야 할 이가 셋 있었다고. 그리고 그중 가장 떨어지는 이가 무선이라고."

계속된 무린의 말에 암천은 그저 얼떨떨한 표정을 지어야만 했다.

삼종불기의 한 명인 무선.

그 무선이 실재함을 듣는 것도 쉽사리 믿기 힘든 일이건만 그 무위를 정확히 알고 있는 듯하니 당최 받아들이기가 힘이 들었다.

더구나 자신의 몸 안에 있는 기운이 그 무선이 익힌 것과 동류의 기운이라니.

그렇다고 해도 믿지 않을 수도 없었다.

눈앞에 너무나 많은 증거를 직접 대면하고 있으니 말이다.

무제의 비급과 신병이 이곳에 있음이 무슨 이유이겠는가.

그의 돌연한 실종이야말로 망량겁조의 존재를 강호에 알린 과거의 사건, 바보라 해도 그 일과 지금 자신의 품에 있는 무제의 유진이 연관되어 있음은 짐작할 수 있었다.

그렇다고 해도 대체 과거의 그때 무슨 일이 있었는지 궁금함을 지울 길이 없었다.

거기다 대화를 나누면 나눌수록 해소되는 것도 없이 궁금한 것만 늘어가고 있었다.

무선 말고 그만큼이나 강한 이가 두 명이 더 있고 그것을 이야기한 이가 망량겁조라 하니.

'같은 삼종불기이니 한 명은 역시 독황일 테고…… 그리고 나머지 한 명은 저 혈마도의 주인일 것이다. 그렇다는 것은 역시 세가의 시조이신 무제 그분께서 망량겁조에

게 한 칼 먹였다는 것. 확실히 본가의 무학이야말로 고금제일의 반열에…….'

저도 모르게 그런 생각을 하던 암천은 연이어진 무린의 말에 잡념을 떨쳐 내야 했다.

"나머지 두 명이 누군지 궁금하시죠?"

"알려 주시겠소이까?"

"사실 저도 궁금한걸요. 하지만 아쉽게도 저 역시 모른답니다. 한 명은 확실히 짐작 가긴 하지만 다른 한 명은 도저히 모르겠는걸요……."

어딘지 맥이 빠진 듯한 무린의 말에 암천 역시나 아쉬움이 역력한 표정이었다.

그러면서 조심스레 입을 열었다.

"망공독황과 무제가 아닐런지……."

암천의 말에 무린이 뚱한 표정으로 암천을 쳐다보았다. 그러곤 이내 전에 없이 나직하게 입을 열었다.

"그 두 사람은 아니에요. 그리고 다른 건 몰라도 그 독황이란 인간에 대해선 행여나 입도 뻥긋하지 마세요. 어지간한 일에는 눈도 깜짝 안 하시지만 그 빌어먹을 인간을 단죄하지 못한 것만큼은 평생 후회하시니까요."

"그게 대체……."

"더 알면 다쳐요."

"그럼 짐작하고 계신 그 한 명만이라도……."

"음…… 반여강이란 인물이에요."

"네에?"

전혀 들어 본 적도 없는 이름에 암천의 목소리가 커졌으나 무린은 별일 아니라는 투였다.

"뭐 확실한 건 아니니까. 더 말해 봐야 소용없을 거예요. 이제 그만 가 보세요."

너무나 갑작스레 이어진 무린의 말에 암천은 다시금 황당하다는 표정이었다.

"아버지가 눈 뜨기 전에 가시는 게 좋을걸요."

"……?"

"말씀드렸잖아요. 여기 일이 외부에 알려지는 걸 달가워하지 않으시는 걸요. 아니 그 정도가 아니라 완전히 막으며 살아왔어요. 뭐…… 오늘 일을 보면 일단 아저씨를 외부인이라 생각지는 않으시는 것 같네요."

무린의 자조적인 음성에 암천은 왠지 모를 불길함을 느꼈다.

외부인으로 생각지 않는다는 말이 주는 어감이 어딘지 섬뜩했기 때문이었다.

따지고 보면 초노인이 심혼기를 전수하여 준 것도, 얼핏얼핏 이곳에 관한 이야기를 전해 준 것도 모두 오늘과 같은 일을 예견했기 때문이라는 생각이었다.

물론 그렇게만 볼 수 없지만 어째든 혁무린이나 그 부

친에게 얽매이고 싶은 생각은 추후도 없었다.

거기다 자신에게는 이미 평생을 바쳐 온 단목세가가 있었다.

삼류 무인도 되지 못할 자신을 거두어 지금의 위치를 만들어 준 곳, 사람이고 무인이라면 그 은혜를 저버릴 수는 없는 노릇이었다.

"그러니까 서두르세요."

"하지만 가친께 예를 차린 뒤에 떠나는 것이……."

"그런 거 신경 쓰지 않으셔도 돼요. 이 땅의 예절에는 별 신경 쓰지 않는 분이니까요."

말은 그렇게 해도 막상 이대로 떠나라 하니 영 찝찝한 기분을 지울 수가 없었다.

"대주 아저씨가 궁금해하는 건 이다음에 만나면 알려 줄게요. 그때는 저도 다 알게 되니까요."

"그때라는 게 언제를 말하는 것인지……."

"제가 아버지를 대신하게 되는 날이요. 멀지 않았어요."

그 말을 끝으로 혁무린은 더 이상 대화를 나눌 뜻이 없음을 내비쳤다.

하여 암천도 더 이상 물을 수는 없었다.

아주 가끔 느끼는 것이지만 눈앞의 이 청년에게도 무언가 있음이 틀림없었다.

감히 범접할 수 없는 어떤 위엄 같은 것, 그리고 그 실체가 어디에서 기인한 것인지 어느 정도 이해할 수 있게 된 지금 함부로 혁무린의 의지를 거스를 수 없었다.

그렇다고 해도 궁금증은 도저히 끝을 알 수 없을 정도로 깊어져만 갔다.

자신이 갖게 된 선천지기란 것만 해도 그렇고 망량겁조와 얽혀 있는 과거의 비사만 해도 애가 탈 정도로 궁금한 것이 사실이었다.

아니 그런 것들보다 대체 이런 존재들이 어찌 세상에 있을 수 있는지, 또 왜 이런 오지에서 모습을 감추고 살고 있는지, 왜 세상은 전혀 모르고 있는지 그 모두가 도무지 이해되지 않았다.

하지만 그 의문들은 가슴에 품어야 하는 때임을 충분히 느낄 수 있었다.

언제인가 초노인이 했던 말을 분명히 기억했다.

"궁금한 것을 알고 싶다면 목숨을 걸어야 하네."

아직은 그럴 마음이 추호도 없는 암천이었다.

모든 것을 뒤로한 채 암천은 무린의 배웅을 받으며 미로와도 같은 동부를 빠져나왔다.

그리고 그곳엔 이미 혁무린과 자신이 타고 왔던 마차가 준비되어 있었다.

"정말로 수고하셨어요. 금방 다시 보게 될 테니 여길

찾아오거나 하진 마세요. 아 참! 여기 일 비밀인 거 말 안 해도 아시죠?"

"이것들을 전하자면……. 어찌……."

무린의 말에 암천은 난감한 표정으로 자신의 품과 옷소매를 가리켰다.

그 안에 무제의 비급과 두 자루 단봉이 있었다.

이걸 세가에 전하자면 그 연유를 설명하여야 함은 당연한 일. 혁무린과 그 부친을 언급하지 않고 어찌 그 타당한 이유를 설명할 수 있겠는가.

암천의 말에 무린은 잠시 골똘히 무언가를 생각하는 표정이었다.

"하긴……. 강이 녀석 줄 생각에 그걸 생각지 못했네요. 이걸 어쩐다. 다시 돌려주실래요?"

"아…… 아닙니다. 제가 어떻게든…… 사실 이유 같은 것이 뭐 중요하겠습니까."

"하핫! 아저씨도 참 이해하기 쉬운 사람이네요. 그냥 농담이에요. 저기 저 끝에 있는 동부 보이시죠."

입가에 장난스러움 가득한 미소를 머금은 무린이 손끝으로 개미굴처럼 자리한 수많은 동부의 입구 중 하나를 가리켰다.

암천의 시선은 무린의 손끝을 따라 그 동부로 향했고.

"어디서 구했냐고 하면 저곳이라 하세요. 실제로도 그

안에 있으니까요."

"저…… 정말이오?"

"네. 저기로 들어가서 무조건 오른쪽으로 난 길만 가시면 무제가 갇혀 지내던 동부가 나와요."

"네엣? 갇혀 지내다니요?"

"아이 참! 더 깊이 알려고 하지 마시라니까요. 나중에요. 나중에 다 말씀드릴게요."

"하지만 본가에서 알면 반드시 이곳에 찾아올 것인데……. 그러면 혁 공자나 부친의 일도……."

"걱정 마세요. 무선 정도 되는 이가 아니면 절대 신지(神地) 안으로는 못 들어오게 되어 있으니까요. 아! 반여강이란 이도 있군요. 아무튼 그런 능력을 가진 사람이 단목세가에 있나요?"

"그…… 그럴 리가요……."

"그럼 걱정 말고 가 보세요. 조심하시구요."

"네, 혁 공자. 다시 보게 될 때까지 보중하십시오."

"네! 강이 녀석에겐 조금만 기다리면 제가 찾아간다고 전해 주세요. 대주 아저씨두 열심히 수련하시고요."

무린은 손까지 흔들며 배웅했고 암천은 그렇게 짧다면 짧고 길다면 길었던 무린과의 동행을 끝마쳤다.

머릿속 가득 더욱 큰 의문만을 가득 지닌 채 중원으로 향하게 된 암천.

하나 그때는 알지 못했다.

무린을 다시 만나게 되는 날이 생각보다 훨씬 오랜 시간이 걸리게 된다는 것을.

그리고 그사이 단목세가에 불어닥칠 일들을…….

명(明)과 암(暗)

봄이 시작될 즈음 북경을 출발한 연후가 청해에 이른 것은 거의 여름이 끝나 갈 무렵이었다.

아무리 그 거리가 멀다 하다 서둘러 이동하였다면 한 달이면 충분한 거리였지만 근 반년이나 걸려 목적지에 이른 것이다.

그렇게 오랜 시간이 걸릴 수밖에 없었던 이유는 연후가 뒤따랐던 이가 너무나 천천히 이동하였기 때문이었다.

부친이 노사라 부르며 극진히 대하던 사슬 괴인, 또한 단목강이 삭월신의 후예라 말했던 그가 바로 연후가 뒤따랐던 인물이었다.

그를 따라가면 무공의 끝자락을 볼 수 있을 것이란 부

친의 말이 아니더라도 목적지인 불이곡과 자신의 인연이 남다름을 알게 되었기에 망설임 없이 길을 나설 수 있었다.

그렇게 나선 여정이 꼬박 반년이나 걸리게 될 줄은 몰랐으나 그마저도 꽤나 의미 있는 경험이었다고 할 수 있었다.

다만 아쉬운 것은 그 긴 시간 동안 동행하였음에도 귀마 노사란 이와는 별달리 가까워지지 못했다는 것이다.

함께하는 동안 내내 거의 대화를 나누지 않았으며 말을 나누더라도 꼭 필요한 말 몇 마디를 한 것이 전부였다.

어쩔 때는 거의 사나흘간 말 한 마디 없이 동행했던 적도 있었으니 그와의 관계가 진척되지 못함은 어쩔 수가 없는 일이었다.

하지만 함께 했던 시간이 있으니 조금은 그에 대해 알 수 있게 된 연후였다.

처음 보았을 때의 섬뜩함과는 달리 그는 무척이나 흥미로운 구석이 많은 인물이었다.

아니 보통 사람과는 다른 것들이 수두룩했다.

일단 그의 발걸음은 말도 못하게 느리다는 것이었다.

그뿐 아니라 그 느린 걸음으로 마치 세상 구경이라도 나온 듯 명승지며 절경을 빼놓지 않고 둘러보기까지 했다.

또한 그런 곳에 들르면 어김없이 가장 좋은 객잔을 찾

아 쉬 먹어 보지 못했던 극품의 요리들을 시켰다.

그리고 그것을 천천히, 너무나 천천히 음미하듯 먹었다.

피풍의를 걸쳐 밖으로 드러나지 않는다 해도 그 몸뚱이에는 믿기지 않을 정도로 많은 쇠사슬이 감겨 있었다.

그런 이가 진귀한 요리들을 잔뜩 시켜 놓고 너무나 느릿하게 그것들을 먹는 광경을 매일처럼 지켜보는 일은 결코 쉬운 일이 아니었다.

하지만 단 한 번도 연후는 그에게 불만을 토로하지 않았다.

또한 결코 조급해하지도 않았다.

아니 오히려 그 덕에 다시없을 경험들을 하고 있음을 고맙게 여겼다.

북경 인근을 벗어나 본 적이 없는 연후에게 그 여정에서 보고 듣는 것들은 그 자체로 많은 것을 느끼게 해 주었다.

세상이 얼마나 넓으며, 그 세상 곳곳에 얼마나 많은 사람들이 살고 있는지를 직접 본다는 것은 분명 새로운 무언가를 생각하게 해 주는 것이었다.

거기다 그의 터무니없이 여유로운 이동 속도 덕에 무공을 수련할 시간 또한 결코 부족하지 않았다.

언제나 해가 지기 전 머물 곳을 정하며 해가 떠올라야 비로소 이동을 시작하는지라 오히려 수련할 시간은 차고 넘치는 편이었다.

하니 연후가 불평할 이유가 전혀 없는 것이었다.

여하튼 그렇게 느린 여정 끝에 당도하게 된 불이곡은 연후의 짐작과는 또 다른 곳이었다.

마종의 무학이 시작된 곳이라는 어딘지 으스스한 단목강의 설명을 듣지 않았다 해도 그 이름만으로 오지에 자리 잡은 협곡 같은 곳이 아닐까 짐작했던 것이다.

하여 귀마 노사란 이가 다 왔다고 말하는 순간에도 자신의 귀를 의심해야만 했다.

그도 그럴 것이 그 이야기를 들었던 곳이 꽤나 거대한 마을이 내려다보이는 구릉 위였기 때문이었다.

어림잡아도 족히 수백 채는 되어 보이는 가옥이 자리 잡고 있고, 보이는 구릉이나 산등성이마다 계단식 논과 밭이 가득한 마을.

한눈에도 풍족함이 가득한 곳임을 느낄 수 있었다.

한데 그 마을이 불이곡이라 하니 고개가 절로 갸웃거릴 수밖에 없었다.

하나 그러한 의문들은 그 안에 머물게 되며 자연스레 풀렸다.

그곳에 사는 사람들은 자신들의 마을 이름을 명촌(明村)이라 했고 불이곡이란 이름을 알고 있는 이는 아무도 없었다.

그들은 그저 한낱 화전민촌에 불과했던 이곳을 이처럼 살기 좋은 마을로 만들어 준 이의 은혜를 기리기 위해 그 이름을 지었다고 했다.

그리고 그 일은 당연히 명천대인이라 마을 사람들에게 신선처럼 추앙받는 부친이 행한 일이었다.

그런 부친이 만들었다는 마을은 지내면 지낼수록, 그 속을 알면 알수록 연후를 놀라게 만들었다.

그리고 지금은 부친이 꿈꾸고 있는 세상이 어떠한 것인지 충분히 짐작할 수 있게 되었다.

명촌이란 이름처럼 밝음이 가득한 마을.

주민의 수만 해도 근 천 명에 가까운 마을이었지만 그들 대부분이 이곳에 정착하기 전까지 입에 풀칠하는 것조차 힘든 처지였다고 했다.

하나 마을 주민에게서 그 같은 과거를 엿보는 것은 거의 불가능에 가까웠다. 남녀노소 할 것 없이 그늘이라곤 찾아볼 수 없었기 때문이었다.

그들은 모두 바빴고 모두가 행복해 보였다.

건장한 청장년들은 바지런히 논밭을 오가며 일을 했고 아이들은 한데 모여 뛰놀며 더없이 소란스러웠다.

여인들은 모여 밥을 짓고 음식을 만들고 빨래를 했고, 또 힘이 부치는 노인들은 그 나름 저마다의 소일거리를 찾아 움직였다.

갓난아이를 돌보거나 기르는 가축들에게 먹이를 주거나, 그도 아니면 거동이 불편할 정도로 연로한 이들을 돌보는 것이 그런 노인들의 일거리였다.

마을 주민들 중 일하지 않는 이들은 아이들뿐이니 마을은 언제나 생기로 가득한 느낌이었다.

또한 그들은 식사 때가 되면 마을 중심에 자리한 사당에 모여 함께 밥을 먹었고 해가 지면 그곳에 한데 모여 글공부를 했다.

그런 것들만 해도 여느 보통의 마을에선 쉬 보기 힘든 일이었지만 더욱 특이한 것은 그들이 머무는 집들이었다.

그렇게 마을 주민 모두가 함께 사용하는 사당을 제외하곤 거의가 비슷한 크기 비슷한 모습의 모옥에 살고 있는 것이다.

하나하나 보자면 통나무와 흙벽, 거기에 짚단으로 지붕을 얹은 초라한 모옥이었으나, 그런 모옥 삼백여 채가 바둑판처럼 질서정연하게 자리 잡은 모습은 전혀 다른 느낌을 갖게 만들었다. 그런 마을의 모습에 궁벽함을 느낄 이유가 없는 것이다.

그렇게 보이는 것들 말고도 연후를 놀라게 한 것은 수두룩했다.

특히나 마을의 촌장을 역임하는 장한의 사내와 그를 뽑는 과정을 보게 된 연후는 꽤나 충격을 받아야만 했다.

보통의 마을이라면 그 안에서 가장 덕이 높거나 연륜이 있거나 혹은 재력이 넉넉한 이가 촌장을 맞는 것이 당연할 것인데 이곳에선 전혀 달랐다.

몇몇 촌장을 하고 싶다고 나선 이들을 마을 주민들이 직접 가려 뽑아 촌장으로 추대한다는 것이었다.

그것도 특이한데 누가 누구를 촌장으로 추대한 것인지 모르게 한다는 사실은 꽤나 흥미로운 일이었다.

사당 안에 한 명씩 들어가 비어 있는 서책에 자신이 원하는 인물의 이름을 적고 나오는 것이다.

그렇게 해서 가장 많은 이름을 얻은 이가 촌장이 되는데 지금 촌장을 맡고 있는 사내는 그렇게 뽑힌 인물이었다.

처음엔 왜 그리 번잡스러운 일을 거치며 촌장을 뽑아야 하는지 이해할 수 없었으나 시일이 지나면서 차차 그 이유도 이해할 수 있었다.

촌장은 그 자체로 마을 내의 모든 대소사를 관장하는 매우 막중한 임무를 맡고 있었기 때문이었다.

공동으로 관리하는 경작지와 그 수확물의 분배를 맡는 것이 촌장의 몫이었으며, 또한 마을 내에서 이따금 벌어지는 불미스러운 일에 판관의 역할까지 하는 것이 바로 촌장이었다.

그렇게 보면 무슨 대단한 권력을 가진 것처럼 생각되겠

지만 정작 사정은 그렇지만도 않았다.

그 촌장이라는 자리가 여느 다른 마을처럼 늙어 기력이 쇄할 때까지 앉을 수 있는 것이 아니었기 때문이었다.

두 해마다 마을 주민들의 손에 의해 촌장을 뽑는 것이니 오히려 촌장은 그 자리를 지키기 위해 기간 내내 주민들의 눈치를 살펴야 하는 것이다.

그 안에 참으로 절묘한 균형의 미가 있음을 발견한 연후였다.

그리하면서 이 방법대로 이 땅의 관리를 등용하면 탐관오리라는 말이 사라질 수도 있겠다는 생각을 하게 되었다.

또한 아비가 말한 모두가 존귀한 세상의 의미와 왕이나 황제가 필요치 않은 세상이라는 말의 의미를 조금은 더 구체적으로 이해하게 되었다.

또한 이 명촌이란 마을이 연후에게 더욱 남다른 의미를 갖게 된 것은 이곳이 바로 부친과 백부가 처음 만났다는 그 화전민 촌락이라는 사실 때문이었다.

또한 이곳이 바로 자신이 태어난 곳이며 또한 모친의 무덤이 있는 곳이란 사실은 전혀 생각지도 못했던 일들이었다.

무공을 수련키 위해 찾았다가 과거의 일들을 하나하나 알게 되었으니 결코 그 인연을 가볍게 생각할 수 없게 되었다.

불이곡이란 그저 과거에 이곳 어딘가에 존재했던 이름일 뿐, 마을은 그저 명촌이란 이름이면 족한 곳이었다.

굳이 불이곡이라 이름을 붙여야 한다면 그런 곳이 있기는 있었다.

귀마 노사란 이가 머무는 협곡이야말로 그 이름과 어울린다 할 수 있었다.

마을의 논과 밭이 끝나는 산자락 너머에 존재하는 천장단애, 그 절벽 아래 자리한 동부에 그의 거처가 있었다.

연후가 명촌에 머물기 시작한 것도 벌써 두 달 가까운 시간이 흘렀다.

처음 이곳에 왔을 때에만 해도 마을 주민들은 낯선 이의 방문에 적잖이 경계심을 품은 모습이었다.

하나 동행하였던 귀마 노사의 한마디는 그런 분위기를 단번에 날려 버렸다.

"대인의 자제다. 대함에 소홀함이 없어야 할 것이다."

귀마 노사의 말은 생각보다 엄청난 파급을 일으켰고 그 후 연후는 참으로 감당하기 힘들 정도로 융숭한 대접과 극진한 예를 받아야만 했다.

그 과한 태도가 부친을 향한 마음 때문임을 알았지만 몸 둘 바를 모를 지경인 것은 틀림없었다.

하나 그때마다 일일이 사양하며 불편함과 당황스러움을

고스란히 드러내는 연후의 태도는 두 달이란 시간 동안 평범한 마을 주민으로 연후를 녹아들게 만들었다.

그렇다고 연후가 여느 주민들처럼 마을 내부의 일을 하는 것은 아니었다.

본시 무공을 익히기 위해 찾아온 곳에서 그런 일로 시간의 대부분을 허비할 수 없는 일이었다.

그렇다고 모두가 부지런히 일하는 이들로 가득 찬 곳에서 아비 덕에 공짜로 먹고 자고 할 수도 없는 노릇이었다.

해서 처음 얼마간은 마을 안에 머무는 것이 가시방석과도 같이 느껴졌다.

그러다 한 가지 해결책을 찾게 되었는데 그것이 바로 주민들의 글공부를 돕는 일이었다.

그렇다고 직접 사당에 나가 가르치는 것은 아니었고 단지 이전까지 마을 주민을 가르치고 있던 두 명의 사내에게 보다 높은 수준의 학문을 전하는 것이 연후가 갖게 된 일이었다.

그 두 명의 사내 중 한 명은 이제 막 오십 줄에 든 중년인으로 젊은 시절 향시에 십여 차례나 낙방하였던 서생 출신으로 처자식이 모두 빚더미에 앉고 굶어 죽기 직전이 되자 정신을 차렸다고 했다.

어디서나 흔히 들을 수 있는 낙방 서생에 관한 그저 그렇고 그런 사연이었다.

그 후 화전이라도 일구며 살아 보자고 가족들과 산천을 헤매다 이 명촌과 연이 닿았다는 사내는 벌써 십여 년 동안이나 주민들에게 글을 가르치고 있었고 주민들 대부분이 글을 읽고 쓸 수 있게 된 것도 이 중년 사내가 있었기에 가능한 일임을 알게 되었다.

그와는 달리 연후에게 공부를 청한 또 다른 사내는 이제 스물 중반의 건장한 청년이었다.

그는 일곱 살 무렵에 어미와 함께 이곳에 들어와 평생을 명촌에서만 보낸 인물이었다.

하나 그 총명함이 남달라 벌써 몇 년 전에 옆에 앉은 중년인에게 더 배울 것이 없게 된 인물이었다.

하여 그 무렵부터 아이들에게 글을 가르치는 일을 맡고 있는 것이 그의 일이었다.

그는 중년인보다 더욱더 학문에 깊이 관심을 가졌는데 결코 그 배움이 가볍지 않았다.

당장 향시를 보더라도 충분히 통과할 정도의 수양이 있었고 성정 또한 차분하면서도 굳건해 이 마을 안에서만 머물기에 아깝다는 생각이 들 정도의 인물이었다.

하나 그는 전혀 그렇게 생각지 않는 듯했다.

그의 꿈은 이 명촌이 더욱더 발전하여 보다 많은 이들을 품게 될 수 있기를 바라는 것이었다.

대부분의 주민들이 바깥세상을 두려워하며 혹여 그로

인해 명촌 안에서의 행복이 깨질까 두려워하는 것과는 사뭇 다른 마음이었다.

굳이 말하자면 부친과도 비슷한 마음을 지닌 것이다.

하나 그는 부친이 세상에서 무엇을 꾸미고 무엇을 하는지 전혀 모르는 눈치였다.

그저 이 마을에서 자라고 이 안에서 학문을 깨치다 보니 자연스레 부친과 같은 꿈을 갖게 된 것이다.

이는 연후에게도 꽤나 충격을 주었다.

말도 안 되는 생각이며 그저 허황된 망상이라 치부했던 부친의 일들이 전혀 불가능하지만은 않을 수도 있다는 것을 느낀 것이다.

너무 과한 부자도 또한 터무니없이 가난한 이도 없는 세상, 그 안에 사는 모두가 사람답게 사는 것을 꿈꿀 수 있다는 세상.

적어도 명촌이 그와 같은 세상에 근접해 있다는 사실을 두 눈으로 직접 확인하고 있는 것이다.

* * *

아직 사방이 깜깜하기만 새벽녘 연후가 자신의 거처인 모옥을 나섰다.

전에는 볼 수 없었던 간편한 회의 무복을 차려 입은 연후는 숨을 한 번 나직하게 들이마신 뒤 이내 땅을 박찼다.

그러고는 쉼없이 달음질을 시작했다.

아직은 모두가 잠들어 있는 시각, 마을 가운데로 난 길을 따라 내달리는 연후의 두 다리는 준마의 그것처럼 굳건하기만 했다.

하나 강호 무인들의 경공술에 비하자면 턱없이 느린 그야말로 뜀박질에 불과해 보이는 움직임이었다.

하나 그렇게 내달리는 연후의 표정에는 진중함이 가득했다.

딱히 이렇다 할 경신 공부를 익힌 것은 아니지만 운신의 법을 어느 정도 깨우친 연후이기에 마음먹고 내력을 운용하면 지금보다 몇 배는 빨리 뛸 수 있을 것이다.

또한 고작 산등성이 하나 넘었다고 이마에 땀방울이 가득하지도 않을 것이다.

하나 연후는 내력을 전혀 사용치 않고 육신의 힘만으로 열심히 뛰고 또 뛰었다.

그렇게 내달리는 연후의 목적지는 마을 끝에 위치한 단애의 끝자락이었다.

연후는 매일같이 하루 두 차례 그곳을 오가는데 그렇게 보낸 두 달여 동안 스스로도 놀랄 정도로 탄탄한 하체를 얻게 되었다.

비단 강해진 것은 두 다리의 근육만이 아니었다.

몸 전체의 근력이 상승함은 물론 굳이 내력을 운용치 않아도 편히 달릴 수 있을 만큼 호흡이 안정되게 변한 것이다.

이는 다시 운공에 지대한 영향을 미쳐 염왕진결의 성취를 진일보시키는 역할을 했다.

어째서 무공을 익히는 이들에게 육신의 수련이 기본이 되는지 새삼 자신을 통해 확인하게 된 연후였다.

그렇게 내달리던 연후의 두 다리가 멈춘 것은 미명이 어스름히 동쪽 하늘을 밝히고 있을 무렵이었다.

어지간한 산자락 높이의 등성 두 개를 쉼 없이 내달린 것치곤 매우 편안해 보였으나 입 주변으로 조금 거친 숨이 토해지는 것은 어쩔 수 없는 일이었다.

"후후흡."

연후가 커다랗게 숨을 내쉰 뒤 한 발만 내디디면 그대로 추락할 수 있는 단애의 끝에 좌정을 했다.

그리고 이내 천천히 미명이 시작되는 하늘을 향해 두 눈을 고정시켰다.

뜀박질과 함께 본격적인 수련이 시작되는 순간이었다.

산등성이 끝에 위치한 단애의 높이는 인근의 어떤 산자락보다 높았다.

이는 지금 수련하는 광해경을 익히기에 최적의 장소라는 뜻이었다.

광해경을 남긴 이가 그 심득을 얻었다는 황산 꼭대기를 직접 본 것은 아니지만 이곳의 정경이 그에 못지않음을 의심치 않았다.

특히나 동쪽으로 난 산자락은 점차 낮아져 그 끝이 거의 지평선처럼 보였으니 그곳에서 솟아오른 일출은 그야말로 장관이라 할 수 있었다.

연후는 매일처럼 그곳에서 치솟는 빛을 바라보았다.

광해경만 놓고 본다면 정확히 자신의 성취가 어느 경지인지 알지 못했다.

개안금동의 비기를 펼칠 수 있게 되었으니 광안을 얻은 것은 틀림없었다.

하나 광령은 또 어찌하여야 이를 수 있는 것인지, 또 그로 인해 시공의 경계를 허문다는 무량의 경지는 어디에 있는지 그 끝을 짐작할 수 없었다.

하나 결코 조급해하지 않았다.

자칭 고금제일의 천재라는 이가 십수 년이나 걸린 일이 불과 몇 달 안에 가능할 리 없음이 당연하기 때문이었다.

더구나 지금 익힌 광안만 해도 그 공능이 무궁무진함을 알게 되었으니 급한 마음을 먹을 이유가 없는 것이다.

실상 이 또한 괴개를 만나 무학의 이치를 배우지 않았다면 쉽게 깨우칠 수가 없었을 것이다.

안법에만 의지하니 다른 감각을 전혀 사용치 못한다는

그의 지적은 그야말로 정문일침과 같은 가르침이었다.

하여 평시에도 극도의 기감을 유지하고 청각과 후각을 극한까지 끌어올린 뒤 필요에 따라 이를 조정하는 일을 행했다.

그뿐 아니라 광안에 의지하지 않고 시력 그 자체를 키우는 일에도 많은 노력을 기울였다. 청각과 후각이 발달했다면 굳이 광안이 아니더라도 시각의 능력 또한 그리 되었을 것이라 유추하여 행한 일인데 연후의 생각은 결코 틀리지 않았다.

그리고 이곳으로 향하는 지난 반년간의 여정 중 대부분의 시간을 할애하여 그 감각들을 다루는 데 집중했다.

하여 이제는 각기 따로 놀던 감각들이 자연스레 운용되어 비로소 제대로 된 무인의 기초를 얻었음을 알게 되었다.

이젠 염왕진결을 운공할 때도 또 화염지기를 운용해 무공을 펼치는 순간에도 모든 감각들을 조절할 수 있었다.

억지로 그것을 끌어올리는 것이 아니라 외부의 이질적인 반응에 따라 자연스레 반응하게 된 것이다.

그렇게 되고 나서야 또 다른 하나를 깨우칠 수 있게 되었는데 그것이 바로 광안의 진정한 공능이었다.

광안이 해가 되는 것이 아니라 자신이 모자라 그 효용에만 집착했다는 사실, 하나 위급한 순간 광안이야말로 비장의 절초처럼 사용할 수 있는 절기임을 알게 된 것이다.

결국 지닌바 재주를 모두 활용하여 상대를 제압하는 것이 바로 무인의 겨룸이니 결코 어느 것 하나에 매달리거나 집착할 이유가 없었다.

그런 면에서 광해경의 수련이나 염왕진결 역시 모두 마찬가지였다.

또한 이곳에 와서야 비로소 제대로 수련을 시작한 모친의 무공 현천무상검결 또한 그 범주에 속해 있는 것이었다.

처음 읽었을 땐 그 자구만으로도 막막하기만 했던 구절들이 이젠 그 가닥을 어렴풋이나마 짐작할 수 있었다.

의지보다 빠른 검이 바로 무상검.

아니 의지가 아닌 몸이 먼저 체득해야 펼칠 수 있는 검이 바로 어머니가 남긴 검제의 무학이었다.

분명 쉽게 이해할 수 없는 무리임에도 연후는 결코 무상검을 소홀히 여길 수 없었다.

사실 힘겨운 일임에도 무상검의 수련에 많은 시간을 투자하는 것은 어쩌면 매일처럼 내달리는 산자락 가운데 그녀의 무덤을 지나치기 때문인지도 몰랐다.

무덤 앞에 절을 하는 동안에 눈물조차 흘러나오지 않았지만 가슴 어딘가가 저릿한 것만은 틀림없었다. 그 순간 허리춤에 감긴 초연검이 나직하게 우는 것 같은 착각까지 들었다.

아니 그런 것들이 중요한 것은 아니었다.

연후에겐 강해지고자 하는 목적이 있었다.

그래서 해야만 하는 일이 있었다.

이를 위해 보내는 시간, 할 수 있는 모든 것을 다하리라 마음먹고 행하는데 그 연유 따위에 목을 멜 이유는 없는 것이었다.

그렇게 시작된 불이곡의 수련, 그저 앞만 보고 나아갈 뿐이었다.

단애 끝자락에 좌정하여 앉은 연후의 두 눈가로 붉은 빛이 밀려들었다.

여명이 시작되는 그 순간의 강렬한 빛을 연후는 그저 바라보고 또 바라볼 뿐이었다.

*　　　*　　　*

연후가 마을과 단애를 매일처럼 오가며 수련할 수밖에 없는 이유는 마을 안쪽이나 그 인근은 무공 수련에 적합지가 않기 때문이었다.

워낙 사람들이 많은 탓도 있지만 새벽녘부터 시작된 마을의 분주함이 밤이 되기까지 계속되니 운공조차 쉽지 않은 것이 현실이었다.

하여 수련하기 좋은 곳을 찾다 단애와 더불어 귀마 노사의 거처까지 알게 된 것이다.

처음 이곳에 온 후로 모습이 보이지 않아 의아해했는데 그가 머물고 있는 곳을 보고야 의문이 풀렸다.

단애 아래쪽 협곡에 자리한 동부, 그곳이 바로 그의 거처였다.

그리고 그는 별다른 거부감 없이 연후가 동부 안을 사용하는 것을 허락해 주었다.

동부는 그 끝에 이르는 것만 해도 한 시진 가까이 걸릴 정도로 깊었고, 여기저기 넓은 공간이 가득해 운공을 하기에도 또한 무공을 수련하기에도 더할 나위 없이 좋은 공간이었다.

물론 이따금 전혀 기척도 느끼지 못하게 나타나 그저 자신을 담담한 눈으로 바라보다 말없이 떠나는 그의 존재가 신경 쓰이는 것도 사실이었다.

아니 내심으론 무언가 막혀 있을 때 그에게 의논을 구하고 싶은 마음이 일 때도 있었지만 그것도 결코 쉬운 일이 아니었다.

단둘이 여행하는 동안에도 별다른 말이 없던 사이였는데 자신의 처지가 급하다고 새삼스레 그를 찾는 일이 마음 내키지 않는 것이다.

그럴 때면 언제나 떠오르는 얼굴이 있었다.

"무린 그 녀석은 잘 돌아갔을까?"

조부의 일 때문에 경황이 없어 배웅조차 제대로 하지 못했던 일이 못내 마음에 걸렸다.

또한 그러면서도 헤어질 때까지 짓던 그 미소와 음성이 떠올랐다.

"슬퍼만 하고 있다고 일이 해결되는 건 아니다. 넌 이겨 낼 것이다. 내 친구가 아니냐!"

조부의 장례를 치른 직후였으나 그 얼굴에 짓고 있던 미소가 전혀 언짢다고 느껴지지 않았다.

그 웃음 안에 같이 슬퍼하는 마음이 있고 그보다 더 자신을 향한 깊은 정이 있음을 알았기 때문이었다.

그것이 바로 다른 누구도 갖지 못한 무린의 장점이라는 것을 이제야 새삼 느낄 수 있었다.

함께 있는 사람을 편하게 해 주는 것, 늘 넉살과 너스레로 가득한 모습만 보여 눈살을 찌푸렸던 그때가 참으로 미안해지는 기분이었다.

실상 지금 연후는 그 무린의 넉살이 너무나 부러웠기 때문이었다.

무린이 지금 자신과 같은 처지였다면 벌써 귀마 노사란 이와 흉허물 없는 사이가 되었을 것이란 생각, 지척에 두고 배움을 청할 이가 있는데 망설이고만 있는 자신의 모습이 무린에 비해 참 못나다는 생각을 하게 된 것이다.

그리고 그제야 조부가 왜 무린을 문하로 들였는지도 이해할 수 있었다.

연후가 동부 안에서 그런 생각에 빠져들게 된 것은 한참이나 스스로의 수련이 답보 상태에 머물고 있음을 느꼈기 때문이었다.

완성했다고 믿었던 칠성의 염왕진결이 팔성의 성취로 이어질 줄 알았으나 그 경지는 여전히 가물가물하기만 했다.

화염지기의 완벽한 제어. 이를 통해 팔성에 이른 염왕진결을 목전에 두었다 생각했었다.

하나 결코 그 벽은 쉽게 허물어지지 않았다.

화염지기를 응축하여 외부로 분출할 수 있게 되는 것이 바로 팔성의 염왕진결, 백부가 검과 도의 구분이 무의미해진다 말한 것도 바로 그 경지였다.

물론 아직까지 전혀 이해할 수 없었다.

어찌 초연검을 통해서 염왕도법을 펼칠 수 있게 되는지를 말이다.

하나 백부가 이른 것은 스스로 알게 될 것이란 말이 전부였으니 답답함은 더해질 수밖에 없었다.

거기다 단초를 붙잡았다고 느낀 현천무상검결 역시 그 답답함을 가중시켰다.

정작 어떤 방법으로 수련을 시작해야 할지 감조차 잡히

지 않았기 때문이었다.

책자에 수록된 방법으로 운기를 해 보고 또 그 자구 안에 감춰진 의미들을 깨우치기 위해 무던히 애를 썼으나 이 역시 달라지는 것이 하나 없었다.

그렇게 마주하게 된 벽들은 너무나 높고 견고해 언제쯤 그 뒤로 나아갈 수 있을지 감조차 잡히지 않았다.

다만 시간을 허투루 보낼 수 없어 내내 초연검을 휘두르고 염왕진결을 운용하고 무상검의 책자를 보며 시간을 보낼 뿐이었다.

그러는 동안에도 마음은 갑갑하기만 했다.

"무상이라…… 생각이 없음이 아니라 생각함을 인지하는 것조차 하지 않음을 이르는 것일 터인데……. 휴…… 어렵구나. 어려워."

좌정하여 앉은 연후의 입에서 나직한 한숨이 흘러나왔다.

그리고 이내 앞에 놓인 책자를 한동안 말없이 바라보기만 했다.

사실 그 내용이야 눈을 감고도 훤히 알고 있는 것이었지만 이렇게 직접 읽는 것과 암기한 것을 떠올리는 것에는 큰 차이가 있음을 잘 아는 연후였다.

그간 읽고 깨우친 장서만 해도 족히 몇 수레가 넘는 것이 연후이니 그러한 기본을 모를 리 없었다.

특히나 현천무상검결이란 책자는 그 서체 하나만 놓고 보더라도 그 가치가 충분한 것이었다.

연후 또한 당대의 명필이란 칭호를 얻어도 좋을 만큼의 공부를 했다지만 그것은 어디까지나 남의 것들을 조합하여 적당히 합쳐 놓은 모습에 지나지 않았다.

조부께서 늘 탐탁지 않게 여긴 것도 바로 그러한 사실이 조부의 눈에는 훤히 보였기 때문이리라.

하나 솔직히 연후는 그 일에 크게 노력을 기울이지 않았다.

서체란 단지 글자일 뿐이며 내용을 전달하기 위한 수단에 지나지 않는 것이니 그 일에 매달리는 것이 시간을 허비하는 일이라 생각한 것이다.

한데 무상검결을 기록한 서체는 그런 자신의 생각이 크게 부족하였음을 느끼게 해 주었다.

글자 하나하나가 살아 숨 쉬는 것 같은 느낌이었다.

그보다 그 하나하나의 글자가 자구를 이루어 조합되면 이전까지 유려함이 가득하던 글자들이 마치 책자를 뚫고 올라와 살아 움직이기라도 할 것처럼 역동적으로 변했다.

그것이 검제란 이가 남긴 것인지 아니면 그 이전 누군가가 남긴 것인지는 알 수 없었으나 한 가지만은 분명히 느낄 수 있었다.

서체로 도를 이룰 수 있다면 바로 이것을 남긴 이가 바로 그 경지라는 것을.

하여 연후는 무상검결의 내용과 더불어 그 서체 안에 무슨 답이 있는 것은 아닐까 하는 생각을 하게 되었다.

하나 아무리 들여다보고 살펴도 도무지 갈피를 잡을 수가 없으니 나오는 것은 한숨뿐이 없게 된 것이다.

연후가 그렇게 잠시 망연한 눈으로 눈앞의 책자를 바라볼 무렵이었다.

전혀 뜻하지 않은 음성이 들려온 것이다.

"너는 이제껏 내가 보아 온 이들 중 두 번째로 기이한 사람이다."

그 음성이 들리는 곳을 향해 고개를 돌린 연후가 잠시 당황한 얼굴이었다. 그곳에 서 있는 이는 당연히 이 동부의 주인이었다.

그리고 그 음성은 둘이 함께 지내는 동안 그가 건넨 가장 긴 대화이기도 했다.

연후가 당황함을 지우고 황급히 일어서 예를 취했다.

"노사님을 뵙습니다."

그리 인사를 했는데도 그는 무슨 생각을 하는지 모를 눈으로 연후를 바라보기만 했다.

그러자 연후가 다시 입을 열었다.

"무엇이 기이하다는 것인지 여쭈어도 되겠습니까?"

그제야 상대도 말할 마음이 생겼는지 혼잣말 같은 음성

을 내뱉었다.

“하여간 기이해! 보통 사람이라면 또 다른 한 명을 묻는 것이 먼저일 터인데…….”

“하면 묻겠습니다. 저와 같이 기이한 이가 누구인지를.”

“엎드려 절 받기로구나. 누군 누구겠느냐? 이미 짐작하고 있듯 네 부친이지.”

연이어진 말에 연후는 말없이 고개를 끄덕였다.

그러면서도 마음을 다잡았다.

어찌하여 오늘 그가 먼저 자신에게 대화를 걸었는지는 모르겠지만 이와 같은 기회가 많지 않을 것임을 알기 때문이었다.

무공의 끝자락을 볼 수 있게 된다는 부친의 말이 아니더라도 눈앞의 이 인물이 얼마만큼이나 강한지 이제는 스스로도 충분히 느낄 수 있었기 때문이었다.

아무리 기감을 올리고 감각을 끌어올려도 전혀 언제 어느 때 다가오는지 알아챌 수 없는 존재였다.

그것이 동부 안이라는 한정된 공간 안에서 벌어진 것을 감안할 때 그 능력이 쉬 가늠이 되지 않았다.

단지 무론을 일깨어 준 괴개보다는 훨씬 높은 경지라는 것 정도만 짐작할 뿐이었다.

그런 경지에 도달한 이라면 지금의 답답함에 길을 제시해 줄 수도 있는 일, 그것이 타인에게 의지하려는 안일함과는 전혀 다른 것이라 마음먹은 연후였다.

낯선 사람 셋이 걸어도 그중 한 명에게 반드시 배울 것이 있는 것이 세상의 이치일진대 눈앞에 이런 존재가 있는데 더 이상 망설일 수는 없다 생각했다.

"외람되오나 가르침을 청할 것이 있습니다."

연후가 다시 공손히 입을 열었는데 그 반응은 연후의 기대와는 전혀 달랐다.

"나는 누굴 가르칠 재주가 없다. 그저 어찌해야 남의 목숨을 취하는 것인지만을 알 뿐이다."

연후의 얼굴에 당황함이 깃든 것은 당연한 일, 솔직히 자신과 동행을 허락한 것이나 부친과의 관계, 이곳을 사용하게 해 준 것들로 미루어 짐작해 입만 열면 그에게 배움을 구할 수 있을 것이라 생각했던 것이다.

하나 연이어진 그의 음성은 더욱 연후를 당혹케 했다.

"내게서 뭘 배우길 원한다면 죽고 사는 법만은 가르쳐 줄 수 있다. 물론 당연히 네 목숨을 걸어야 하고. 하겠느냐?"

전혀 생각지도 못했던 말, 연후가 그 황당한 물음에 잠시 멈칫거림은 당연한 일이었다.

하지만 여기서 망설이고 있을 수 없음은 당연한 일이었다.

"그것이 어르신의 무론이라면 당연히 배울 준비가 되어

있습니다."

연후의 음성이 흔들림 없이 흘러나왔고 그 순간 귀마 노사란 이의 눈에 너무나도 차가운 한광이 흘렀다.

연후의 눈동자가 급격히 치떨리기 시작한 것도 바로 그 순간이었다.

단연코 감히 상상조차 해 보지 못한 눈빛이었다.

눈빛만으로 사람을 죽일 수 있다면 바로 눈앞에서 보이는 그 눈빛일 것이란 생각마저 들었다.

"좋구나! 하면 바로 시작하자꾸나. 노부 또한 궁금하였느니라. 내 평생 단 한 번의 패배를 안겨 준 이의 핏줄이 얼마만큼의 무공을 익혔는지를 말이다."

순간 연후는 전혀 다른 두 가지 상황 때문에 더욱 당혹스러웠다.

그 한 가지는 당연히 부친을 언급한 것 때문이었다.

더구나 아버지가 이 무시무시한 노인을 이겼다는 말을 듣게 되었으니 정녕 이해할 수 없다는 눈을 할 수밖에 없었다.

하나 상황은 그런 생각을 하고 있을 수 없게 만들었다.

좌라라락!

일시에 전방을 장악하고 날아드는 시꺼먼 사슬들의 파공음 때문이었다.

일순간 연후의 등줄기로 저도 모르게 식은땀이 치솟았다.

'피하지 못하면 죽는다!'

비무나 대련 따위가 아니었다.

정말로 노인이 자신의 목숨을 취하려 하고 있음을 느낀 것이다.

파공음 속에 묻어난 거대한 살의, 연후의 감각은 분명히 그것을 느끼고 있었다.

연후의 흔들리던 두 눈이 번쩍 떠진 것은 당연한 일.

그리고 그 안에서 뿜어진 기광은 과거의 그것보다 더욱 밝은 빛을 뿜고 있었다.

생사투나 다름없는 귀마 노사와의 싸움, 그때만 해도 그것이 자신에게 어떤 영향을 미칠 것인지 전혀 생각지도 못한 연후였다.

단목세가

호남성의 장사(長沙)가 유명한 것은 그곳이 비단 호남성의 성도이기 때문만은 아니었다.

그 장사에는 대륙제일의 상단이라는 천하상단의 본단이 자리 잡고 있고 그와 더불어 천하제일가라 불리는 단목세가가 자리하고 있었다.

본시 천하상단의 실제 주인이 단목세가라는 것은 모르는 이가 거의 없는 일이었다.

그럼에도 천하상단의 본단과 단목세가는 꽤나 먼 거리에 떨어져 있었다. 천하상단의 본단이 상강(相江)과 유양강(瀏陽河)이 합쳐지는 곳에 자리 잡은 것은 그곳이 상단이 위치하기 더없이 좋은 지역이기 때문이었다.

북으로 동정호의 지류를 타고 장강으로 이동할 수 있으며 이는 강북으로 향하는 길이 결코 멀지 않음을 의미하는 것이었다.

게다가 남으로 이어진 상강은 사천 땅 인근까지 물길을 허락하였으며 유양강은 동쪽으로 뻗어 굳이 장강을 이용치 않고도 강서 땅과의 원활한 이동이 가능했다.

그렇듯 대륙 곳곳으로 대규모 물자의 이동이 가능하니 그것이 바로 천하상단이 지금의 성세를 유지하는 밑거름이 될 수 있었던 것이다.

하지만 정작 그 천하상단의 주인인 단목세가가 자리 잡은 것은 장사의 서쪽 끝자락인 악록산(岳麓山) 아래였다.

이 악록산은 오악 중 남악이라 불리는 형산에서 이어진 산자락으로 그 위용이나 험준함이 결코 주맥이라 할 수 있는 형산에 못지않은 곳이었다.

그렇다고 해도 분명 단목세가가 그곳에 자리하고 있다는 사실은 의외일 수밖에 없었다.

그도 그럴 것이 악록산 자체가 성도의 끝자락과 겨우 이어진 소로를 통해 올 수밖에 없는 곳이며 그로 인해 찾아드는 이도 또 그곳을 지나는 이도 거의 없는 실정이기 때문이었다.

천하제일가란 이름을 지닌 단목세가가 자리 잡기엔 확

실히 부족한 구석이 있는 곳, 세상과의 번잡스러움을 피하기 위해서라고밖에 설명할 수가 없었다.

하나 이는 강호무림의 다른 무림세가와 확연히 구분되는 일이었다.

이름난 무림세가가 대도시의 중심에 자리하고 있는 것은 자명한 일, 이는 세가들의 기반이 바로 넓은 땅과 더불어 그 지역의 상권에 있기 때문이었다.

하나 단목세가가 자리한 악록산 인근에선 그 어떤 마을도 찾아볼 수 없었다.

주변은 온통 산자락뿐이며 그 수풀 사이에 자리한 자그마한 소로가 한참이나 길게 이어져 장사의 번화한 도심으로 통할 뿐이었다.

그렇게 너무나 외진 곳이라 할 수 있는 곳에 위치한 단목세가, 어찌 보면 무림세가의 그것과는 확연히 구분되는 일인 것이다.

하나 그런 것이 가능한 것은 당연히 단목세가가 천하상단을 소유하고 있기 때문이었다.

굳이 경작지나 소작농들 없이도 차고 넘칠 만큼의 재물이 있으니 그 위치가 구대문파와 같이 쉬 사람의 발걸음을 허락지 않는 곳에 위치하여도 전혀 문제가 될 것이 없는 것이다.

하여 평시엔 언제나 조용하기만 한 곳이 바로 단목세가

였다.

하나 지금 단목세가의 안쪽엔 평소와는 다른 긴장감과 더불어 분주함이 가득하였다.

세가의 정문 앞에는 꼭 열 대의 마차가 나란히 세워져 있었는데 그 마차를 타고 온 이들이 다름 아닌 천하상단을 운영하는 열 명의 지단주들이었기 때문이었다.

대륙의 상권 절반을 움켜쥐고 있다는 천하상단과 천하십숙, 그들이 한날한시에 모인 것은 단목중경이 가주에 앉았던 날로부터 꼬박 십오 년 만의 일인 것이다.

하니 단목세가의 분위기가 평시와 다를 수밖에 없는 것이고.

천하 십숙을 위시한 단목세가의 핵심 요인들이 모인 가주전의 분위기는 매우 엄숙했다.

그도 그럴 것이 이들이 한 자리에 모일 수밖에 없다면 그 사안이 결코 가벼울 리 없음을 짐작하고 있었기 때문이었다.

"지단주들께서는 먼 길을 오시느라 고생이 많으셨소이다."

입을 연 것은 풍채가 당당한 노인이었는데 그가 바로 천하상단 본단과 더불어 중원의 가장 노른자위라 할 수 있는 호남의 상권을 틀어쥔 인물이었다.

본단의 단주답게 대숙이라 불리는 인물, 또한 그의 이름은 단목인으로 단목세가의 가주인 단목중경의 숙부가 되는 인물이었다.

역대로 본단의 단주는 늘 단목세가의 직계가 맡아 오는 것이 전통이었고 이것이 천하상단을 운영하는 단목세가의 방침이었다.

"대숙께서는 어인 일로 지급의 소집령을 내린 것인지요? 그것도 본단이 아닌 본가로……."

입을 연 이는 하북지단의 지단주이자 이숙이라 불리는 두여량이었다.

처음 천하상단의 지단이 세워졌을 때에만 해도 본단과 마찬가지로 세가의 직계나 혹은 방계의 친인척이 도맡았다. 하여 그 지단주들을 천하 십숙이라 부르게 되었는데 몇 세대가 흐르며 상재가 특출 난 이들이 하나둘 그 자리를 차지하게 되었다. 그럼에도 천하 십숙은 여전히 지단주를 부르는 직위처럼 굳어진 것이다.

그런 것만 보아도 천하 십숙이란 자리를 차지한 이들이 얼마만큼 상재가 뛰어난지 추측할 수 있을 것이다.

그중 본단에 이어 두 번째로 큰 상단이라 할 수 있는 하북지단의 지단주를 맡고 있는 이숙 두여량이니 그 위치 또한 결코 가볍지 않음은 당연한 것이었다.

두여량이 대숙 단목인을 향해 모인 이유를 묻자 천하

십숙 대부분이 의문을 지우지 못한 눈길을 고스란히 드러냈다.

어지간한 일이라면 이렇듯 황급히 소집령을 내릴 리 없으며, 더군다나 세상에 떠도는 그 어지간한 일이란 것을 대부분 파악하고 있는 것들이 바로 천하 십숙들의 위치였기 때문이었다.

천하의 상계를 호령하는 이들이니만큼 세상의 정보에 달통한 것은 당연한 일, 하나 그 정보들 안에는 자신들이 한꺼번에 모여야 할 정도의 사안이나 그 어떤 조짐도 발견되지 않았다.

지난 몇 달간 있었던 큰일이라고 해 봤자 유가장의 참사와 도왕의 등장, 그리고 신검의 출도 정도가 전부였다.

그로 인해 강호가 술렁이고 있다는 것 정도였다.

그럼에도 이렇듯 모여야 하며 그것이 본단이 아닌 단목세가라면 그만큼이나 은밀하거나 그만큼이나 중차대한 무림의 일이 연루되어 있음을 추측할 수 있었다.

그런 상황을 모두 충분히 인지할 수 있는 이들이 바로 천하 십숙이기에 당연한 듯 분위기가 무거울 수밖에 없는 것이다.

그때 입을 연 것은 세가의 가주 단목중경이었다.

"여러분을 이 자리에 부른 것은 제 의지입니다."

단목중경의 말에 분위기는 더욱 무거워졌다.

이곳에 모였으니 당연한 일이었을 테지만 이 또한 결코 흔한 일일 수 없기 때문이었다.

아무리 단목세가의 가주라 해도 천하상단의 일에는 개입치 않는 것이 오랜 전통이었다.

그것은 천하상단의 시조인 천부대종 때부터 내려오는 오랜 전통이었다.

물론 그 당시만 해도 단목세가와 천하상단을 구분 짓는 것 자체가 별 의미가 없는 일이긴 했지만, 어찌 되었든 그 전통은 단목세가가 무가로 우뚝 서고 또 지금의 천하제일가로 발돋움한 후에도 계속 이어져 온 전통이었다.

한데 그러한 정통을 깰 정도의 일이 있음을 단목중경이 말하고 있는 것이다.

"이 일은 자칫 본가는 물론 자칫 천하상단의 존망과도 직결될 수 있는 일이기에 홀로 결정할 수가 없는 노릇이었습니다."

단목중경의 나직한 음성에 분위기가 더더욱 무거워짐은 당연한 일, 더구나 단목세가와 천하상단의 힘을 누구보다도 잘 아는 이들이기에 존망을 논해야 할 정도의 일이란 것을 상상하기도 힘들었다.

천하 십숙 모두가 두 눈을 더욱 크게 뜨고 단목중경을 바라볼 수밖에 없었다.

"사실 이 모든 일의 발단은 여러분과 함께 계신 구숙께서 전해 주신 이야기 때문입니다. 구숙께서는 직접 제게 했던 이야기를 들려 주십시오."

단목중경의 음성과 함께 모든 시선이 일제히 한 사람에게 모여들었다.

바로 구숙이라 불린 중년 사내인데 그가 바로 운남 상단의 지다주로 있는 갈목종이었다.

모두의 시선이 모이자 갈목종은 오히려 당황한 얼굴로 입을 열었다.

"가주님! 그것이 정녕 사실이었습니까? 혹시 모를 일이라 하여 보고 드린 것일 뿐인데……."

갈목종은 침중한 눈길로 말끝을 흐렸다.

그러자 이숙 두여량이 답답하다는 듯 나섰다.

"구숙! 대체 무슨 일인데 그러시오? 모두가 답답해하고 있지 않소이까?"

두여량의 채근에 갈목종은 하는 수 없다는 듯 나직하게 입을 열었다.

"이숙께는 죄송하오나 제가 욕심을 부리는 것이 있어 얼마전부터 황궁의 시중부와 거래를 트기 시작했습니다."

갈목종의 말에 주변의 분위기가 심상치 않게 변했다.

황궁과의 거래라면 당연히 이숙의 하북 상단이 맡아야 할, 이를 어긴다는 것은 분명히 월권이며 자칫 집안싸움으로도 비화될 수 있는 일인 것이다.

하나 정작 이숙 두여량은 별일 아니라는 얼굴이었다.

"허허! 내 어찌 그것을 모르겠소. 구숙이 벌써 황성에 다녀왔던 것도 또 보의당과 약재를 거래하기 시작한 것도 이미 알고 있소이다. 하나 어차피 보의당과 하북지단이 거래가 있던 것도 아니고 하여 그냥 넘긴 것이오."

"역시 북경은 이숙의 손바닥 안에 있었습니다. 죄송합니다. 전 그런 것도 모르고……. 솔직히 말씀드리면 운남지단에서 얼마 전 영단의 제조비술이 적힌 책자를 얻었는데 이것이 확실한 것이라면 큰 이문이 남는 일인지라 은밀히 움직일 수밖에 없었습니다. 이숙의 심기를 어지럽힌 점 거듭 죄송합니다."

갈목종이 송구스러운 표정으로 입을 열자 두여량의 음성이 조금 높아졌다.

"영단이라……. 물론 그것이 사실이라면 큰돈이 되긴 하겠지만 그 정도 일 때문에 십숙이 모두 모인 것은 아닐 것 아니오?."

"그렇습니다. 사실 제가 가주님께 은밀히 전한 이야기는 당시 황궁에서 만난 인물에 관한 것이었습니다."

"허허! 그것이 대관절 누구고 또 무슨 사연이 있기에……."

"제가 보의당과 거래를 트기 위해 만난 이는 사례감의

태공공입니다."

갈목종의 말에 천하 십숙 모두가 나직하게 고개를 끄덕였다.

자금성 내 황제와 버금가는 막후의 절대가 있으니 그가 바로 사례감의 수장 태공공임을 모르는 이가 없었기 때문이었다.

그 존재가 얼마나 대단한지 모를 사람은 아무도 없었으나 그렇다 해도 그 하나 때문에 이곳에 모일 이유 또한 유추할 수가 없었다.

"그 태공공이 어쨌다는 것이오?"

연이어진 두여량의 음성에 갈목종은 더욱 조심스레 대했다.

"솔직히 그저 짐작뿐이라 고민을 하였지만 가주님께서 나서 주신다면 확인할 수 있을 듯하여 이를 보고 드렸습니다. 그가 혹 식혈귀마란 희대의 살성이 아닌지를 말입니다."

갈목종의 말에 가주전 안의 분위기가 순식간에 얼어붙었다.

너무나 믿지 못할 이야기를 들었기에 그리 된 것이다.

또한 식혈귀마가 어떤 존재인지 알고 있고 또 태공공이 어떤 인물인지 알기에 도저히 그 둘을 연관시킬 수 없었다.

하나 그것이 그저 추측이라면 이 자리에 모두가 모일 이유도 없는 것이리라.

천하 십숙의 시선이 일제히 단목중경을 향했고 그 순간 단목중경은 나직하게 입을 열었다.

"음자대로 하여금 과거 식혈귀마가 출몰했던 지역과 그 당시 태공공의 행적을 추적케 했소이다. 당시 태공공은 지방 관리를 순시한단 명목으로 중원 도처를 떠돌았는데 그 살인귀가 나타난 곳 반경 십 리 안에 대부분 태공공이 있었다는 보고입니다. 이것이 어찌 우연이겠습니까?"

그 순간 더욱 무거워진 분위기가 됨은 당연했고 한동안 누구도 입을 열 생각을 하지 못했다.

음자대의 능력을 잘 알기에 그 신빙성이야 두말할 필요도 없었다.

또한 식혈귀마와 태공공의 행적이 일치한다는 것이, 그것도 한두 번도 아니고 수백 차례나 동일 지역에 머물렀다는 것이 무엇을 의미하는지 모를 리 없었다.

게다가 태공공에 대한 은밀한 소문 또한 이를 유추하는 데 일조를 하고 있었는데 그의 나이가 백 세를 넘겼음에도 불구하고 지금처럼 정정한 것은 갓 태어난 어린아이의 피를 산 채로 빨아먹기 때문이란 이야기가 떠돌았던 것이다.

물론 이 또한 아주 잠시 떠돌았다 사라진 이야기였고

그러한 말을 입에 올렸던 이들이 목이 잘려 거리에 내걸린 것 역시 당연한 일이었으니 그저 태공공을 음해하려는 관리들이 부린 술책 정도라 여겨져 왔던 것이다.

한데 이제 갈목종이나 단목중경의 이야기를 듣고 보니 그것이 그저 헛소문이 아니었음을 깨닫게 된 것이다.

그렇다고 해도 그것이 명확한 증거가 될 수 없는 일이며 그것만으로도 황제와 같은 권력을 쥐고 있는 태공공을 어찌할 수 없다는 것은 당연한 일이었다.

아니 차라리 모르는 것이 나은 일이라는 생각이었다. 그렇게 치부하고 넘기는 것이 현 상황에 도움이 될 것이 뻔했다.

천하 십숙 모두 천생이 상인이기에 당연한 듯 그런 계산을 할 수밖에 없었다.

상황과 추측만 가지고 덤비기엔 상대가 너무나 좋지 못함을 모두가 인지하고 있는 것이다.

더구나 냉정히 따지자면 지금 태공공의 존재나 식혈귀마라는 살인귀의 존재는 천하상단과는 아무런 상관이 없기 때문이었다.

하지만 감히 단목세가의 가주 앞에서 그런 말을 할 수는 없는 일이었다.

천중십좌의 일인이자 검륜쌍절이란 불리는 무인, 또한 천하제일가 단목세가의 가주인 그의 위치란 것은 그러한 사실을 절대로 묵과해서는 안 되는 자리인 것이다.

섣불리 무슨 결정을 내리기도 힘든 상황임을 모두가 공감하기에 거대한 산자락에 짓눌린 듯한 침묵이 계속되었고, 그 침묵을 깬 것은 이숙 두여량이었다.

"가주님이나 구숙에겐 송구하지만 사안이 사안인지라 재삼 확인하지 않을 수 없습니다. 그 같은 엄청난 일을 조사하게 된 것은 필시 이유가 있을 터, 먼저 그것을 알아야겠습니다."

두여량의 물음에 다른 이들 또한 나직이 고개를 끄덕였다.

사실을 떠나 난데없이 그 같은 일을 조사하기 시작한 것에는 이유가 있을 터였다.

그 물음에 답을 한 것은 갈목종이었다.

"중원 곳곳에서 출몰하던 그 살인귀에게 피를 빨리고 죽어 간 이가 수백 명에 이름을 아시지요. 실제로 죽은 이를 다 찾아낼 수 있다면 천 명도 넘을 것이라는 것이 소문입니다."

"그야 우리들도 다 아는 이야기이오만……."

누군가 나서 한마디를 하자 갈목종이 다시금 송구하다는 표정으로 입을 열었다.

"사실 그의 정체를 짐작한 분은 제가 아니라 운남지단에서 귀빈으로 모시는 분이십니다. 강호에 괴개라는 별호로 불리시는 분으로 본 지단의 호법을 겸해 주고 계십니다."

갈목종의 말에 다른 이들이 다시 한 번 놀라는 눈빛이었다.

괴개의 사연이나 그 이름이 지닌 무게를 모르지 않기 때문이었다.

그 또한 식혈귀마와 같이 칠패에 속해 있긴 하나 그 사연과 내막이 전혀 다른 인물이라는 것 역시 충분히 알고 있었다.

지금이야 관부에 쫓기고 거기다 구정회와 오수련과도 척을 진 사이가 되었지만 괴개 그 자체는 능히 무림의 고수로 대접받을 만한 품성과 덕망을 지녔다는 것이 세간의 평가였다.

그런 괴개가 운남지단에 머문다는 것은 분명 의외였지만 그 자체가 별로 대단한 일은 아니었다.

다만 그 정도 인물을 거둘 수 있는 갈목종의 능력이 새삼스러웠던 것이다.

"태공공이 식혈귀마일지도 모른다는 것은 그 괴개 어르신으로부터 들은 말이었습니다. 과거 개방을 중흥시키기 위해 누구보다 식혈귀마를 열심히 쫓으신 것이 바로 괴개 선배이십니다. 관과 무림이 모두 어쩌지 못하는 살인귀를 잡는다면 개방의 중흥을 도모할 수 있다고 생각하셨다 들었습니다. 하여 턱 밑까지 그 존재를 추적하였는데…….
때마침 개방의 일이 생겨 그 사실을 세상에 알리지 못했다 하셨습니다."

갈목종의 말을 모두가 담담히 받아들였다.

괴개의 사연을 알고 있으니 충분히 그럴 수 있는 일이라 여긴 것이다.

갈목종의 말은 앞뒤가 완벽하여 딱히 의심할 만한 구석이 전혀 없었다.

더구나 운남지단의 지단주인 그가 거짓으로 이 같은 이야길 꾸며 무언가를 획책할 이유 또한 당연히 없다는 생각이었다.

그 또한 놀라운 상재로 운남 상단을 맡게 된 것이 벌써 십여 년이나 된 인물이니 의심할 이유가 없었다.

하니 이제는 가주 단목중경의 이야기를 들을 차례임을 모두가 공감하는 상황이었다.

그들의 눈은 말하고 있었다.

그래서 앞으로 이 일을 어찌하려는 것인지를…….

단목중경 또한 가주전 안의 분위기를 충분히 파악하고 있었다.

"제가 여러분들을 청하고 세가와 상단의 존망을 논함이 무엇을 의미하겠습니까?"

나직한 단목중경의 말에 천하 십숙이 일제히 동요했다.

눈을 치켜뜬 이부터 몸을 움찔거리는 이, 이마나 얼굴 전체에 땀방울이 흘러내리는 이까지 모두 눈에 뜨일 정도로 격한 반응을 내보였다.

이 또한 단목중경의 무엇을 하려는지 짐작하기에 나타난 반응이었다.

그가 전면에 나서 태공공의 정체를 밝히려 한다는 사실, 그것이 아니라면 세가나 상단의 존망을 이야기할 이유가 없는 터였다.

"가주님! 무모한 일이외다."

누군가 도저히 참지 못하고 나서서 입을 열자 기다렸다는 듯 천하 십숙의 입이 열렸다.

"그렇소이다. 상대는 자금성의 실세나 다름없는 태공공이외다."

"정황만 가지고는 감히 따질 수도 없는 존재임이 당연한 것! 대체 누가 있어 그를 추문할 수 있겠습니까?"

"가주께선 우리들의 말을 흘려들어선 아니 될 것입니다. 이는 존망이 아니라 세가와 천하상단의 필망(必亡)으로 가는 길이옵니다."

거의 동시에 이어진 성토에도 불구하고 단목중경의 표정은 크게 달라지지 않았다.

충분히 예상했던 일임을 알고 있다는 태도였다.

그때 그동안 잠잠하던 본단의 대숙인 단목인이 나섰다.

"잠시 진정들 하시게. 가주께서 어찌 가벼이 움직일 사람이던가? 그런 결정을 하였다면 복안이 있다는 말일 터, 그것을 들어 본 후 말을 꺼내도 늦지 않을 것일세."

단목인의 음성에 분위기는 다시 무겁게 가라앉았다.

그의 말대로 무언가 특별한 방도가 없다면 절대로 해서는 안 될 일이라는 생각을 지우지 못한 눈길로 모두가 단목중경을 바라보기 시작했다.

"복안이라 말할 정도는 못 되옵니다. 하나 이 일에 본가와 상단 전체의 운명이 좌지우지될 것이니 결코 가벼이 움직이진 않을 것입니다. 또한 태공공의 정체가 만천하에 드러나도록 도와주실 분이 저와 뜻을 함께하고 계십니다."

"……."

"사실 여러분보다 먼저 이 일을 상의 드린 분이 있는데 바로 불성과 도성 어르신입니다."

"……!"

"자초지종을 들은 두 분이 비분강개하시며 한 가지 이야기를 전해 주셨습니다. 과거 식혈귀마가 사람의 생혈을 빨아 먹는 일을 행한 것은 한 가지 사악한 무공을 완성키 위해서라 하셨습니다. 사밀지학이란 무공으로 이를 대성하게 되면 팔다리가 끊기는 것은 물론이고, 심지어 목이 잘린다 해도 결코 죽지 않는 몸이 된다 합니다."

단목중경의 음성에 천하 십숙의 표정이 아연실색하게

변해 갔다.

강호에 온갖 괴이망측한 신공절학이 가득함은 익히 알고 있었지만 목이 잘리고도 멀쩡할 수 있다는 무공은 금시초문이기 때문이었다.

그 말이 사실이라면 불사지체나 다름없다는 말, 이는 그야말로 무적이라 해도 과언이 아니지 않을까 하는 생각까지 들고 있었다.

더구나 태공공이 그러한 무공까지 완성했다면 더더욱 어찌해 볼 엄두가 나지 않는 존재라는 의미였으니 분위기는 더더욱 깊게 가라앉을 수밖에 없었다.

그렇다고 해도 이러한 상황에 그저 입을 다물고 있을 수만은 없는 일, 모인 이들이 하나둘 자신의 의견을 피력했다.

"가주의 말씀이 모두 사실이라 해도 대관절 어찌 그것을 밝힌다는 말씀이시오? 사람들이 보는 앞에서 태공공의 목을 치기라도 하시겠단 말씀처럼 들리오이다."

"그것이 문제가 아니질 않소. 설혹 정말로 목이 잘리고도 살아난다 치겠소이다. 그것을 식혈귀마가 행한 일로 연결시킬 수 없다면 말짱 헛일이 아니겠소!"

"저 또한 공감합니다. 태공공이 지난 세월 수많은 충신 가문을 없애 버린 일을 모르는 이가 누가 있겠습니까? 심증만 있고 증거가 없으니 누구 하나 감히 그를 단죄할 수 없는 것입니다. 가주님께서도 대장군가의 일을 겪으셨으니 누구보다 그 사실을 잘 아실 터, 이번 일이 그 전철을 밟을 수도 있을까 염려됩니다."

이야기가 거기까지 이어지자 다시 단목중경이 나섰다.

"여러분들의 심려 잘 알겠습니다. 하나 이 또한 방법이 없는 일이 아니니 당분간은 그저 이 단목중경을 믿어 달란 말씀을 드리고 싶습니다."

그렇게까지 단목중경이 나서자 더 이상 그를 몰아세우기가 힘들어졌다.

어찌 되었든 상대는 단목세가의 가주이며 천하상단의 진짜 주인이기 때문이었다.

한데 그 순간 이숙 두여량이 입을 열었다.

"그 방법이란 것을 알려 주기엔 여기 있는 우리들이 미덥지 못하신 것인지요?"

그의 음성은 무척이나 비장했다.

일이 돌아가는 상황을 보니 단목중경이 하려는 일이 은밀하여야 함은 당연한 터, 그렇다고 해도 천하상단 전체에 안위가 걸린 일이니 그저 결과를 기다리고만 있을 수는 없다는 것이 두여량의 생각이었다.

또한 그렇게 손 놓고 있어야 할 정도의 대접밖에 못 받는 것이 자신의 위치라면 하북지단의 이숙 자리에 연연할 이유 또한 없다는 생각이었다.

"아닙니다. 이숙! 이 단목중경이 어찌 이숙이나 여기 계신 천하 십숙을 믿지 못하겠습니까. 다만 이 일이 강호의 오랜 비사와 관련된 일이라 설명이 마땅치 않았을 뿐입니다."

"……."

"사밀지학을 익히는 방법과 그 특성이 자세히 기록된 책자가 존재합니다. 더구나 그 책자는 본가와도 결코 무관치 않습니다. 본가의 시조모님께서 바로 이 땅에 그러한 천인공노할 무공이 있음을 알리신 분이시니까요."

"……!"

"또한 자금성에 본가를 도와줄 힘이 생겼습니다. 비록 태공공의 힘에 못 미치나 태공공 역시 감히 어쩌지 못하는 분이 이 단목중경과 함께 하고 있습니다. 이는 천운이나 다름없는 것, 이 단목중경은 이 기회를 놓쳐선 아니 된다 판단하고 있습니다."

전에 없이 굳건하게 흘러나오는 그 음성에 가주전의 분위기가 일변했다.

이제껏 별반 느껴지지 않았던 존재감이 단목중경을 중심으로 가주전 전체를 지배하기 시작했다.

누가 뭐라 해도 눈앞에 있는 존재는 단목중경.

이미 그 무위가 다른 천중십좌를 넘어 도불쌍성에 근접했다는 것을 알고 있는 것이 바로 천하 십숙이었다.

그런 극강의 무인이 그 의지를 담아 내뱉는 음성이 가벼울 리 없음은 당연한 일.

어떤 상황에도 할 말을 내뱉던 두여량조차 연이어 계속되는 의문을 표할 수 없을 만큼 단목중경의 존재감은 압도적이었다.

그리고 그는 이미 마음을 정했고 오늘 이곳에 천하 십숙이 모인 것은 단지 그 의중을 전하기 위함이었음을 인정할 수밖에 없었다.

한데 그 순간 전혀 의외의 인물이 입을 열었다.

"가주님! 이 일이 몇 할이나 성공할 가능성이 있겠습니까? 저희들도 대비를 해야 하지 않겠습니까?"

운남지단의 구숙 갈목종이었다.

단목중경은 가만히 그런 갈목종을 바라보다 이내 나직하게 입을 열었다.

"이 할입니다."

생각보다 턱없이 낮은 가능성에 모두가 침울함을 더하려는 순간 단목중경의 음성이 다시금 나직하게 이어졌다.

"하여 소가주에게 뒤를 맡겼습니다. 설혹 이 단목중경이 해내지 못한다 해도 언젠가 소가주가 그 뜻을 이룰 것입니다. 그 아이에게 무제의 온전한 절학이 이어진 것은 하늘의 뜻이 함께한다는 것…… 그런 소가주가 스스로 이 단목중경만큼 강해지지 않는다면 세상에 나오지 않겠다 하며 폐관에 들었습니다. 이만하면 후사는 잘 도모하였다 해도 괜찮지 않겠습니까?"

입을 여는 동안 단목중경의 눈에 서린 것은 깊은 신뢰와 믿음, 그리고 미안함이었다.

또한 이는 여느 아비와 크게 다를 것 없는 자식을 향한 마음이며 거기에 무거운 짐을 지우게 한 죄스러움이었다.

하나 단목강이 있기에 이 일을 시작할 수 있었다.

또한 만에 하나 천에 하나 벌어질 일에 대비하여 많은 준비를 한 채 시작한 일이었다.

일이 잘못되어도 세가와 상단을 지킬 수 있도록 믿을 만한 이들에게 준비를 시킨 것이다.

세가의 식솔들을 지키는 일은 누구보다 믿음직한 음자대주 암천에게 맡겼으며 천하상단의 일은 대숙 단목인에게 철저히 준비시켜 두었다.

하나 그것은 어디까지 만일의 사태에 대한 대비였다.

단목중경 스스로 생각하는 일의 성공 확률은 최소 사할, 예기치 못한 변수가 벌어지지 않는다면 절반의 가능성은 충분하다고 생각하기에 계획된 일이었다.

그리고 그 모든 가능성은 자신의 무공이 사밀지학을 익힌 태공공을 압도할 수 있을 때에만 가능했다.

하나 그의 무공이 예상을 뛰어넘어 승부를 논하기 힘든

상황이라면 이 할의 성공 가능성이 있었다.

그리고 그가 자신보다 강하다면 이 일은 절대로 성공할 수 없었다.

하나 거기까지 염두해 둘 이유는 없었다.

더구나 이 일을 함께 하는 도불쌍성의 무학은 마공이나 사공과는 상극의 무학이었다.

어떤 형태로 변수가 생기던 그것이 자신의 편일 것이 되리라는 것이 단목중경의 생각이었다.

하나 세상의 일이란, 더더욱 강호의 일이란 왕왕 예기치 못한 곳으로 흘러가기 마련이었다.

아무리 십전의 완벽한 계획이라 여겨도 그 출발이 잘못되었음을 인지하지 못한다면 전혀 다른 길로 갈 수밖에 없는 일이었다.

그것은 지금 단목중경이 처한 상황 또한 마찬가지였다.

이 자리에 갈목중이란 사내가 있다는 것만 해도, 그가 바로 칠패 중 독마란 사실만 해도 전혀 짐작도 못하고 있는 일이었다.

거기다 그 독마 갈목중이 한 사내의 뜻을 따라 움직이며 그 사내야말로 이 모든 계획을, 번천지계란 이름을 세운 인물임을 단목중경이 어찌 꿈에나 생각할 수 있겠는가.

단목중경을 바라보는 독마 갈목중의 눈빛에 안쓰러운

빛이 일었다가 순식간에 사라졌다.

'개인적으로 그대에게는 미안함을 가지고 있소이다. 존경을 받을 만한 몇 안 되는 무인임을 알기에……. 하나 너무 섭섭해 마시오. 빠르고 느릴 뿐이지 결국 모두가 당신 뒤를 따를 터이니…….'

유수(流水)

어둠 깊숙한 안에 강렬한 금속음들이 쉴 새 없이 터져 나왔다.

카카카카캉!

족히 이십여 장 가까이나 되는 동부가 쩌렁쩌렁 울릴 정도의 금속음!

그 소리를 만들어 내는 것은 그 수를 일일이 다 헤아릴 수 없을 정도로 많은 쇠사슬들과 그 하나하나를 순식간에 막아 내고 있는 한 자루 연검이었다.

"놈! 제법 검을 알게 되었구나! 하면 이것도 막아 보거라!"

노사란 괴노인의 음성이 토해진 뒤 연이어 다시 한 번

그의 전신에서 쇠사슬이 뻗어 나갔다.

하나 이는 조금 전 공세에 비할 바가 아니었다.

촤라라락! 촤라라라락!

쇠사슬은 전에 없이 거센 파공음을 토해 내며 사방으로 치솟았다가 일제히 한 점을 향해 뻗어 나갔고 그 강렬한 기세 앞에 파괴되지 않을 것이 없어 보였다.

하나 그것을 마주한 사내의 태도는 침작했다.

불이곡에 머문 지 어느덧 사 년, 그 기간 동안 청년의 모습을 완전히 털어 낸 연후에게서 과거의 유생과도 같은 모습을 찾을 순 없었다.

잔뜩 헝클어진 머리와 너덜너덜해진 무복, 예전이라면 상상도 할 수 없는 연후의 모습이었다.

더구나 찢겨진 무복 사이로 드러난 근육들과 거기 돋아 있는 힘줄 하나하나가 역동하는 것만 같으니 그것만으로 연후의 지난 시간을 충분히 유추할 수 있었다.

그런 연후의 전신에선 지금 눈에 훤히 보일 정도의 붉은 기운들이 요동치고 있었다.

마치 터지기 직전의 용암을 보는 듯 점점 더 선명함을 더해 가는 기운, 그 기운이 순식간에 날을 세운 초연검으로 밀려들었다.

그리고 이내 두 눈을 뜨고 보기 힘들 정도의 강렬함 섬광으로 변해 덮쳐 오는 강렬한 쇠사슬의 파도를 향해 뻗어졌다.

콰콰쾅!

동부가 무너질 듯 터져 나온 폭음이 이어졌으나 연후나 귀마 노사 모두 잠시의 멈춤도 없었다.

"놈! 그럭저럭 금가 놈의 재주를 흉내 내는구나. 하나 그 정도로는 목숨을 부지하기 어려울 것이다."

연후의 검에서 뿜어진 붉은 섬광에 튕겨져 흩어졌던 쇠사슬들이 마치 살아 숨 쉬는 거대한 거미의 다리처럼 여덟 방향으로 흩어졌고, 이는 다시 번개와 같은 속도로 날아들었다.

그 순간 연후의 눈빛이 일변했다.

이제껏 본 적이 없는 눈빛이었다.

도저히 격전 가운데 있다고 믿을 수 없는 너무나도 차분한 눈, 무심한 듯 혹은 그 무엇에도 신경 쓰지 않는 것처럼 오연해 보이기도 하는 기이한 눈빛이었다.

그 순간 전신에 어리던 붉은 기운들은 사라지고 손에 들린 초연검만이 우뚝 선 느낌이었다.

그리고 그 검은 도저히 막을 수 없을 것처럼 보이는 여덟 방향의 공격을 너무나도 가볍게 튕겨 냈다.

그동안 단지 연후의 걸음이 꼭 여덟 걸음을 물러났을 뿐이었고, 그 마지막 걸음이 끝난 직후 오히려 그의 신형은 튕겨지듯 앞으로 뻗어 나갔다.

귀마 노사의 전신으로 빨려들 듯 회수되고 있는 쇠사슬보다 더욱 빠르게 짓쳐들어 그 사이로 검을 내뻗는 연후.

순간 귀마 노사의 눈이 치떠졌다.

"검제의 무경을 이해하였더냐!"

쇠사슬과 쇠사슬 사이를 파고들어 심장까지 이른 검신을 지척에 두고 팽이처럼 몸을 회전시킨 귀마 노사.

연이어 쇠사슬은 호신강기처럼 그의 몸뚱이를 완벽히 휘감았고 연후의 검은 강렬한 금속음을 한 차례 토해 낸 채 튕겨질 수밖에 없었다.

카캉!

그 소리를 끝으로 연후와 귀마 노사의 움직임도 멈추었다.

연후가 귀마 노사를 향해 공손히 예를 취했다.

"모두가 노사님의 가르침 덕분입니다."

"흥! 네놈은 아무리 시간이 지나도 변치 않는구나. 그것이 어디 내 덕이냐! 무경을 깨우친 것은 언제나 네놈 스스로 한 일인 것을."

"제가 아무리 아둔해도 노사께서 꼭 제가 이겨 낼 수 있을 정도의 살초만 펼치셨음을 어찌 모르겠습니까!"

"일없다."

냉랭하기만 한 귀마 노사의 태도에도 불구하고 연후는 그를 향해 예를 잃지 않았다.

처음 몇 달은 쉼 없이 그의 공격에 죽을 고비를 넘기면서도 대화조차 없었던 사이였다.

하여 사 년여의 시간 동안 이만큼이나 말을 나누게 된 것은 그야말로 장족의 발전이나 진배없었다.

또한 스스로 무공이 발전하면 발전할수록 귀마 노사가 얼마나 강한지 새삼 인정할 수밖에 없었다.

팔성의 염왕진결을 이루었을 때도 그랬고 구성의 성취를 이루어 강기의 수발이 자유로워진 후에도 여전히 그의 공격 앞에 목숨이 위태위태했다.

그나마 무상검결의 진의를 깨닫게 된 몇 달 전이 돼서야 지금처럼 어느 정도 여유를 갖고 그를 상대할 수 있게 된 것이다.

무상검결의 공능은 실로 놀라웠다.

의식이 느끼는 것보다 빠르게 몸이 반응하는 무공, 그 어떤 살초와 공세도 몸이 먼저 알고 파훼법을 찾아 주는 것이다.

하나 무상검결에도 맹점은 있었다.

몇 년 동안이나 매달렸음에도 전혀 성취가 없었던 무상검결의 심득이 갑작스레 이해된 것은 연후가 염왕진결이 구성에 이르렀을 때였다.

무상검결은 모든 무학의 상리를 벗어나 의지보다 빨리 펼쳐지는 희대의 검학이다.

하나 결국 이를 펼치는 이는 인간일 뿐이다.

무상검결을 알고 있는 이의 무경이 검과 스스로의 몸을 완벽히 동화시킬 수 있는 경지에 이르지 않고선 결코 발현되지 않는다는 것이다.

구성의 염왕진결 또한 신검합일이라 말하는 바로 그 경지에 이른 것과 크게 다르지 않은 경지였다.

몸 안의 기를 완벽히 제어하여 강기로 형상화시킬 수 있다는 것, 그것도 하단전의 내력이 아닌 중단전의 화염지기를 의념으로 형상화시키는 구성의 경지는 오히려 신검합일의 경지를 뛰어넘을 정도의 지고한 깨우침이 있어야 가능한 일이었다.

하여 그와 때를 같이해 그동안 희미한 단초만을 붙잡고 있던 무상검결의 심득이 이해된 것이고.

더구나 이 무상검결은 염왕진결과는 달리 각 단계의 의미가 없다는 것이었다.

첫 심득을 얻은 것 자체로 완성이라 할 수 있는 것이 바로 무상검결의 진정한 공능이었다.

구성에 이른 염왕진결과 무상검결의 심득, 이 두 가지를 불과 이십 초반의 나이에 얻은 연후는 무림사를 통틀어도 쉬 찾아보기 힘들 정도의 성취였다.

그럼에도 귀마 노사의 경지를 온전히 파악할 수 없었다.

그나마 최근에 와서야 그의 경지를 재어 볼 요량이 생긴 것이지 그 전에는 어림도 없는 일이었다.

하루하루 그의 혼철삭 앞에 멀쩡히 살아남는 것만도 버거웠기 때문이었다.

하나 이제는 그 끝이 궁금한 것도 사실이었다.

자신 역시 마지막으로 넘어야 할 벽이 그것임을 막연히 짐작하고 있는 것이다.

"노사님! 외람되오나 한 가지 부탁이 있습니다."

연후의 말에 귀마 노사의 눈이 의외라는 반응이었다.

지난 몇 년간 단 한 번도 무언가를 묻지 않고 지금의 경지에 이른 것이 바로 눈앞에 연후였다.

마음속 어딘가에서 은근한 시기심이 일 정도의 자질을 지닌 아이, 그럼에도 누군가와 이렇게 오래 함께 한 적이 없기에 정이란 것이 쌓여 버린 아이였다.

어느 날부터인가 가르치는 즐거움을 알아 버렸고, 그 성취가 스스로의 기쁨이 되게 해 준 이가 바로 연후의 존재였다.

그럼에도 그 내심을 들키고 싶지 않았다.

"쓸데없는 일이라면 사양한다."

툭 하고 쏘아지듯 음성, 하나 연후는 망설이지 않고 입을 열었다.

"노사님의 진실한 무공. 언제가 부친께서 제게 말한 무공의 끝자락……. 그것을 보고 싶습니다. 아니 직접 겪어 보고 싶습니다."

연후의 말에 귀마 노사의 얼굴이 딱딱하게 굳어졌다.

"무공의 끝자락이라……. 그리 말하였더냐?"

"네. 어르신."

"역시, 그는 알고 있었던 것이로구나……."

나직하게 흘러나오는 음성에 연후는 의아함을 감추지 못했다.

하나 귀마 노사는 연후의 의문을 풀어 줄 생각은 없는 듯 했다.

"원한다면 보여 주마. 하나 지금 네 재주를 모두 합한다 해도 진실로 목숨을 걸어야 할 것이다."

"각오하고 있습니다."

귀마노사의 음성도 또 연후의 음성도 모두 결연함이 가득했다.

그때 예기치 못했던 말이 흘러나왔다.

"네게 감추고 있는 절기가 있음을 안다. 그것을 꺼내어도 쉽지 않을 것이다."

전에 없이 나직한 음성, 연후가 나직하게 고개를 끄덕였다.

사 년 전 처음 무량혼철삭을 상대해야 했을 때에만 해도 살기 위해 광안을 열지 않으면 안 되는 상황이었다.

하나 그 후 살기는 있으나 살의가 없음을 깨닫게 된 후 아무리 위급하다 해도 광안을 사용한 적이 단 한 번도 없었다.

광안의 뛰어난 공능을 알지만 이것에 의지하다 보니 오히려 발전이 더뎌짐을 인지했기 때문이었다.

그 후로 단 한 번도 사용치 않은 것인데 귀마노사는 그것을 기억하고 있는 것이다.

'하긴, 괴개 어르신도 아신 것을 모를 리 없지.'

그런 생각이 들자 오히려 차분해졌다.

그리고 내심 자신감도 생겼다.

그간 발전한 것이 비단 염왕진결과 무상검결만이 아니었기 때문이었다.

무경의 발전은 광해경상에 언급된 온갖 기기묘묘한 무리들을 이해할 수 있게 해 주었고 이는 광해경이란 기서를 온전히 이해할 수 있게 해 준 기반이 되었다.

관해진결의 진보로 광안의 경지가 몰라보게 발전되었다.

거의 완성에 이르렀다고 해도 좋을 정도로 지금 연후가 광안을 열면 빛의 흐름조차 파악할 정도가 되어 있는 것이다.

그것이 바로 천광류라 말하는 빛의 흐름을 볼 수 있다는 광안의 완성을 의미하는 것, 그러자 광령이라 언급된 경지가 무엇인지도 이해할 수 있게 되었다.

단지 보는 것에 국한된 것이 아니라 그 안에서 운신마저 자유롭게 할 수 있게 되는 것이 바로 광령의 경지.

또한 이 광령의 경지가 무극이며 탈각이며 우화등선과 다르지 않다는 무량을 향해 가는 관문임도 어느 정도 짐작할 수 있었다.

상문과 중문, 하문이라는 세 개의 문을 일기관통하여야 얻을 수 있다는 광령.

무상검결은 상문이라 말하는 상단전의 무공이고, 화염지기는 바로 중문이라 말하는 중단전의 무학이었다.

그리고 태청신단과 염왕진결로 쌓아 가고 있는 공력이 바로 하단전의 무학이었다.

그리고 이 세 개의 각기 다른 단전들이 하나로 합일되는 경지에 바로 광령에 이르는 해답이 있을 것임을 짐작하고 있었다.

그러나 이 일은 도저히 엄두가 나지 않았다.

이것이 가능해지기 위해선 무상검결을 펼치며 자연스레 화염지기가 발현되어야 하는데 무상검결을 펼칠 때는 전혀 반응하지 않는 것이 화염지기였다.

그저 하단전의 공력만이 기반이 되고 있으니 스스로도 안타깝다 여길 수밖에 없었다.

무상검결이 운용되는 상태에서 자연스레 구성의 염왕진

결이 펼쳐진다면 그 위력을 스스로 상상하기도 힘들었다.

하나 도저히 길을 알지 못했다.

막연하단 생각조차 들지 않아 가능할 수 있는 일인가 하는 의구심마저 일었다.

다만 삼문을 일기관통한단 의미가 그 안에 있으니 최소한 하나의 문이라도 열고 싶은 마음이었다.

그리고 그나마 그 가능성에 가장 근접한 것이 염왕진결의 대성이었다.

또한 지금 완전하다고 느끼고 있는 무상검결 역시 그때가 되면 또 다른 경지가 있을 수도 있다는 생각이었다.

지금 자신이 익힌 무상검결의 위력은 분명 대단하지만 솔직히 귀마 노사의 무공에 못 미치는 것이 사실이었다.

그런 정도가 완성이라면 검제란 이가 환우오천존에 이름을 올리지 못했을 것이란 생각이었다.

하나 정작 중요한 것은 대성이란 말의 의미가 무엇인지 감조차 잡히지 않는다는 것이다.

화령을 얻어야 완성된다는 염왕진결.

앞으로 나아갔다 생각하면 언제나 그 앞을 막는 것은 더욱 높고 견고한 벽임을 절감하지 않을 수 없었다.

그리고 이제 그 벽을 넘은 존재의 무공을 볼 수 있는 기회가 온 것이다.

이런 기회가 다시 오지 않음은 자명한 일.

자신의 모든 재주를 다 펼쳐야 한다는 생각이었다.

그의 말처럼 그 경지 안에서 살아남기 위해 염왕진결이던 무상검결이든 광안이든 감추어 둘 이유가 없다는 생각이었다.

때마침 귀마 노사가 가볍게 몸을 털었다.

철그렁!

순식간에 전신을 휘감고 있던 쇠사슬이 바닥으로 떨어져 내렸고 연후는 잠시 의아한 눈빛이었다.

수족과 다름없는 혼철삭을 버렸다는 것이 무엇을 의미하는지 잠시 이해가 가지 않았기 때문이었다.

순간 그의 나직한 음성이 이어졌다.

"이제부터 네가 보게 될 무학은 절명편형강(切命鞭形罡)이라 하는 것이다. 단언하건데 환우오천존이 살아 돌아온다 해도 이 무공 앞에 감히 승부를 자신할 순 없을 것이다."

그 음성이 끝나고 연후는 믿을 수 없다는 듯 눈을 치켜떴다.

이제껏 혼철삭이 대신하던 자리를 차지하기 시작한 찬란한 빛무리를 보았기 때문이었다.

눈부신 백광을 발하며 스멀스멀 뻗어 나오기 시작하는 항거할 수 없는 기세들.

그 순간이 돼서야 이해할 수 있는 느낌이었다.

이 무공이야말로 단 일 초로 백팔나한의 목을 날려 버렸다는 삭월무량신의 진실한 절기라는 것을…….

번쩍!

연후의 눈에 이제껏 볼 수 없었던 광망이 뿜어진 것도 그 순간이었다.

하나 그 순간에도 동부를 가득 매운 백색의 강기들은 더없이 거대해지고 있었다.

그러던 어느 순간 족히 수십 줄기에 이르는 그 강기들 하나하나가 강렬한 채찍이 쏘아지듯 휘어지고 꺾이며 연후를 향해 뻗어 나갔다.

그 중심에 자리한 연후!

눈빛에 가득한 광망은 점차 거세졌으나 도저히 피할 공간을 찾지 못하는 듯 그 자리에 석상처럼 굳어져 있을 뿐이었다.

* * *

운남에서 귀주로 넘어가는 접경지대에 위치하여 운귀고원이라 이름 붙은 산자락에 허름한 객잔이 하나 있었다.

판자를 얼기설기 이어 만든 그야말로 객잔이라 하기에도 민망한 곳이었는데 그나마 객잔의 이름조차 없는 곳이었다.

그럼에도 불구하고 객잔 안은 꽤나 많은 이들로 북적이고 있었다.

운남과 귀주를 오가는 그나마 가장 나은 길이 운귀고원이며, 그 고원의 가장 꼭대기에 위치한 유일한 객잔이 바로 그곳이기에 늘 사람들로 붐비는 것이다.

객잔 안에 자리를 차지한 이들은 대부분 상인들로 보였고 드문드문 중원인의 복색과 확연히 구분되는 옷을 입은 이들도 자리를 차지하고 있었다.

운남은 본래부터 한족의 땅이 아니었으며 오랜 세월 전부터 다양한 부족들이 각기 자신들의 영역을 구축하고 살고 있었다.

그중 대표적이라 할 수 있는 묘족만 해도 번성했을 때 그 수가 무려 백만에 달했고, 아직도 근 삼십만 명에 달하는 이들이 흩어져 살고 있었다. 그런 이들이 가득하니 운남 일대에서 소수 부족을 만나는 것은 그리 어려운 일이 아니었다.

당연히 그러한 소수 부족들 중에서도 중원인들과 특산물을 교역하는 이들이 있으며 지금 객잔 안을 차지하고 있는 이들도 대부분 그런 부류였다.

그렇듯 중원 상인들과 각양각색의 부족민들이 모여 있음에도 객잔 안의 분위기를 휘어잡고 있는 이들은 따로 있었다.

똑같은 갈색 무복을 입은 여덟 명의 사내들, 척 보기에도 무인들임을 알 수 있게 탁자 위에 턱하니 칼까지 올려놓고 있는 이들이었다.

그중 얼굴에 수염이 가득하며 기골이 장대한 사내 한 명의 음성이 객잔 안을 쩌렁쩌렁 울렸다.

"자자, 돈 몇 푼 아끼려다 가진 재물을 다 털리는 수가 있소. 귀주까지 가려면 산을 몇 개나 넘어야 되는지 다들 아실 것 아니오? 하나 본 팔룡표국에 의뢰하면 귀주까지 여러분의 재산과 목숨을 안전하게 보호해 줄 거이오. 기껏해야 은자 세 냥이오! 남길 이문이 조금 줄어든다 생각하는 것이 현명한 판단일 것이니 잘들 생각해 보시오."

사내의 말이 끝나자 여기저기서 일기 시작한 술렁임이 점점 커져 갔다.

그러다 상인으로 보이는 사내 하나가 조심스레 입을 열었다.

"은자 세 냥은 너무 과한 것 아니오? 이 상행에서 남길 이문이 은자 열 냥인데 그중 삼 할을……."

그 사내의 말에 힘을 얻었는지 또 다른 사내 한 명이 맞장구를 쳤다.

"그렇소. 내 귀주와 운남을 오간 것이 벌써 예닐곱 번은 되는데 간혹 도적들이 출몰한다는 이야긴 들었지만 산채가 생겼다는 말은 금시초문이오."

두 사람의 말이 이어지자 장한 사내가 한심하다는 듯 입을 열었다.

"쯧쯧! 이렇듯 정보도 어둡고 계산도 어두워서야 어찌 장사로 이문을 남기려는 것이오. 거기 당신!"

장한 사내의 손끝은 은자 세 냥이 과하다고 처음 입을 뗀 상인을 가리켰다.

그러자 상인이 잔뜩 움츠러든 표정으로 장한의 사내를 바라보았다.

"저 말씀이시오?"

"그래. 당신 말야. 당신 운남엔 처음이지?"

"그…… 그렇소이다."

"하면 차마고도에서 보이차를 잔뜩 샀겠구먼."

"허걱……."

"보아하니 은자 오십 냥에서 백 냥 정도 산 듯 보이고."

장한 사내가 족집게처럼 짚어 내자 지목당한 상인은 너무 놀라 할 말을 잃은 표정이었다.

사실 몇 년 전이라면 감히 보이차를 구해 팔 생각조차 하지 못했을 것이다.

구하는 것도 쉽지 않았지만 워낙이 비싼 차이니 팔 곳도 마땅치 않았기 때문이었다.

한데 얼마 전부터 중원 곳곳에 보이차의 공급이 뚝 끊겨 구하기만 하면 팔 곳이 널리게 되었다. 하여 있는 돈을

죄다 끌어 모아 운남 땅으로 온 것인데, 이제 무사히 돌아가기만 하면 적어도 두 배의 이문을 남길 수 있었다.

이제 그 일도 막바지에 달했다. 귀주성까지만 가면 그곳부터는 안전하다고 봐야 했다.

아직도 고향인 산동까지는 꽤나 먼 길이었지만 반년이란 시간을 투자해 가진 재물의 두 배를 벌 수 있는 상행은 그 어디에서도 찾을 수가 없는 것이다.

그 첫 시작은 비록 은자 오십 냥이지만 다음번엔 그것이 백 냥이 될 것이고 그다음엔 이백 냥이 된다. 이렇게 무사히 몇 년만 상행을 성공한다면 만 냥, 이만 냥을 움직이는 거부가 될 수도 있다는 꿈에 부풀어 있는 때였다.

한데 뜻하진 않은 곳에서 발목이 잡힌 것이다.

이 운귀고원 일대에 심상치 않은 도적들이 출몰한다는 소문을 들은 것이다.

그리고 그 도적들로부터 무사히 전 재산을 지키자면 은자 세 냥을 내어놓아야 하는 상황인 것이고.

팔룡표국이 어디에 있는지는 몰라도 한눈에 보기에도 꽤나 강해 보이는 무인들이었으니 적어도 도적 떼들에게 당할 염려는 없을 듯 보였다.

하여 그들에게 은자 세 냥을 내야 하느냐 말아야 하느냐를 심각히 고민할 수밖에 없는 처지인 것이다.

그런 생각을 훤히 알고 있는 듯 장한 사내의 음성은 더욱 크게 이어졌다.

"다들 비슷한 처지일 거야! 당신들 대부분 보이차를 잔뜩 샀겠지. 물론 몇몇은 동충하초를 봇짐 속에 잔뜩 감추고 있는 이들도 있을 터이고."

사내의 말에 여기저기서 눈에 띄게 흠칫하는 몸짓이 일었다. 보이차와는 비교도 할 수 없는 것이 바로 동충하초였는데 이름 그대로 겨울에는 벌레였던 것이 여름에 풀이 된다 하는 신비로움으로 가득한 약재였다. 특히 요 근자에 은밀히 그 존재와 효능이 알려지며 부르는 것이 값일 정도로 귀한 대접을 받는 것이 바로 그것이기도 해다.

"거의 대부분 전 재산을 투자했을 텐데 그걸 무사히 지키는 데 은자 세 냥이 비싸다는 거야?"

사내의 말이 맞음에도 불구하고 상인들 모두가 쉬 결정을 내리지 못했다.

"그래도 은자 세 냥은 너무……. 도적을 만나지 않으면 그냥 헛돈을 쓰는 것 아니오?"

누군가 용기를 내 입을 열자 장한과 함께 자리를 차지하고 있던 사내들 중 비쩍 마른 사내가 기다렸다는 듯 벌떡 일어섰다.

눈빛이 얼마나 매서운지 꼭 살모사를 보는 듯한 얼굴의 사내였는데 그 눈이 좌중을 향하자 모두가 기겁하며 그 눈치를 살폈다.

"하나만 알고 둘은 모르는 것들이로구나. 네놈들 같은 한심한 장사치들이 이곳에서 상행을 할 수 있게 된 것이 무엇 때문인지 생각해 보거라. 바로 천하상단이 무너졌기 때문 아니더냐."

사내의 윽박지르는 목소리에 누군가 모기가 날아다니는 것처럼 작은 목소리로 입을 열었다.

"그야 우리도 아는 일이지만……. 그거랑 이게 무슨 상관이라고……."

"흥! 그러니 네놈들이 한심하다는 것이다. 천하상단이 무너졌으니 네놈들 정도가 보이차나 동충하초를 구해 팔 생각을 한 것이다. 한데도 그동안 천하상단에 밀려 있던 대상들이 움직이지 않고 있다. 그들이 지금 뭘 하고 있겠느냐?"

살모사같이 생긴 사내의 말에 좌중이 다시금 술렁거렸다.

동충하초야 들은 바 없는 이들이 대부분이지만 보이차에 관해서만큼은 확실히 알고 있었다. 지난 세월 동안 천하상단이 보이차의 판매를 독점하다시피 하여 왔으며 그 가격과 공급량을 조절해 왔다는 것을 말이다.

한데 그 천하상단이 붕괴하며 보이차의 유통마저 완전히 무너졌고, 급기야 오늘 이 자리에 모인 이들 정도의 소상인들이 그것을 사고팔 수 있게 된 것이다.

그럼에도 거대한 상단들이 과거 천하상단의 이권을 차지하려고 덤벼들지 않는 이유까진 생각해 본 적이 없는 이들이 대부분이었다.

그리고 그 이유를 살모사처럼 날카로운 눈빛을 한 사내가 말하고 있는 것이다.

"비단 유통이 무너진 것은 보이차만이 아니니다. 중원 곳곳에서 여기 운남과 같은 일들이 벌어지고 있지. 절강에서만큼은 그렇게 흔하다는 것이 비단과 용정(龍井)인데 이제는 이 두 가지를 보는 것이 하늘의 별 따기처럼 어려워졌다. 그뿐 아니라 안휘에선 용미연(龍尾硯, 벼루의 일종)과 종이를 만드는 곳들이 대부분 문을 닫았고 그 가격은 이제 수십 배에 달한다. 또한 요 근자에 광동의 공부차나 대향초(바나나)를 본 사람이 있느냐? 아마 없을 것이다. 광동까진 오가는 상인들의 발길마저 끊어져 버렸으니 말이다. 상황이 이런데도 대상들이 움직이지 못하고 있는데 네놈들은 그런 것조차 생각지 않았단 말이냐?"

사내의 날카로운 음성과 그 지적에 모두가 잔뜩 풀이 죽은 모습이었다.

그래도 명색이 상인인지라 소문으로라도 얼핏 들어 본 이야기들이었다.

어디어디 가서 무엇을 사서 어디로 가 팔면 큰 이문이 남는다는 이야기, 천하상단이 역모에 연류되어 완전히 절

단나 버린 때를 기점으로 장시치가 모이는 곳이라면 늘 듣는 이야기가 바로 그런 종류의 이야기였다.

그럼에도 사내의 지적처럼 왜 그간 거상들이 움직이지 않았는지에 관해선 생각을 해 본 적이 없었던 것이다.

"이처럼 기회가 잔뜩 있는데도 다른 상단이 움직이지 못하는 것은 지금 중원 곳곳에 녹림 산채가 움직이고 있기 때문이다."

"……!"

"벌써 이곳 운귀고원에서만 해도 벌써 세 번이나 거상의 상행이 털렸지. 그 값어치만 해도 수십만 냥에 달할 정도의 물건들이다. 이 같은 일이 벌어지는 것은 비단 이곳만이 아니다. 하여 지금 거상들은 무림 고수를 초빙하느라 난리이니라. 그렇다고 그게 쉬운 일이겠느냐? 한다하는 고수들이 어찌 한낱 돈에 움직일까! 하니 대상들은 그저 발만 동동 구를 수밖에……. 하여 본 팔룡표국이 생긴 것이다."

살모사 사내의 장황한 이야기가 끝이 나자 객잔 안의 분위기는 말도 못하게 침울해졌다.

간혹 들리던 소문들과 사내의 이야기가 틀린 것이 없었기에 믿지 않을 수가 없었다.

하여 무거워진 객잔 안의 분위기를 타고 맨 처음 입을 열었던 장한의 사내가 커다란 음성을 내뱉었다.

"하하하하! 여기 비룡 아우의 말이 맞소이다. 나 분광대도 고중산이 여기 일곱 아우들과 함께 팔룡표국을 연 것은 결코 돈 때문이 아니오. 대점창파의 제자가 한낱 상인들의 호위가 될 수 없기 때문이며, 이는 일신의 무공을 바탕으로 녹림의 무리로부터 죄 없는 여러분을 구하라는 사명을 깨우쳤기 때문이오. 다만 표국을 연 지 얼마 되지 않아 의뢰가 아직 턱없이 부족하니 이렇듯 아우들과 함께 여러분들을 직접 찾아 매우…… 그것도 아주 저렴한 가격으로 여러분들을 호위코자 하는 것이오."

일사천리로 이어진 장한 사내의 말에 객잔 안의 분위기는 그들에게 호위를 수락하는 쪽으로 굳어져 갔다.

거상들의 상행마저 터는 도적들이라면 만나는 즉시 알거지가 될 것이 분명했다.

더구나 장한 사내가 점창파의 제자라 하니 더더욱 믿음이 갔다.

점창파가 구대문파의 한 축을 차지한 막강한 문파임을 귀동냥으로라도 들어 보았기 때문이었다.

상인들이 눈치를 보더니 하나둘 팔룡표국이 머물고 있는 자리 쪽으로 모여들었다.

특히 고가의 물건들을 지닌 이들일수록 발걸음을 서둘렀는데 상황이 그리 되자 장한 사내의 입에서는 더욱 커다란 웃음이 토해졌다.

"하하하하! 떼놓고 가는 이는 아무도 없을 터이니 걱정 마시고 줄을 서시오. 본 팔룡표국은 절대로 여러분들을 외면하지 않을 것이오. 또한 분명히 기억하셔야 할 것은 본 팔룡표국이야말로 지금은 없어진 단목세가의 자리를 대신해 천하제일세로 커 나갈 것이니……."

팔룡표국의 국주라는 사내 고중산의 활력 넘치는 음성이 갑작스레 딱 끊긴 것은 단목세가의 이야기가 흘러나올 무렵이었다.

그리고 이내 그 입에서는 숨이 넘어갈 것 같은 소리가 토해졌다.

"컥!"

그 소리와 함께 일제히 객잔 안의 시선이 장한 사내를 향해 모인 것은 당연했다.

그렇게 보게 된 광경에 모인 이들 대부분이 눈을 치켜뜰 수밖에 없었다.

언제 나타났는지 장한 사내의 목울대를 틀어쥔 정체불명의 죽립인 때문이었다.

가려진 죽립 때문에 모습이 보이진 않았지만 흑의 사이로 드러난 살갗이 중원인의 그것과 전혀 다른 것으로 보아 남만인임을 유추할 수 있었다.

그런 사내의 팔에 매달려 숨이 넘어갈 듯 고통에 찬 얼굴로 발을 동동 구르는 고중산의 모습은 모두를 당혹케

할 수밖에 없는 것이었다.

순간 죽립 사이로 나직한 음성이 이어졌다.

"지금 뭐라 지껄였느냐?"

"……."

목이 완전히 제압당했으니 말을 할 수 없음이 당연한 상황, 하나 죽립인은 재차 물어왔다.

"단목세가가 어찌 되었다고?"

그 물음과 함께 대답을 듣겠다는 것인지 죽립인은 고중산의 목을 풀어주었다.

"크헉! 컥컥!"

바닥에 내려선 뒤 연이어 토악질을 한 고중산은 힐끔 죽립인의 눈치를 살피더니 황급히 뒤로 몇 걸음을 물러섰다.

이때를 기다렸다는 듯 갈의 무복을 입은 이들 모두가 일제히 병장기를 빼 들었다.

차차차창!

순식간에 사방을 포위한 일곱 사내의 분위기는 살벌함 그 자체였고 상황이 그리 돌아가자 상인들은 멀찌감치 떨어졌다.

자칫 이런 일에 휘말렸다간 제 명까지 못 사는 것이 세상의 이치임을 파악하고 있는 듯한 반응들이었다.

때마침 간신히 호흡을 가다듬은 고중산이 죽립인을 향

해 소리쳤다.

"이놈! 비겁하게 암습이라니. 썩 정체를 밝혀라."

고중산의 음성에도 죽립인은 아무런 말이 없었다.

또한 얼굴이 보이지 않으니 그가 어떤 표정을 짓고 있는지조차 전혀 알 수 없었다.

순간 살모사처럼 생긴 팔룡표국의 사내가 검 끝을 들어 죽립 끝으로 가져갔다.

제압당한 것을 인정하는 듯하여 그 얼굴을 확인코자 한 행동이었는데 순간 죽립 사이에서 너무나 나직한 음성이 이어졌다.

"귀찮군!"

그 나직한 음성과 동시에 너무나도 믿을 수 없는 일이 벌어졌다.

순간 죽립인의 몸에서 번쩍하는 빛이 뿜어진 듯 보였으며 객잔 안에 모인 이들은 일제히 그 빛을 피해 눈을 감거나 고개를 돌려야만 했다.

그사이 지직거리는 기이한 소리를 들은 것도 같았지만 다시 죽립인을 보게 된 이들이 보인 반응은 대체로 비슷했다.

너무 놀라 말문이 막혀 버렸다거나 또한 황당하여 눈을 껌뻑거리는 등의 반응들이었다.

그도 그럴 수밖에 없는 것이 그야말로 촌각의 순간 동

안 눈을 돌린 것뿐인데 그 자리에 서 있는 것은 죽립인 혼자뿐이었기 때문이었다.

아니, 서 있는 이가 한 명 더 있었는데 그는 죽립인의 몇 걸음 앞에 서 잇는 고중산으로 한눈에도 후들거리는 다리를 간신히 붙잡고 있는 것을 알 수 있었다.

그를 제외한 다른 일곱 명은 바닥에 완전히 널브러져 있었고 그들이 걸치고 있던 갈의 무복은 마치 불에 타 버리기라도 한 듯 너덜너덜하게 변해 있는 것이다.

그나마 목숨이 끊긴 이는 없는 것인지 쓰러진 이들은 이따금 풍에 걸린 이처럼 경련하며 바들거릴 뿐이었다.

그렇게 쓰러진 이들을 지나친 죽립인이 뚜벅뚜벅 걸어나가 다시 한 번 고중산의 면전에 섰다.

"뉘…… 뉘시오? 나는 분광대도라는 별호를 지녔으며 대점창파의 속가 제자인 고중산이오. 정체를……."

고중산의 덜덜 떨리는 음성이 이어졌으나 죽립인의 대답은 너무나 싸늘했다.

"네놈이 누군지는 관심 없다. 다만 아까 했던 단목세가 이야기를 해 보거라. 단목세가가 어찌 되었다고?"

"저……. 우선 정체를 밝히셔야……."

고중산은 필사적이었다.

상대를 파악해야 한 목숨 부지하는 데 도움이 될 것임을 오랜 경험을 알고 있는 바, 그때 뜻하지 않게 마주한 이가 죽립을 벗었다.

그리고 그 얼굴을 그대로 고중산에게 들이밀었다.

"내가 누구라고 하면 네놈이 아나? 그게 궁금하다면 말해 주마. 나는 사다인이다. 이제 궁금한 것이 풀렸으면 그 이야길 해 보거라. 그리고 이것을 명심해라. 조금 전처럼 헛소릴 지껄이거나 조금의 과장이나 거짓이 있다면 네놈을 이 꼴로 만들어 버릴 것이다."

찌지지직!

죽립을 벗은 남만 사내의 전신에서 너무나도 두려운 소리가 일어났다.

마치 수천 마리의 벌레가 동시에 벽을 타는 듯한 소름이 끼치는 소리였다.

그리고 그 소리는 사내의 손끝을 타고 순식간에 어지러운 섬전으로 변해 객잔의 허름한 창밖으로 뿜어졌다

파팟!

그리고 이내 섬전이 부딪힌 곳에선 지축이 뒤흔들리는 듯한 강렬한 폭음이 터져 나왔다.

콰콰쾅!

그 폭음과 더불어 비산한 강렬한 흙먼지가 여기저기 열린 객잔의 창문을 통해 한꺼번에 밀려들었고, 객잔 안은 순식간에 지독한 황사 속에 빠진 것처럼 뿌옇게 변해 버렸다.

그 안에서 고중산의 침 삼키는 소리가 이어졌다.

꿀꺽!

"궁금한 것은 말씀만 하십시오. 이 고중산 머리 뚜껑을 열어서라도 답해 드리겠습니다."

그제야 남만 사내의 무시무시한 눈빛도 이내 차분하게 변해 갔다.

하나 그의 음성만은 너무나도 나직해 그가 지금 분노를 억지로 가라앉히고 있음을 충분히 짐작할 수 있었다.

"단목세가의 소가주! 그는 어찌 되었느냐?"

* * *

네 마리 말이 끄는 마차 한 대가 황무지와 다름없는 곳을 거세게 질주하고 있었다.

대체 얼마나 쉬지 않고 달려왔는지 마차는 물론 마부석에 앉은 사내마저 온통 흙먼지를 뒤집어쓴 모습이었다.

그럼에도 마차는 쉬지 않고 달렸고 이내 전방에는 울창한 수풀이 가득한 녹주가 보이기 시작했다.

그제야 마부석의 사내가 마부석을 향해 입을 열었다.

"주모님! 아가씨! 이제 다 왔습니다. 놈들도 절대 어쩌지 못할 곳은 오직 그곳뿐입니다."

사내의 음성은 비장함으로 가득했고 때마침 마실 안에선 너무나 힘겨워하는 여인의 음성이 이어졌다.

"대주! 본가를 비웃기라도 하듯 모든 안가를 찾아낸 이들입니다. 하늘 아래 그 어떤 곳이 안전할 수 있겠습니까?"

"주모님! 이는 음자대주의 이름을 걸고 약속드립니다. 그곳에 들어설 수만 있다면……. 주모님은 물론 아가씨의 상세도 충분히 회복될 수 있을 것입니다."

"그래요. 어차피 대주가 없었다면 무사하지 못했을 일……. 나는 어찌 되어도 좋아요. 지아비의 생사조차 모르는데 제 한목숨 살겠다고 바둥거리는 것이 죄스러우니까요. 다만 우리 연화만은 무사했으면 좋겠어요. 강이에게 남은 것은 이제 하나뿐인 누이뿐이잖아요."

"약한 소리 마십시오. 가주께선 틀림없이 무사할 것입니다. 이 땅의 누구보다 강한 분이시지 않습니까! 게다가 소가주가 누구입니까? 그 자질이 가주님을 뛰어넘는다는 천하의 기재지 않습니까? 폐관을 끝내고 나올 때는 분명 이 모든 일들을 되돌릴 만큼 강해져 있을 것입니다. 그때를 생각해서 주모님도 아가씨도 모두 몸을 돌보셔야 합니다."

"고마워요. 대주!"

그렇게 이어지던 대화가 끝날 때 즈음 마차는 이미 질

은 녹음으로 가득한 수풀을 지나고 있었다.

이 수풀 끝에 자리한 붉은 협곡, 그곳이 바로 마차가 향하는 곳이었다.

그야말로 이제 조금만 더 가면 된다 생각하니 마부석에 앉은 사내의 얼굴에도 잠시의 안도감이 스쳤다.

일 년여에 달하는 기나긴 도피, 그동안 끊임없이 가해진 암습에 생사지경에 처한 때가 한두 번이 아니었다.

더구나 그 암습자들은 날고뛴다 하는 동창과 내밀원의 고수들.

관부의 병사들까지 동원하여 수족처럼 부릴 수 있는 그들을 중원 땅에서 피해 낼 수는 없는 일이었다.

결국 암천이 생각해 낸 유일한 도피처가 바로 이곳이었다.

또한 이곳에서의 기연이 없었다면 결코 두 사람을 지키지 못했을 것임이 분명했다. 또한 앞으로의 일을 위해서라도 반드시 그 안에 들어가야 한다는 판단이었다.

단목세가의 재건과 죽어 간 식솔들의 복수를 위해 반드시 심혼기를 완성하겠다고 다짐한 암천, 그러자면 신목의 그 믿기 힘든 공능이 필요했다.

그곳에서 수련할 수 있다면 자신의 무공은 물론 내상을 입은 단목강의 누이도, 또한 그간 심신이 상할 대로 상한 단목세가의 안주인도 기력을 회복할 수 있을 것이라 믿고 있었다.

그렇기에 목적지에 가까워지면 가까워질수록 기대감도 커졌고 또한 두려움도 커졌다.

숱한 죽을 고비를 넘기며 왔건만 정작 그 안에 들어서지 못한다면 말짱 헛일이 되기 때문이었다.

그런 생각으로 점점 심각해져 가는 표정의 암천, 그러던 어느 순간 암천의 눈이 황급히 치켜떠졌다.

그러곤 이내 황급히 말고삐를 움켜쥐었다.

이히히히힝!

말들이 거친 투레질을 하며 요란하게 멈추었으며 그렇게 마차를 세운 암천의 눈에는 절망의 그림자가 가득하였다.

때마침 마실 안에서 들려온 음성.

"대주! 도착한 것인가요!"

그리고 이어진 암천의 대답.

"죄송합니다. 주모님! 끝까지 모시지 못할 듯합니다."

"하면……. 설마 놈들이…… 이곳까지……."

마차 안에서 이어진 음성도 무언가를 예감한 듯 비통함으로 가득했다.

그때 암천의 시선은 전방을 향하고 있었다.

족이 마흔 명에 달하는 이들이 전방을 가로막고 있었다.

청색 관복을 입고 있는 이들이 절반이었고 또 절반은 그들과 확연히 구분되는 흑의 무복을 입고 있었다.

그렇게 길을 막은 이들 가운데서 거친 음성이 토해진 것도 그 순간이었다.

"쥐새끼 한 마리가 어지간히 고초를 겪게 하는구나. 하나 걱정 말거라. 고생한 대가는 네놈이 아니라 계집들에게 받을 것이니."

청색 관복을 입은 사내 하나가 그렇게 입을 열자 암천의 눈에 살기가 번뜩였다.

"고자새끼 따위가 감히 주모님과 아가씨를 능멸하다니!"

암천의 음성엔 진득한 살기가 담겨 있었고 그 말에 조금 전 입을 열었던 이의 눈가가 씰룩였다.

"흥! 그 말 한마디로 네놈이 어찌 죽을 것인지 결정되었다. 살점을 하나하나 발라 주지. 그리고 네놈이 보는 앞에서 계집 둘을 윤간하여 줄것이다. 여기 내밀원의 위사들은 보다시피 하초가 멀쩡한 이들이니 네 놈은 기대해도 좋을 것이다."

너무나도 비릿하게 들려오는 음성, 하나 암천은 더 이상 그를 자극할 수 없었다.

어차피 결과는 정해져 있다.

혼자라면 천에 하나 만에 하나 빠져나갈 수 있을지도 모른다.

하나 그것도 도주이기에 가능한 짐작일 뿐, 정면으로 싸워야 한다면 이들 중 절반을 감당하는 것이 지금 자신의 한계이리라.

그리 되면 결국 자신뿐 아니라 지키고자 했던 이들 또한 놈들의 손에 떨어질 일.

하여 죽음을 피할 수 없을 상황임을 분명히 알고 있었다.

하나 적어도 단목세가의 안주인과 하나뿐인 여식에게 도저히 겪어서는 안 될 수치스러움을 안겨 줄 수는 없는 일이었다.

또한 눈앞의 이 환관 녀석은 자신이 행한 말을 충분히 지킬 위인으로 보였으니 차마 두 사람 때문에라도 입을 열 수가 없는 처지인 것이다.

한데 그 순간 전혀 예기치 못한 음성이 들려왔다.

"변태새끼!"

너무나 또렷하여 누구도 듣지 못한 이가 없는 음성이었다.

그리고 그 순간 암천을 가로막은 이들이 모두 눈에 띄게 당황하고 있음은 한눈에도 알 수 있었다.

들리긴 들렸으되 도저히 어디에서 흘러나온 음성임을 파악치 못했기 때문이었다.

그 순간 다시 한 번 그 음성이 이어졌다.

"시끌시끌해서 뭔가 했더니 나와 보길 정말 잘했네."

하나 이번엔 그 음성이 들려온 곳을 향해 모두의 시선이 일제히 쏘아졌다.

그럼에도 불구하고 동창의 위사들과 내밀원의 고수들 중 누구 하나 섣불리 움직이는 이가 없었다.

그곳에 나타난 이가 너무나도 의외의 인물이었기 때문이었다.

이제 스물을 조금 넘겼을 법한 사내, 어찌 보면 평범해 보이기도 하지만 또 어찌 보면 너무나 특이한 느낌을 주는 사내였다.

특히나 이 상황과 너무나 어울리지 않게 헤벌쭉 웃고 있는 사내의 모습은 모두를 당황케 하기에 충분했다.

더구나 지척에 있었음에도 그 많은 인원 중 누구 하나 그 기척을 감지하지 못한 존재였다.

그런 이가 결코 평범한 존재가 아님을 파악하지 못할 정도의 인물은 아무도 없는 것이었다.

"대주 아저씨 오랜만!"

사내는 여전히 웃고 있었다.

더구나 그는 주변 가득 강렬한 살기를 뿜어내는 이들을 뚫고 태연히 그 가운데를 지나쳤다.

그러면서도 그들의 수장으로 보이는 이 앞을 지나칠 땐 잠시 대화를 나누는 말도 안 되는 여유까지 보였다.

"변태, 넌 좀 이따 보자. 우선 인사부터 하고."

씨익!

사내가 웃으며 지나쳤다.

하나 그 웃음을 마주한 동창의 위사는 풍이라도 걸린 듯 몸을 떨었다.

또한 그 눈동자는 더더욱 거칠게 떨리고 있었고 누가 보더라도 그 눈에 두려움이 가득한 것을 느낄 수 있을 정도였다.

마치 절대로 보아서는 안 될 것을 본 듯한 표정, 그리고 그 표정이 일제히 그 자리에 있는 모두에게 이어진 것은 바로 그 직후였다.

"방해하지 마라. 니들 큰일난다."

얼굴조차 돌리지 않고 흘러나온 그 음성을 들은 것이 전부였지만 그들 모두는 똑같은 것을 보고 또한 똑같은 것을 느낀 것이다.

그들 모두가 두려움에 온몸이 굳어졌음이 너무나도 명백한 상황.

도저히 이해되지 않는 일들을 너무나도 태연하게 벌인 사내가 이윽고 암천 앞에 이르렀다.

한동안 황당함을 지우지 못했던 암천이 그제야 상황을 인지한 듯 황급히 예를 취했다.

"혁 공자…… 그간……."

"이런 상황에 인사는 무슨! 그나저나 뒤에 탄 건 누구?"

"아……. 주모님과 아가씨입니다."

"주모님이면 설마 강이 어머니?"

"그렇습니다."

"근데 아가씨라는 건 머야? 녀석한테 여동생이 있었어?"

"아닙니다. 소가주께 누이 되십니다. 소가주보다 세 살 연상이십니다."

"뭐? 동생도 아니고 누나? 그것도 나랑 동갑! 한데 그 놈, 누나 이야긴 입도 뻥긋 안 했는데."

"저……. 그것을 왜…… 혁 공자께 말씀드려야 하는지……."

"음…… 그런가. 그나저나 많이 좋질 않네. 일단 좀 볼까."

혁무린은 아무런 거리낌도 없이 마실을 열고 그 안에 자리한 두 여인을 확인할 수 있었다.

먼저 눈이 마주친 이는 당연히 단목강의 모친이었지만 혁무린의 시선이 멈춘 것은 그녀의 무릎 위에서 나직한 숨을 토해 내는 여인이었다.

그리고 그 여인의 모습을 뚫어지게 본 혁무린의 입에서 또다시 누구도 예기치 못한 음성이 토해졌다.

"나쁜 자식! 이런 누나가 있었으면서, 그것도 우리들이랑 동갑인 누나가 있었으면서도 비밀로 했단 말인지! 가만

두지 않겠어!"

마치 분해 죽겠다는 듯 이어지는 음성, 멀쩡할 때라면 농담이라고 웃어넘길 수도 있으련만 상황이 그렇지 못한 것은 확실했다.

그리고 그 상황을 암천은 확실히 인지하고 있었다.

"아가씨의 상세가 위중합니다. 하여 신목의 효능을 좀 빌리고 싶어 이렇게……."

암천의 음성은 조심스러웠다.

기대를 하고 왔지만 혁 공자나 그의 부친이 허락지 않는다면 결코 그 안에 들 수 없음을 알기 때문이었다.

한데 이어진 혁무린의 반응은 또 달랐다.

"어! 이제 없는데."

"네엣?"

"그거 없어졌지. 대신 내가 심은 거 하나 있는데 그거 요만해! 뭐 나중엔 신목처럼 되겠지만……."

혁무린은 자신의 허리춤에 손을 대며 나무의 크기를 설명했고 순간 암천의 눈에는 더없이 큰 절망이 어렸다.

신목의 효능이 없다면 이 먼 곳까지 온 목적을 이루지 못하게 됨을 알기에 나타난 반응, 순간 혁무린이 입을 열었다.

"저 아가씨 때문이라면 걱정 마!"

"……?"

"있다고 했잖아. 공청석유!"

"하지만 그건…… 부친께서……."

"아! 그런 염려 마. 이젠 다 내 거거든. 들어가자. 늦으면 진짜 위험해질 수도 있겠어."

무린이 툭하고 땅을 박차 폴짝하고 뛰어 암천의 옆 자리에 앉았다.

하나 암천은 황당한 표정을 할 뿐 함부로 말고삐를 움켜쥘 수 없었다.

혁무린이 무언가를 한 것은 알겠지만 길을 막고 선 이들의 존재는 여전했기 때문이었다.

더구나 그들은 호남에서부터 이 먼 곳까지 추적해 온 너무나 집요한 이들이었다.

어찌 되었든 이대로 떠날 상황이 아닌 것만은 분명해 보였다.

"걱정 마! 저것들 아무것도 못해."

"대체 어찌하셨길래……."

"살짝 보여 줬거든. 진짜를!"

"……."

"가자니까."

"네……."

암천이 마차를 움직였고 마차는 길 한복판을 가로막고 있는 동창의 위사들을 향해 나아갔다.

"비켜!"

때마침 이어진 무린의 음성에 부들부들 떨고 있던 이들이 썰물처럼 좌우로 흩어졌다.

그리고 이내 마차는 유유히 그곳을 빠져나와 속도를 더하기 시작했다.

머지않아 일전에 보았던 붉은 흙더미로 가득한 협곡이 보이기 시작했다.

그때가 돼서야 암천이 다시 입을 열었다.

"저들을 이대로 둬도 되는 것인지……."

"걱정 마! 며칠 저러고 있을 테니까. 그때 다시 와서 생각 좀 해 보자. 일단은 강이 누나 먼저 살리고……."

암천은 말을 모는 와중에도 나직하게 고개를 끄덕였다.

그의 말대로 지금 중요한 것은 단목연화의 상세임을 알기 때문이었다.

그렇게 내달리던 암천이 무언가 또 다른 의문이 있는 듯 조심스레 입을 열었다.

"그런데 혁 공자……."

"왜?"

"전에는 말씀을 낮추지 않으시다가 왜 지금은 갑자기 반말을……."

암천의 물음에 혁무린이 잠시 뚱한 눈을 했다.

사실 암천은 그가 말을 올리던 과거보다 지금의 모습이

더욱 자연스럽다고 느꼈다. 하지만 자신을 대하는 태도가 달라진 이유만은 확실히 궁금한 것이었다.

"내가 그랬었나. 그랬다면 미안! 다시 말을 높일까?"

"그런 것이 아니라……. 지금 이대로도 괜찮습니다."

"음……. 그때는 그냥 열여덟 살이었잖아. 못 본 사이 일이 좀 있었거든. 한꺼번에 너무 오랜 세월을 살아 버릴 일이……. 그나저나 참 잘 왔어. 어차피 슬슬 한번 나가 볼까 하던 차였으니까."

"나가시다니요."

"그 녀석들 만나기로 한 시간이 다 되어 가니까. 헤어지기 전에 약속했었거든. 오 년 뒤 동정호에서 보자고……."

* * *

"무엇을 느꼈더냐?"

"어르신의 경지가 제게 욕심임을 알았습니다."

"그러하였더냐? 하나 네 부친은 노부보다 더 먼 곳까지 이르러 있다."

"솔직히 믿어지지 않는 말씀이십니다. 대체 어떻게 부친께서 그럴 수 있는 것인지……."

"내 눈엔 너나 네 아비가 달라 보이지 않느니라. 더구나 네 부친이 익힌 것은 공령(空靈)이다."

"공령이라니요?"

"그것이 바로 무선의 무학."

"……!"

"처음 그가 이 근방에 이르러 촌락을 세우고 사람들을 모을 때만 해도 그저 특이한 아이라는 느낌뿐이었다. 네 부친이 지금 네 나이 정도 되었을 때의 일이다."

"……."

"분명 무공 한 자락 모르던 아이였다. 익힌 것이라곤 집 안 구석 어딘가에 처박혀 있었다던 도가의 서적 하나뿐이라 했는데, 당시만 해도 그것이 오랜 세월 전 완전히 사라졌다는 무무진경일 줄은 생각도 하지 못했느니라."

"무무진경이라……."

"그에 얽힌 세세한 사연은 어디 가서도 들을 수 있으니 그것은 차지하고 네 부친 이야기를 하자꾸나. 그때 분명 네 아비는 무공의 무 자도 모르는 인물이었다. 그럼에도 내 존재를 발견했다. 그때 네 부친은 참으로 특이한 눈을 가지고 있었다. 그 눈을 보고 있자면 마치 그 앞에서 발가벗고 선 느낌이 들었다. 내 언젠가 너와 네 부친이 기이하다 한 적이 있을 것이다. 너 또한 그 종류가 다르다 하나 네 부친과 마찬가지로 기이한 눈을 지니고 있음을 알았기에 그런 말을 한 것이다."

"아……."

"그러던 네 부친이 네 어미를 만나고 너를 낳고 또 그 죽음을 지켜보는 과정에서 변하였다. 무공을 가르쳐 달라고 나를 찾아왔고 그때부터 누구도 몰래 이곳에서 무공을 익혔느니라. 그때가 금가 녀석에게 너를 내맡긴 이후였을 것이다."

귀마 노사의 나직한 음성이 이어지면 이어질수록 그간 몰랐던 것들을 알게 되었다.

그러면서 부친에게 조금은 미안한 마음이 들게 되었다.

모친을 여윈 슬픔이 진정이었음을, 한데 자신은 그런 부친을 모질다 욕하였으니 그것이 참으로 죄스러운 것이었다.

"지금도 그러하지만 내 가르침을 겪었으니 과거의 내 성정이 어떠할 것이고, 그 수련이 얼마나 혹독하였을지 짐작할 수 있을 것이다. 더군다나 네 부친은 칼 한 번 쥐어 보지 못한 몸이었으니 말이다."

그때가 선명하게 떠오른다는 듯 귀마 노사의 눈빛에 짙은 회한이 머물렀다.

"그렇기에 더더욱 네 부친이 강해진 속도를 실로 경이롭다 생각할 수밖에 없다. 나중엔 말이다. 그 재주가 너무 부럽고 두려워 진짜로 죽이려는 마음이 일었으니 말이다."

"……!"

"한데 그러기 전 먼저 나를…… 내 마음을 읽더구나. 그 눈, 네 부친의 그 눈 앞에선 결코 거짓을 표할 수가 없었다. 그 후 먼저 이곳을 나서겠다 하며 세상으로 떠났느니라."

"하면 아버지께서 어르신을 넘었다는 건……."

"그렇게 떠난 지 한 오륙 년 남짓이었을 것이다. 홀연히 나를 찾아왔더구나. 어느 날 밤하늘에 떨어지는 별무리를 보고 무언가를 깨우쳤는데 도통 그것을 보아 줄 사람이 없음이 답답하다고……."

"……."

"노부 또한 그날 네 아비의 검을 보지 못했다면 혼철삭을 버리지도 못했을 것이며, 절명편형강 또한 완성하지 못했을 것이다. 그날 본 그 검은 참으로 눈부셨다. 세상에 오직 검만 가득한 듯하여 그 검에 죽는다면 황홀함마저 느낄 것 같았다. 진정 그가 만들 수 있는 그다운 검이라 여겨졌다. 검의 이름을 은하유성검(銀河流星劍)이라 정했다 하더구나. 그때가 꼭 십 년 전이며 그는 그때 이미 지금 노부의 경지를 이루었느니라."

"하면 지금은……."

"글쎄…… 네가 나를 보는 것이 그러하듯 노부가 네 부친을 보는 눈이 다르지 않다. 감히 재어 볼 수 없다는 것, 네 부친은 지극히 평범하며 노부는 그 평범한 안에 다른 것이 있음을 읽지 못했다. 그것이 무엇을 의미하겠느냐?"

"아!"

"네 부친이야말로 무극지경에 이른 유일한 인물임을 의심치 않았다. 불과 얼마 전까지는 말이다……."

"무슨 말씀이신지……."

"네 녀석 말이다. 나 정도 되면 알 수 있는 것이 있다. 그날 네가 절명편형강 속에서 펼친 그 기이한 눈빛을 알고 있다. 찰나지만 그 눈빛에서 읽은 것이 있느니라. 노부를 벨 수 있다는 것을……."

"아닙니다. 그것은 단지……."

"무엇이면 어떠하냐! 무극은 신선이 되기 위해 가는 길이 아니다. 천하의 누구도 베어 낼 수 있다면 그것이 무극인 것이지. 이제껏 누군가 네 아비를 벨 수 있다면 그것은 오직 망량의 저주가 되살아날 때에만 가능할 것이라고 생각했다. 그러나 이젠 또 한 명이 있음을 알게 되었고…… 다행인지 불행인지 그것이 부자간이라는 것 또한 참으로 기이한 일이고."

"……."

"무복을 벗은 것을 보니 세상에 나아갈 참이더냐?"

"네, 어르신 덕분에…… 겨우 하고자 하는 일을 행할 수 있을 정도에 이른 것 같습니다."

"그렇다면 다행이구나. 하면 이것 하나만 명심하거라. 누군가를 베어야 한다면 추호도 망설이지 않아야 함을 말이다. 지금 네게 부족한 것은 오직 그것뿐임을 말이다."

동부를 떠나는 연후의 발걸음은 의외로 무거워 보였다.

아직은 전혀 실감이 나지 않았기 때문이었다.

자신이 얼마만큼이나 강해졌는지를 말이다.

그렇기에 앞으로 마주하게 될 흉수들에 대한 막연한 걱정 또한 완전히 지워 낼 수 없었다.

거기다 어떤 식으로 부딪히게 될지 모를 부친의 일을 떠올리자 결코 홀가분한 마음이 될 수 없었다.

더군다나 명촌을 보고 부친이 꿈꾸는 세상을 이해하게 된 지금 그가 틀렸다고만은 할 수 없게 되었으니 그 고민은 더욱 깊어질 수밖에 없었다.

하나 어찌 되었든 그러한 모든 것들이 앞으로 걸어야만 할 자신의 길이며, 상황에 따라 선택의 기로에 놓일 수 있음도 충분히 깨닫고 있었다.

하지만 그런 모든 일보다 우선 되는 일이 있었다.

"녀석들, 약속을 잊진 않았겠지?"

〈『광해경』 제4권에서 계속〉

광해경

1판 1쇄 찍음 2010년 2월 27일
1판 1쇄 펴냄 2010년 3월 4일

지은이 | 이훈영
펴낸이 | 정 필
펴낸곳 | 도서출판 **뿔미디어**

기획 | 이주현, 한성재
편집책임 | 권지영
편집 | 장상수, 심재영, 조주영, 주종숙
관리, 영업 | 김미영
출력 | 예컴
본문, 표지 인쇄 | 광문인쇄소
제본 | 성보제책사

출판등록 | 2002년 9월 11일 (제1081-1-132호)
주소 | 부천시 원미구 중3동 1058-2 중동프라자 402호 (우)420-023
전화 | 032)651-6513 / 팩스 | 032)651-6094
홈페이지 | www.bbulmedia.com
E-mail | BBULMEDIA@paran.com

값 8,000원

ISBN 978-89-6359-327-2 04810
ISBN 978-89-6359-256-5 04810 (세트)

※파본은 본사나 구입하신 서점에서 교환하여 드립니다.